爺爺和我

The Old Man and the Boy

Robert Ruark

魯瓦克・著　謝斌女士・譯

我長大以後，如果學會了什麼做人的道理，
懂得體諒別人，內心有清晰的標準，
自知生存的價值何在，
這一切都是爺爺帶給我的……

新版編輯序

二〇〇〇年十二月，台灣經常討論老書的網站上，有一則留言創下了一個很特別的例子。

那陣子正是哈利波特當紅的時候，一位署名nonna的網友從哈利波特想到《魔衣櫥》，想到二、三十年前國語日報曾出版過許多的好書。他說：「不知道有沒有人看過國語日報社出版的《爺爺與我》（上、下集）？故事中的小男孩跟隨著爺爺的腳步，到處hunting，雁、鵪鶉、鹿、竹雞、松鼠、野鴨、釣魚，採生蠔……由hunting過程中男孩學會守紀律、規定，不貪心……可惜！現這些好書已因為版權問題而成絕響，現代的書不錯的不少，但普遍為了要淺顯易懂，而沒有早先的詞彙那麼優美雋永。不知有多少人看過這本好書？談談好嗎？」

從那之後，每隔一陣子，就會有些忘不了當年這些國語日報文學傑作選的讀者上網貼文，分享他們的心情，及尋找同好，雖然不一定都提到《爺爺和我》，但這本書絕對是其中被提到的次數最高，大家最懷念書籍的榜首。

同樣的故事在美國的亞馬遜網路書店也發生了。《爺爺和我》（*The Old Man and The Boy*）第一次出版是在一九五七年，此後改版再版不輟，，自一九九七年亞馬遜開始積極開拓，受到廣大讀者注意後，便開始在那裡有留言的紀錄，也是每隔一陣子一定會有人回到網站留下他們對此書的閱讀心得，最新的一則是在今年八月所貼，留言歷史長達二十年不曾中斷，其中九成以上的讀者給了此書五顆星的評價，甚至還有人寫著，如果可以，真希望可以給它六顆星的評價。

是什麼使得這些讀者再三回到這裡寫下他們感人的留言？一本講述小男孩打獵、釣魚的成長故事為什麼這麼令人念念不忘？

在這些讀者留言裡，大部份都寫著，雖然他們並不一定打獵或釣魚，但書中所描述美麗的北卡羅萊納州海岸風光、祖孫之間深厚的情誼、令人懷念的高貴美好情操，在在使它成為一本只要讀過一次，就會讓人一讀再讀、愛不釋手的書。作者的生花妙筆，讓北卡羅萊納帶著鹹味的海風、沙沙的林間風聲，幾乎讓人可以聞嗅得到，觸摸得到。

更有許多讀者寫著：這是人人都應該擁有的童年，這不僅是一本關於大自然的書，更是一本關於成長、關於生命的書。

一九二〇年代左右的美國南方，有其特殊的時代背景，那是因宗教原因而實施禁酒的年代；南北戰爭剛結束五十年，黑人仍在為自己的權益奮鬥，女性的地位也還不那麼平等；一次世界大戰剛剛結束，美國經濟因軍事利益進入空前榮景，而三〇年代的華爾街股市大崩盤還沒發生……，而在這樣的時代背景裡，在北卡羅萊納的一個南方小鎮，人與人之間交流的善意——無論是黑人、白人、男性、女性——所恪遵並相信的價值，是那麼動人。

《爺爺和我》在台灣一九七〇年代曾為國語日報出版，當時極受廣大讀者歡迎，譯者優美雋永的譯筆，至今為人懷念，更為此書增添了永恆閱讀的價值。

為了保持譯筆及當時出版的原味，我們費盡周折，透過國語日報及朋友們的協助，輾轉取得謝斌女士譯稿的權利，並僅針對部份與現代使用習慣不同的名詞做最小幅度的修訂並註解，盡量以當年的原汁原味呈現給讀者，相信，這也是所有期待《爺爺和我》重現的讀者最期望看到的。並且為了讓讀者知道更多小男孩之後的故事，《爺爺和我》續集《小男孩長大了》（*The Little Boy Grows Up*）也同時推出。

感謝所有留下對《爺爺和我》的懷念的讀者們，是因為你們的啟發和觸動，才讓我們開始了這趟追尋過去美好記憶、美好閱讀經驗的過程，才讓這本值得永遠流傳下去的好書再度誕生。

這本書，是為了所有忘不了《爺爺和我》，忘不了自己的童年回憶，忘不了那個時代美好價值的人而做的。

《爺爺和我》的作者與譯者

魯瓦克（Robert Chester Ruark）是美國著名的專欄作家兼小說家，生於北卡羅萊納州威明頓的鄉間。十九歲畢業於卡羅萊納大學，他進入新聞界是由給華盛頓日報寫體育專欄開始。二次大戰期間，加入海軍服役，戰後，他的一篇專欄「女人的時裝如何地令回國的軍人作嘔」（How Women's Fashion Nauseated Returning Servicemen），刊出之後立刻有兩千五百封各地讀者的信件如雪片飛來。因而得到斯克利普斯・霍華德系報紙老闆洛埃・霍華德（Roy Howard）的激賞。從此他的專欄風靡全美，為一百零四家報紙撰寫聯合專欄（Syndicated Column）。但是他自己則很謙虛的說：「我只不過是個平凡的筆耕者而已，並不是一個深沈的思想家。」

一九五三年，他離開美國到西班牙。在那裡，他寫了《寶貴之物》（*Something of Value*，暫譯），這是一本寫非洲種族問題的書，以肯亞為背景，加以他所熟知的海明威式的狩獵題材，使這本書成為一本暢銷書，售出百萬冊以上，加上電影版權賣了三十萬美金，使他能有餘暇寫其他的著作，包括這本《爺爺和我》（*The Old Man And the Boy*）。一九六五年，他四十九歲時在倫敦逝世。

魯瓦克喜歡狩獵釣魚等戶外活動，這和他的童年生活有關。《爺爺和我》可以說是他的自述，他的童年就和他祖父一同在北卡羅萊納州的海邊度過。那段生活使他領悟到一種特殊的人生哲學，也學到了不少狩獵的知識。

《爺爺和我》寫的是一個喜歡打獵和釣魚的小男孩，但同時也寫的是一個以懷念的心情回憶過去的成人。芝加哥星期論壇報的V.P. HASS在他對本書的論評中說：「在這世上，沒有任何事可以比得上到原野去狩獵或到水邊去垂釣更能給我快樂。除此之外，就是閱讀《爺爺和我》了。」由此可見這本書把那種活躍的戶外生活寫得如何地生動。

譯者謝斌女士是多年來致力於兒童文學的一位作家。她的創作和譯作經常在各大報兒童少年版發表。《爺爺和我》是她的第一部長篇譯作。她的譯筆樸實流暢，極能確切地表達原作者的風格。她本人也是一位戶外活動和大自然的愛好者，我想，這可能也是她選譯這本書的動機之一。這本書十分難譯，謝斌小姐費時半年譯完此書，在國語日報連載一年，現由國語日報出版單行本，使國內更多的讀者能有機緣讀到這位名家的精心之作，實在值得欣賞。筆者曾是這本譯作的第一個讀者，所以格外有一份樂觀其成的心情，願意以此小文，為之推介。

羅蘭　一九七一年十月

目次

1 君子之交

爺爺幾乎樣樣事情都懂得，而且多半是他不怕困難得來的。我是說，他小時候去過一趟非洲，在印度打了一兩隻老虎。他說他還參加過遠遠近近的大小戰爭；但是他也照樣肯告訴你，鵪鶉群夜眠時候為何緊緊圍成一圈，或者火雞為什麼總要飛上坡。

從外形上看來，爺爺並不怎麼惹眼。兩隻好大的招風耳，一嘴亂蓬蓬的鬍子，上面還留著斑斑點點的黃黃的菸草漬，抽一支彎柄兒菸斗。那枝舊獵槍，看來就跟他一樣久經風霜。褲子縐縐的，吐痰的神情，就跟那些嚼蘋果牌菸草的人一樣，吐得好直好遠哪。

我最喜歡爺爺的是他願意談起自己熟悉的事情。就像我這樣求知心切的小毛孩子，他也從不嫌嘮叨。一個人有了爺爺這麼大年紀，懂得的事好多好多。也許就因為這些事久已成為成人生活中的一部份，所以成人們不再把它當回事，也懶得談起這些見聞；可就忘了孩子們剛開始生活，還沒像成人那樣歷盡風霜；也忘了孩子們對成人那些早已熟悉或遺忘的往事，十分感覺好奇呢！

就像那天，爺爺跟我帶著狗，到森林裡走走，想看看附近有沒有鷓鴣，等到了森林裡，發現是有的。我們的短毛獵狗阿皮，就像發了瘋似的來回轉圈兒，然後翹起尾巴，往豌豆田的角落裡一坐，那神情就像打算在那兒過冬啦！

爺爺說：「近來我很少打獵，最好還是你來幫我打吧。把我的槍拿去，越過阿皮前面，走路輕聲些，驚起鷓鴣的時候，可別讓狗也跟著緊張，看看你能否打到一隻？根據獵人們的實際經驗，先別管第二隻鳥，只專心在頭一隻身上。再說，你總要先把第一隻打到手，然後才輪到第二隻、第三隻呢。你去試試，看這句話管不管用？」

我站在阿皮面前，鷓鴣就像國慶日的爆竹，四散驚飛。正像多數人初次打獵的時候那樣，我舉起槍，瞄準這一群鷓鴣，連打兩槍，什麼也沒打著。

我瞧著爺爺，爺爺也回頭瞧著我，他搖搖頭，顯出很惋惜的神情。又摸出菸斗，使勁塞緊了一大團菸絲，用火柴點上。

他說：「孩子！我這一生沒打中的鷓鴣的確不少，如果我還想繼續打獵，打不中的自然更多。但是有一件事我很清楚，你最好現在就學學。你知道，誰也沒有辦法同時打盡一群鷓鴣的，就算鷓鴣一行行排列在豆田裡，站著不動讓你打，你也沒辦法。記住每次一定只能打一隻。」

爺爺說，我們應該多容獵犬一點時間，因為鵪鶉剛挨了槍，這會兒再也不肯單獨出來。而且空氣裡剛留下的鵪鶉氣味也太濃，應該等它消散消散，免得獵犬找錯方向。我想：我們何不坐下休息休息，讓他老人家抽抽菸，待會兒再一隻隻去打。爺爺說，將來我長大以後，想要做什麼，他都覺得無所謂，但是為了使我了解如何尊重別人，我該先學學尊重鵪鶉。

爺爺告訴我，這種北美小鵪鶉可算是君子，所以我們要以君子之道對待牠，要珍惜牠，照顧牠，尊重牠生存的權利。這兒附近的鵪鶉並不多，打獵的時候就該手下留情。總之，你如何對待鵪鶉，鵪鶉也會照樣回報你！

爺爺說，你該這樣想，鵪鶉群就像是家庭的一份子，只要善待牠們，牠們自然會跟你終生相守。在花園裡捕食小蟲，黃昏時悠揚的叫聲，使你心曠神怡。獵狗因為有牠們作伴，也感到十分快樂。每年打獵的季節，別射殺太多，總得留些種鳥，明年才好給你再孵一窩小鳥哇！

爺爺說，揹上獵槍，帶著狗出去找鵪鶉，一找就能找到，再沒比那更好的事情啦。這些小傢伙雖然頂多不過五盎司重，但是每一盎司都有「君子的成份」。牠們十分聰明，每次和牠們打交道，都能顯出一些你自己的本性來，使你了解自己是什麼樣兒的性格。

爺爺說，比較起來，獵鷓鴣的人，無論是誰，都要守規矩些。由此可見，與君子相交，獲益匪淺。如果你有興趣獵鷓鴣，有些事情一定要記住；不能在獵犬面前打兔子，要不，牠的心就不放在鷓鴣身上了。

要注意狗的行動，一隻不重視——也就是說不尊重——獵物的狗，或者不肯對同類讓步的狗，簡直毫無用處，不如乾脆早早打死牠算了。假如你的狗不懂規矩，壓根兒牠就沒有做獵犬的資格。

對待獵兔狗也一樣。假如只是普通獵犬，當然准許牠去追兔子。如果是品種良好的長毛或短毛獵犬，牠們就沒有權利去追逐兔子。就像住華盛頓的人常說的，這是一種不必要的浪費。反正不論是狗是人，都該做自己份內應做的事，以維持自己的生存，而且一定要做得光明磊落。

爺爺吸著菸斗，笑嘻嘻地說：「這使我想起老友赫喬義的那隻長毛母狗——阿陸來，牠笨得什麼似的，可是牠很忠心，真的忠心耿耿。喬義最出色的獵鳥狗，是一隻高大的戈登種長毛狗——甲特，牠全身的毛烏黑，每逢找到鷓鴣的時候，那模樣真像燒焦了的木樁，同樣烏黑，同樣堅牢。阿陸就知道跟著牠，每次只要一穿過那片開滿金雀花的大草原，就會看見老阿陸，一動也不動地守著甲特。阿陸除去忠心耿耿以外，並沒有別的長處，牠可以說是我所見過的最盡職的母狗了。一生兢兢業業，平心靜氣，善盡自己的本份，最後卻因為眼力不濟事，就在一條熱鬧的馬路中央，守著那根遠看像是甲特的消防栓，一輛汽車飛駛過來，牠也沒放棄自己的責任，竟因此喪失了生命。」

爺爺溫和又慧黠地笑笑，繼續談論他的大道理。

他說：「人從注意狗的舉動中，能學習許多有關生活方面的知識，就拿蛇跟甲魚（鱉）來說，世界上最好的獵鳥狗，都會找到甲魚和蛇。但是牠看見甲魚不會離開，一找到蛇就會倒退回來，躲得老遠地。狗也許認為這是對同行的獵人們一種公眾服務吧！受過良好訓練的獵鳥狗每逢找到白兔的時候，會怪模怪樣地豎起耳朵，就像牠從果園裡偷了蘋果，不時回過頭，用負罪的目光瞧著你，你知道牠在等著挨揍。就像牠明白自己躥進鵪鶉群裡，把鳥兒都給驚飛了，或者牠在亂咬一隻死鵪鶉，同樣都是犯了錯。千萬別低估狗的智能，如果你訓練的狗嗅覺靈敏，而且也懂規矩，如果再縱容牠為非作歹，那就是你的不是了。」

爺爺說：「這些事，跟鵪鶉是有點風馬牛不相及，你知道，老年人一高興，就會扯個沒完的。我們還是來談談鵪鶉吧。」他還說，有智慧的人，從不想改變鵪鶉群久已習慣的生活方式。

爺爺一再叮囑我說，鵪鶉是家庭的一份子，就像其他家屬一樣，希望給牠溫飽的生活。所以要在牠們居處的附近種些豆類、胡枝子等等，準備做牠們的糧食。北美鵪鶉喜愛安定的家庭生活，牠們會暫時離開棲宿的地方，四處走走，但是希望每天有家可歸。爺爺說，人類不知道從這些訣竅中學習，實在是很可惜的事。

只是鵪鶉跟人類一樣，也有愚蠢的一面。牠們不肯和平相處，就像我們人一樣，會引起戰爭，以致流離失所。這也是人類為何有戰爭、饑饉和漁獵方法的原因。唯有最後一點我最欣賞，提醒人類和鳥類都各自謹慎些。如果鵪鶉沒有合法限制，牠們繁殖太快，就會互相殘殺，雄鳥爭鬥，雌鳥啄食鳥卵，最後終歸自取滅亡，那些原來住著鵪鶉的地方，忽然什麼都沒有了。

這樣對誰——鵪鶉哪、蟲啊、你呀——都沒好處，狗就更甭提了。所以每年打鵪鶉，數目千萬不可過量，譬如這兒有二十隻鵪鶉，你打掉一半，狐狸偷幾隻，山貓也偷幾隻，只剩下兩隻，打算做窠孵卵的時候，也許這一年天氣不好，又凍死一隻，那不是沒有了嗎？但是只要你不太貪心，愛惜牠們，少打幾隻，那樣你後院裡永遠也別愁沒有鵪鶉哪！

爺爺說：「在我認識你奶奶之前，我在南方前後住了三十年，專心養狗，那時候，我對狗好有興趣！我的後院裡不僅要訓練狗，同時也養著一大群鵪鶉，訓練狗的時候，順便也教教附近的孩子們。

「這就是法國人所謂的『和平共存』。我訓練鵪鶉，是不讓牠們離家太遠。鵪鶉做窠的季節，我教導狗要尊重鵪鶉，也教導孩子們善待肯守規矩的狗。每年我最多打三次鵪鶉，獵取的數量，每群最多不超過三隻，而且從不曾超過總數的三分之一，經常為牠們準備食物，也就是說，像對待上賓一樣照顧牠們。」

爺爺說：「最近我發現自己好嘮叨，鵪鶉的事兒一時也談不完，等有機會再告訴你。你只要記住：別性急，別把鵪鶉一網打盡，好好餵養牠們，記住要教狗尊重鵪鶉。喔！不扯啦，你可別忘記，尊重是一項美德，我敢講，在任何情況下，無論是對待鵪鶉、狗，或是人，都會用得著的。」

＊

爺爺說：「這枝鳥槍價錢並不太貴，也不頂漂亮，也沒刻什麼特製的標幟。但是它能射擊，只要瞄得準，它能射殺任何你想打的東西。將來等你找到工作，有了錢，可以旅行到英國，買一對雙管槍。或者就在國內，專門定製一枝在上面鑲一塊雕刻著獵鳥狗的金牌子。可是你現在剛學打獵，這枝鳥槍足夠使用了。」

這也許是一個小男孩所能擁有的最漂亮的鳥槍啊，尤其你才八歲，爺爺就已經決定把一枝危險的兵器託付給你。那是一枝二十毫米口徑的小鳥槍，價值二十塊錢。那個時候，二十塊錢好值錢哪！可以買好多好多東西呢。爺爺鬍子很長，嘴裡還叼著菸斗，兩隻豎得筆直的大招風耳朵正好對著我，就像釘牢白兔的長毛獵狗，一時還不想讓別人知道的樣子。

他說：「我這就把狗喊出來，你要盡量好好地使用這枝鳥槍。在我們沒去森林之前，我要關照你一件事：現在，我的信譽正握在你的手裡，你媽以為我是個老糊塗，居然把一枝槍拿給跟槍桿差不多高的毛孩子。我跟她說，對你的安全，對這枝槍，以及教你如何使用槍，這一切責任，全由我擔當。我告訴她，男孩子什麼時候要學打獵，他就夠資格有槍了，不管他的年齡有多麼小；而且不能因為他太小，就不讓他開始學習。不過，應當教他如何小心使用槍啊！你應該記住：槍是一件很危險的兵器，一枝實彈的槍能叫你變成殺人犯，千萬可別忘記呀！」

我說我不會忘記的，我也真的一直沒有忘記過。

爺爺戴上帽子，呼嘯著把弗蘭克和山迪喊出來。我們走出後院，那裡養著好一大群鵪鶉。這時正是十一月最好的天氣，陽光溫暖，微風輕揚，遍野是黃葉和紅葉。我們走近那一排鐵絲網的時候，我一隻手高舉鳥槍，一隻手扶著鐵絲網的柱子剛跨過一半，褲子就被鐵絲鈎住了。

爺爺大聲嚷：「別動，你也不睜開眼睛看看，你不知道被鐵絲鈎住了嗎？瞧瞧你這副德行，一隻腳懸在半空中，一隻腳還踩在鐵絲上！」

我喃喃地說：「我……看見了的。」爺爺說：「當心些，這陣子你手裡拿著槍，我要好好管教你，只要你一犯錯，我就得訓你。我知道你的鳥槍還沒裝子彈，你現在拿著它爬網，就是發生了事情，也不會有人受傷。如果你養成了這種習慣，總有一天，你就會帶著實彈鳥槍爬網，萬一不小心，腳底下一滑，鐵絲鈎住扳機，射出來的子彈，不論打死你，打死我，或是打死別的人，到那個時候再後悔，可就晚啦。」

他說：「附近的森林或田地，大都圍著鐵絲網，你這一生可有得爬呢。所以從開始就該學習穩穩當當地爬！每逢要爬的時候，先扣緊槍上的保險，槍口朝裡，把它放在距離你想爬過的地方，大約十英呎遠的鐵絲網下面，等你爬過去以後，再跑去拿槍。那時候，還得先檢查一下，保險是否仍舊緊扣著？這一切都得養成習慣。再說多檢查一次保險，也並不怎麼費事嘛。」

我們繼續向前走了沒多遠，就到了玉米田那一頭。這時候，那隻檸檬和白色相間的長毛狗山迪，在田邊到處嗅著。老弗蘭克行動慢吞吞地，低頭在地面仔細尋找蹤跡。不一會兒，山迪就嗅出苗頭來啦，牠飛快地躥過去，一直追蹤到五倍子叢裡，才坐下不動了。弗蘭克也緊跟上去，牠昂著頭，身體挺直，守在山迪附近，那模樣神氣極了，這真是一幅我從未見過的動人畫面。

我問：「爺爺！我現在真的可以打獵嗎？」

爺爺說：「先裝上子彈，再走進矮樹林裡去，等鵪鶉驚飛起來的時候，瞄準一隻，再開槍。」

我裝好子彈，向狗那兒走去，「滴答」一聲，扳開保險，聲音輕得難以覺察，可是爺爺偏就聽見了。

他說：「慢著，把槍給我！」

我愣愣地摸不著頭腦，這是我的槍嘛，爺爺已經給了我，現在又要從我手裡拿回去，簡直太傷感情了。爺爺嘴裡叼著菸斗，走到獵犬身後，他並不看地上的鵪鶉，挾著槍，和身體成四十五度角，眼睛一直瞧著前面。鵪鶉一起飛，爺爺立刻舉起槍來，用大拇指撥開保險，準備射擊。等第二隻鵪鶉飛了大約二十五碼遠才開槍，這隻鵪鶉隨著紛紛飛落的羽毛摔了下來。

爺爺向狗吆喝：「去撿起來！」反扳開槍膛，裝進一粒子彈。

我氣得發瘋，大聲嚷：「為什麼要把我的槍拿走？見鬼，這是我的槍，又不是你的！」

爺爺說：「你年紀太小，還不夠資格罵人哪！咒罵是成人的特權，你一定先要取得罵人的權利才行。就像有許多事，你都要先取得合法的權利才能做，是一樣的。我把為什麼要把槍拿走的原因告訴你，你就永遠不會忘記了，是不是？」

「爺爺，我才不會忘記呢！」說話的時候，我仍然很生氣，幾乎要哭出聲來了。

「我已經告訴過你，要好好管教你，就算是討你媽媽歡喜也該這樣做的。以後每逢打獵的時候，你就會想起我拿走你的鳥槍的事，這也是訓練課程中的一部份。」

我問：「我一點也不明白你為什麼要把給我的槍又拿走，是我作錯了什麼事了嗎？」

爺爺說：「你先扳開保險。在這個世界上，誰也不能拿著沒扣保險的鳥槍蕩來蕩去地。你並不知道那些被狗發現的鵪鶉，將要飛到什麼地方去，也許經過你面前呢。所以當狗驚起鵪鶉，你跟在狗的身後頭，萬一不小心跌進洞裡，或是碰上一塊石頭，沒扣上保險的槍機一受震動——哼！準會流血！」

我說：「有時候，要是想打什麼東西，總得把它扳開的嘛！」

爺爺說：「習慣這東西很奇妙，好習慣跟壞習慣一樣，都很容易養成，習慣一經養成，就會一直持續下去。不等開槍就先扳開保險，這是一種最壞的習慣，毫無益處。等到鷓鴣起飛，你舉起槍，這時候，有的是扳保險的時間。總而言之，使鳥槍完全是一種反射作用。」

「使鳥槍的方法很簡單，你挾著槍，槍口要離開那些和你一起去打獵的伙伴，注意看著前面。等到鷓鴣起飛的時候，你就得注視鷓鴣。以後這些就是一連串的自然反射動作：舉起槍，瞄準獵物，大拇指扳開保險，扣動扳機，槍聲一響，鷓鴣隨即落地。只要開頭你就把這些弄對了，以後就會習慣成自然，毫不費事啦。你先來對準松果之類的小東西，打幾響空槍試試！」

我立刻舉槍射擊，槍聲響得好可怕，我嚇壞了，就把槍扔在地上。

爺爺故意諷刺我：「喔！喔！我以為你已經弄清楚了，知道要在準備打空槍以前，先檢查一下槍膛，看看裡面是不是裝有子彈？你瞧，剛才你要是檢查過了，就會發現，我趁你沒注意的時候，偷放了一粒子彈進去。像你這樣自以為是，不把開槍當回事，很容易打死我或打死狗的。」

射擊第一課就上到這裡為止。雖然現在我已經長大成人，但是永遠無法忘記，爺爺把槍拿走，悄悄放進一粒子彈，教導我射擊的時候應該如何小心謹慎。集合全世界所有的詞句，也比不上爺爺只用這兩三件事所給我的教訓。回家的路上，他還告訴我一件事：「年齡愈大，人就愈發變得小心翼翼。等你有我這麼大年紀的時候，就會害怕兵器，叫那些所有認識你的年輕小伙子，都會喊你老不死的膽小鬼。只是老不死的膽小鬼，不會在鴨窩裡打破朋友的腦袋，或者在矮樹林獵鹿的時候，打穿老朋友的胸口。」

回家的時候，我跟爺爺回到他屋裡去，爺爺撥旺壁爐的火，從櫥裡找出一瓶陳年麥酒，倒了半杯，慢慢地喝著，又舔舔嘴唇。

他說：「再往長遠些說，你長大的時候，你可能開始抽菸喝酒，多數人都是這樣的。但是你該記得：酒要留著等到一天打獵完了，擦淨獵槍，把它放回槍架或槍套，坐在爐邊休息的時候再喝，這樣就無傷大雅了。我知道，你還沒擦槍呢。如果把它扔在牆角落裡，放著不去擦拭，小孩子可能會拿去玩，狗也會把它撞倒在地上，那多危險哪！我勸你還是馬上把它擦乾淨，這樣，你才確實知道，裡面既沒有子彈，也不會生鏽，順手把它放進槍套，就沒事兒啦！」

可能有人認為爺爺太性急，當時我就有這種感覺，現在可不這麼想了。因為我已經很清楚，只要有枝槍，那可能發生的危險事兒，實在太多了。

爺爺說：「我認識一位老兄，經常喜歡擺出但尼彭[1]的姿態，站著的時候，兩手交叉放在槍口上。有一天，獵槍意外走火，從那時候，他就失去雙手，什麼也做不成了。我還見過醉鬼帶著『沒有卸下子彈』的獵槍，回到屋裡，突然『砰』的一響，酒都被嚇醒了。還有人以為自己已經把來福槍的子彈倒空了，結果差點打斷一隻腳。另外也有人在矮樹叢獵鹿，當一隻雄鹿走進林中，槍聲一響，打中的竟是他最要好的朋友。」

爺爺嘮嘮叨叨，像這樣連罵帶訓，大約有三年之久。有一回我又忘了他的囑咐，拿著實彈鳥槍爬籬笆，被他拿棍子揍了一頓。

他說：「看來你還沒有真正長大到不能挨揍呢。既然你不能像大人那樣記住我一再關照你的話，我就還可以打你。這頓打雖然不會傷害你的皮肉，但是最少讓你傷傷感情。」

十一歲那年，爺爺把我這枝小鳥槍悄默聲兒地偷走，又故意捉弄我，笑嘻嘻地說，他能未卜先知，準知道有個好心好意的印第安人，要來送份禮……我雖然弄不清是怎麼回

1 但尼彭（Daniel Boone, 1734-1820），美國重要的西部拓荒者與獵人。他是第一個到達肯塔基並在此開墾的拓荒者。

事，但是並不認真，因為我知道爺爺是個鬼靈精的老人，最喜歡繞著彎兒逗人。

那天晚上，我回到自己屋裡，發現牀上放著一枝十六毫米口徑的雙管獵槍，不但皮套上刻有我的名字，槍把兒兩邊，也都釘著銀牌，一塊銀牌上雕刻著鵪鶉和獵狗，另一塊刻著我的姓名。

這時，爺爺正在他房間裡喝酒暖胃呢，我拿著新獵槍衝了進去，他端著酒杯，笑吟吟地瞧著我。

他說：「這是送給你的畢業禮物，自從開始教你打獵，這三年來，你沒打死我，也沒打死狗，更沒打死你自己，我認為現在可以放心讓你畢業了。我把你的舊鳥槍拿走，是怕你萬一不小心，隨意亂丟，那可就麻煩啦。」

現在我已長大，可以罵人了。我遇見胡亂使槍的笨蛋真不少，常嚇得那些謹慎的人驚惶失措，當然是他們沒有像爺爺那樣的好老師，有些人硬是不如某些人幸運。

2 森林漫步

那天的天氣，好得直讓人想出去散步。爺爺跟我優閒自得，毫無計畫和目的，信步去森林走走。像這樣並不一定要去什麼地方，只是為散散步，真是件很舒服的事。我們爺兒倆也正好有這一份兒閒情！

我們沿著去沙丘的途中那條常去游水的河邊，慢慢地向前走。

爺爺說：「想來真有趣，一個人睜著眼睛過了一生，但是什麼也沒看見。多數人就這麼有眼無珠，糊糊塗塗地活了一輩子。等到上帝把他召回去的時候，才發現自己什麼也沒見著，白白辜負了幾十年的光陰。今年夏天，我想多花費些時間，教教你如何養成仔細觀察事物的習慣。不是那種臨時強記，待會兒就把它忘了，就像見鬼的照相機似的。」這時，聽得樹梢有吱吱喳喳的聲音，我們踏著厚厚的松針，悄悄地過去，看見高枝上那兩隻松鼠，來回追逐嬉戲，十分歡樂，完全不理會站在樹下的兩個陌生人。

爺爺說：「別走啦，我想跟你談談關於愛情這件事，看它可能會引起那些壞影響。每年這個時候，正是松鼠們戀愛的季節，這兩隻雌雄松鼠，是一對正在享受愛情的情侶，瞧牠們多麼歡樂！可是，等到秋涼時候，樹葉兒零落，牠們倆一隻可能被獵人打死，另一隻可能已經離開這兒跑走了。

「現在，愛情正降臨松鼠王國，像這種情況之下，松鼠們的心裡除去愛情，是不會想到秋涼時候的事兒的。就說現在，我當然不打算射擊牠們，但是，如果真想打，只要有一把彈弓就夠了。到時候，牠們究竟是被什麼東西打中，恐怕自己也莫名其妙。這就是人人皆知的，為一個女孩兒昏了頭的榜樣。這一點，無論是松鼠或是男孩子，都不是幸福事。」

我說：「是的，爺爺！」

每逢爺爺滔滔不絕地談起這些人生大道理的時候，你只有乖乖地靜聽的份兒，就像今天這樣。

爺爺點著菸斗，摸著有菸漬斑點的鬍子說，在他看來，松鼠真像是謎。有些松鼠是紅色的，有些是灰色的，有的是貓松鼠，還有那種黑灰色的大個兒，有虎斑貓那樣大，牙齒偏又長得像海狸，又叫什麼狐松鼠。

爺爺說：「真不了解上帝是怎樣想法的，當祂已經創造好這麼多不同的東西，我就真不懂，祂為什麼還要把松鼠也分成這麼多的種類呢？要是依我，只要有一種松鼠就夠了。「而且祂又創造許多大小不同的人，有不同的膚色，不同的語言。也許就因為這樣，祂也只好加多松鼠的種類，才能保持平衡吧。就我所知，幾乎每樣東西都是這樣，有各種各樣的鯊魚、鹿、鵪鶉、兔子和人類，有時真把我弄糊塗了。喂，你快看！」

爺爺豎起關節好粗的大拇指，指著那對松鼠情人，這時樹枝上又飛來一隻雄松鼠——一隻髒得很的白色貓松鼠。牠搖晃著毛茸茸的大尾巴，剛跳上樹枝，原來的歡樂氣氛立刻被凍結了。三隻松鼠——兩雄一雌——分成兩組，那對情侶同心合力追趕白松鼠，牠們倆張牙舞爪，使出松鼠的全部看家本領，雄松鼠還咬了牠一口，疼得白松鼠「喳」地大嚷一聲，立刻溜上樹梢，松鼠情侶緊追不捨，嘴裡還直吶喊呢。

爺爺指點著白松鼠說：「從來沒見過像牠這樣的。種類和顏色都不相同的動物，我可見多了，像這種天生白變種的貓松鼠，真還是第一回開眼界。你有沒有發現所有的松鼠都在追趕牠？知道為什麼嗎？」

我搖搖頭：「爺爺，我不知道。」

他說：「就因為牠跟別的松鼠不同，可能是老天爺跟牠開玩笑，把牠造成了白色的，變成松鼠世界中的怪物。你知道，別的松鼠都是紅色、灰色或是黑色，這些松鼠都會看著牠，互相談論：『這是什麼玩意兒？一隻白松鼠？一定是外國來的。』所以大夥兒都轟牠。

「我想，做一隻白松鼠一定很不好受，松鼠們都指指點點地反對牠。就算牠僥倖沒被獵人打死，光是這種逃亡的生活，就夠使牠厭倦的了。我猜，牠也許寧願自己是鱷魚、烏龜，反正做什麼都比做這樣一隻觸盡霉頭的怪顏色松鼠好。」

松鼠的事兒我已經聽得有些不耐煩啦，我需要的是多來些實際活動，最好少聽這一類空泛的大道理。所以我就建議：「爺爺！我們回家去開車，到凱士威[1]小木屋去住一夜，好不好？像今兒晚上這麼好的月亮，該是海龜下蛋的時候啦！」

爺爺說：「我想也是，你這個主意真不壞，海龜是很有趣的東西。尤其是月圓時候，海龜婆婆就會爬上沙灘下蛋，再把蛋埋藏在沙子裡，那才好看呢。你從來沒見過，是不是？」

我說：「爺爺，沒有哇！您總是說要帶我去找海龜，直到現在也沒兌現。我們現在就去好不好？」

爺爺說：「好！我們回去把老福特車開出來。」

凱士威灘的面積不算小，那裡我們有幢用粗木板和焦油紙搭蓋的小屋，裡面只有一間臥房，設備雖然簡陋，但是足可以睡三五個人。臥房外面，有一間簡單的小廚房。小房面對海濱，門外就是浪花起伏的大海，住在小房子的生活最迷人。我們有時釣魚，有時偷獵政府管轄地區的松鼠，有時什麼也不幹，只為聽聽海濤的聲音。沙灘上，我曾經發現過多少次海龜下蛋後留下的那一串長長的爪印，但是總是沒那麼好的運氣，能親眼看一回海龜正在下蛋的情景。

好多人都不喜歡海龜蛋，因為蛋殼皺得像是老婆婆的臉，再怎麼煮，蛋白也不凝固，可是我很喜歡吃。吃的時候把它放在開水裡煮五分鐘，蛋黃就凝固了。把蛋皮敲破，剝去那層白膜，抹上奶油、胡椒、鹽，用手把蛋一擠，就下肚了。只要不介意它的蛋白，那味道真的還不錯呢。

有一次爺爺撿了一大堆海龜蛋回來，他教我不要害怕吃那些外形不如肉排、糕餅那麼好看的食物。他說：「有些人不吃蠔，也不吃食用蝸牛，或特別的野菜等等，這種人最差勁。就因為這些不是他們日常吃慣的食物，所以不肯嘗試。這種自覺嬌生慣養的人，我最

1 凱士威灘（Casell Beach），北卡羅萊納州東南角的一處海灘，是開普菲爾河（Cape Fear River）的出海口。

看不慣他們。」

汽車慢慢地駛向凱士威灘，到達小房子以後，趁著爺爺在煤油爐邊忙著做一頓美味可口的晚餐時，我脫去長褲，跳下水裡去游泳了好一陣，好過癮哪！回來的時候，爺爺剛把晚飯做好。他嘀咕說，男人比女人會做飯，男人只簡單地做一兩樣菜就夠了，不像她們亂七八糟地做上一大堆。今兒晚上爺爺的拿手傑作，仍舊是火腿炒蛋。他說，其實上帝只要創造母雞、豬和玉蜀黍，別的就大可不必創造了。因為火腿、雞蛋、玉蜀黍粥，就足夠維持全人類的生活啦。

飯後，我們漫步海邊，看月姊兒輕盈地爬上海面。爺爺說，他認為月亮才不是什麼維納斯，那只是希臘人的看法。還不是那個喝醉了酒的希臘佬，迷迷糊糊地，一看見月亮，就跟美女弄混了？

爺爺說：「我看還是現在就教教你吧，你可不許在我面前把月亮說成什麼『維納斯迪蜜羅』（Venus de Milo），她的全名應該是『愛與美之女神』，是來自希臘的米羅斯島。你瞧，『維納斯』是羅馬人，『蜜羅』是義大利，而『迪』（de）這個字是法文，顯然可見一件事情經過若干世紀的流傳，會發生多大的錯誤！」

爺爺講完了希臘、羅馬和一般普通的歷史，正要準備開始講埃及和金字塔的時候，月亮爬得更高了，我們這才決定去找海龜。我光著腳，踏著軟軟、細碎的、又冷又濕的沙灘，一直到浪花沖擊的水邊。海上的夜空是這麼樣明朗，光亮得幾乎可以讀書了。我可沒敢把這個想法告訴爺爺，因為他很可能真的要我回去，找本書來，為的是想看看我是否言過其實。

夜晚的海灘美得迷人，靜靜地，沒有喧嚷的人聲，海鷗在安詳呼叫，浪花一波又一波，輕柔地拍擊著海岸。我一面尋找海龜的蹤跡，一面也像爺爺那樣在思索：想到上帝創造山水的時候，一定是早有畫稿兒啦。

大約走了一里多遠，就發現海龜所留下的新鮮痕跡，細碎的爪印；但沒看見有回去的印痕。我們順著這條軌跡——就像跟蹤一輛牽引機那樣清晰——直走到沙丘下，蘆葦已經荒蕪了，牠就俯伏在那兒，看來真有餐桌那樣大。

海龜已經挖掘好深深的洞穴，身體下面，垂著一根下蛋用的像管子似的東西，正對著洞口。洞穴的形狀是上面小，底部大，有一半已經裝滿了蛋。下蛋的速度，平均每分鐘六個。從牠長滿皺紋的大鼻頭上看來，真像一隻老鸚鵡。半睜半閉的眼睛裡，滿含著淚水。

我不懂海龜下蛋的時候為什麼要流眼淚，也許是因為太痛苦的緣故。但是，牠哭哭啼啼地，就像跟丈夫嘔氣的妻子，要使人相信，牠這一次可生大了氣了。

海龜真是一種奇怪的動物，聽人說，雄龜比雌龜要小好多，牠也從不離開海洋，一輩子就在海裡育養、繁殖、死亡。每逢龜媽媽準備下蛋，就獨自浮上海面，痛苦地爬上沙灘，自己挖好洞穴，流著淚生完蛋，再把洞口蓋好，又慢慢地爬回海裡去。陽光使蛋孵化，等到海龜寶寶咬破蛋殼，掙扎著爬出殼外，立刻蹣跚地爬到海裡去。我想，在牠下蛋後不久，牠該想著來看看兒女們的模樣吧！可是小海龜的爸媽竟然沒有這股盡本份的心。

當「愛與美之女神」（這是我替海龜媽媽起的名字，好讓爺爺知道我並沒有忘記他的教訓）正在流淚下蛋時候，我仔細打量著牠：藏在殼裡的身體大約六英呎長，四英呎寬，胸部長著一塊塊有盛湯盤子那樣大的螺旋形圖案，上面長滿了青苔，就像留在水裡好多年的老樹樁。我問爺爺，知道不知道牠大約有多大年紀？爺爺說：「這很難說，不過從外表看來，一定比你奶奶的年齡要大些！」

海龜終於把蛋下完了，四隻腳爪就像開路機，忙碌地填平洞口，又慢慢地爬回海裡去。

爺爺說：「快騎到牠背上去，學學神話中那個騎海牛下海，一去就沒再回家的角色，一定很有趣。」

我真的爬在海龜背上，騎著牠慢慢走進海中，直到牠開始游向深水的時候，我才跑回沙灘。把洞挖開，數數一共有一百三十七枚海龜蛋，個兒比大核桃稍微大些，每枚蛋頭上都有一個向裡凹的小漩渦。

爺爺說：「我們只要拿一兩打，夠明天早餐就行了，其餘的留著孵小龜。如果讓龜婆婆白忙一場，什麼也沒得著，那就太不好意思了。等小海龜孵出後，想著再來看看……哦，我真該挨罵，因為我也不知道小海龜到底要孵化多久哇！」

我們在如水的月光下漫步回家，我雙手捧著滿滿一帽子的新鮮海龜蛋，誰也沒有說話。

月兒仍舊高掛在天上，我在海浪低語、海鷗吆哨聲中漸漸入夢……朦朧中，我還迷迷糊糊地想，這會兒我要是在家裡，一定去看電影了；可是我更為自己慶幸，沒有辜負這樣兒的海邊！這樣兒的月色！

3 獵野鴨——彈道學

又到了十一月的陰冷時候，天空暗沈沈地，寒風颯颯，雖然是南方，也隱隱有了寒意。雲層低垂，灰色的河面，波浪翻騰。那天晚飯後，爺爺看看晴雨計，說氣溫又降低了。

他說：「我想，你還不大清楚怎樣打野鴨呢。看情形明天天氣恐怕要變壞，要降雨雹，說不定會下一場雪。北風這麼強勁，河上的風浪一定很大，野鴨會飛進沼澤來避風，而且飛得好低好低。明天最好早點兒起牀，帶你去練習練習打野鴨。現在你已經是一個獵鵪鶉專家啦！」

爺爺笑著看我，我也笑嘻嘻地瞧著他。自從昨天下午起，我就是神氣的小夥子啦，生平第一次獵到的鵪鶉達到預定標準。當時，天也下著雨，獵犬毫不費事地，就找到了鵪鶉的蹤跡，金雀花叢裡，到處是一隻隻鵪鶉，我使的是爺爺剛送給我的那枝十六毫米口徑的雙管新獵槍，不慌不忙地，等鶴鶉一起飛，我連打幾槍，只一次沒打中；等到打中第十五隻鶴鶉的時候，連狗都樂開了，當然牠們還趕不上我自己那份興頭勁兒。

爺爺說：「別以為你已經懂得打鶴鶉，就覺著獵野鴨的方面也是一樣。我告訴你，打鶴鶉是一種自然的反射作用，射擊的時候用不著計算時間；但是打野鴨卻是彈道學。」

我問：「什麼是彈道學？」

爺爺最會喜歡說些唬人的字眼兒，也不解釋，就喜歡等著我去問他。他笑著說：「好奇是求知之本，當然好奇並沒有害處，就連好奇心重的貓兒也不例外。你知道，只有愚蠢的貓兒才會因貪吃老鼠而脹死的。」

他又說：「彈道學很難解釋，我試試看能不能說清楚。比如說，把鳥兒飛行的速度、角度、高度和風速、風向，還有槍彈的大小、射擊的速度、火藥的強度，這一切加在一起核算的方法，就是彈道學。書本上可能不是這種解釋法，這只是我給它下的定義。等到獵野鴨時，你有了幾次打不中的經驗以後，我再向你解釋，就容易明白多了。」

第二天天不亮，我們就起牀了。天氣冷得連呼出的氣都變成了一團白霧，耳朵也凍得像是只要誰碰一碰就會掉下來似的。從熱呼呼的被窩裡爬出來，穿上冰冷的襯衫、冰冷的長褲、冰冷的長統橡皮靴，簡直是一種難以忍受的苦刑。

下樓時，爺爺正在廚房裡，爐子已經生火——那種老式的燒木柴的方形大爐灶，玫瑰色的火燄在歡躍，屋裡暖和得就像鐵工廠。爺爺啣著菸斗，長柄淺鍋裡，炒火腿蛋，油煎麵包嗤嗤直響，白鐵盤裡放著一片片煎好的火腿，咖啡壺正在爐上唱歌呢。

他說：「再沒有比冷天餓著肚皮打野鴨更冷的了。但是，只要早餐吃飽，肚裡就像生了火，全身都會感覺暖呼呼地。我一直認為，如果早餐吃得豐盛，中飯吃不吃都不打緊了。」

爺爺做的火腿蛋和麵包都十分入味，不像烤麵包那麼硬，吃來十分可口。他倒好咖啡，我們每人大約吃了六個蛋的份量；特別像這種天氣，屋外冷得像地獄，屋裡像春天，我真不相信還會有比這更美味的早餐。人們現在也不像爺爺那樣煮咖啡啦——把咖啡壺放在爐上儘煮，滿屋都瀰漫著咖啡香味，引得人非喝不可。

吃完早餐，爺爺向我擠擠眼，從裝點心的陶土罐兒裡，偷偷地拿了奶奶昨天剛烤好的兩打小餅，又拿了兩個蘋果、兩個橘子，裝進紙袋裡。把剩下的熱咖啡倒進暖水瓶，又拿一隻一夸特[1]的大玻璃瓶，裝滿從後院汲來的甜井水。穿好雙排釦子方格厚呢上裝，戴上舊絨線帽和耳套，揹起獵槍，說：「我們可以去打野鴨啦！」

外面還是陰沈沈地，從飄忽的雲層中，依稀可以看到天空閃爍的星星，月牙兒也漸漸朦朧。穿過靜悄悄的街道，直達河邊。喔喔的雄雞開始報曉，狗也被吵醒了，也懶洋洋地汪汪吠著，河邊好冷啊，黑茫茫地，什麼都看不見。

走到放小船的地方，爺爺等我在船頭坐定了，立刻解開纜繩，把小船一腳踢離了岸邊。爺爺說，他先划船，好活動活動筋骨，等下也許會出太陽，就由我划回家。小船慢慢前行，背後颼來一陣陣寒風，船頭的尖端輕吻著蕩漾的水波，飛濺的水花，灑落在我穿的毛茸茸方格子呢上裝的肩頭，像一滴滴晶瑩的露珠。但是正像爺爺說的，我肚子裡已經生了火，全身都是暖呼呼的。

搖槳的時候，爺爺雙肩上下聳動，我呆呆地看爺爺的背影，依稀看得見他頭兩旁豎著的大耳朵，和啣在嘴角上的菸斗。大約划了兩英哩遠，爺爺把小船靠在沼澤水草濃密的地方，他放下雙槳，站起身來說：「把船篙給我！」我把船篙遞給他，這是一根質地堅硬的胡桃木，由我用短刀幫助爺爺削成的。很有彈性，誰有勁都能把它折彎成半圓形，但是不會斷。爺爺和我用沙紙把它磨得連骨節兒上都光滑如鏡，手摸著好滑溜呢。

爺爺站在船尾，面對著我，把船撐到淺水塘裡，水面浮著一片片百合花的殘葉，和從

1 夸特（quarter），美制容量單位，一夸特約九四六毫升。

水底污泥中生長上來的，像蛇似的，各種奇形怪狀的根狀莖。小船慢悠悠地從水面輕輕滑過，船篙一插進水裡，污泥就咕嘟咕嘟直冒氣泡兒。我們穿過池塘，到達草深足有五、六英呎的河邊。

爺爺說：「這兒最理想！」他把長統橡皮靴提得高高的，直到大腿上。又把靴口的繩子繫在腰部的皮帶上，就跳到水裡，站了起來，把我跟小船一直推進草叢去，直到蘆葦擋住船頭，爺爺又把一枝船槳深深地插進河牀，抵住船尾。他說：「你把引誘野鴨的假鴨餌扔來給我！」

我把十隻假鴨餌扔給他，這還是爺爺獨自坐在後院那株無花果樹旁的台階上，細心地用軟木削成野鴨形狀，漆上和野鴨近似的油彩。我告訴爺爺，在我看來，它並不像野鴨嘛。爺爺沒好氣地說：「但是，在野鴨看來，它們就像了。人類多數的困擾，是無論對什麼事，總是自私地只顧自己的看法。獵鴨的時候，又不是來打你，而是你來打野鴨，從高空的野鴨看來，這種東西當然像野鴨嘛。」

爺爺涉水向前走，從雙手到肩頭，身上掛滿了假鴨餌，每隻假鴨餌的繩頭上還繫著鉛錘。他像是毫不費事似的，一會兒便把假鴨扔到距離我們約二十五碼遠的地方。這兒一隻，那兒一隻，三三兩兩地，在草叢附近圍成一道小小的半圓圈。風從背面吹來，假鴨迎風來回飄蕩。

爺爺大聲嚷：「用蘆葦把船遮好，別讓它見天，只留一兩個小洞洞，讓我們躲在船裡窺探外面的動靜，我這兒馬上就好了。」

我折彎蘆葦，把小船蓋得很嚴密，等我坐定後，草叢裡的船和人就看不見了，又把前面挖開兩處洞口，剛坐下，爺爺也涉水回來了。這時，天已經有點朦朦亮，低矮的雲層，越堆越厚，風越颳越猛，天氣也就越來越冷了。

這時，陰沈沈的天空裡，隱隱傳來羽翼聲，幾隻低飛的水鴨，偶爾接近水面，發出一陣聲音。沼澤裡有隻雌野鴨，從泥濘的窠中，朝著飛過的鴨群聒噪，雄野鴨從高空遙相呼應。這時，草叢附近的天空，全是飛翔的羽翼聲，微明的天空，偶爾掠過一點黑影。野鴨像小汽艇似的，棲息在淺水處，只聽得沼澤裡水花飛濺，噗噗作響。

「大約要多久……」我剛一開口，就被爺爺打斷了。

他說：「在鴨欄裡，先要學習少說話。說話雖然不礙事，但是那會使你分心，影響你監視鴨群時的工作。而打野鵝有五分之四全靠看得牢。噓……太陽已經有一點點開始出來啦，馬上就是那種最適合射擊的光度。等下開始打獵的時候，要用心去打！」

在鴨欄裡等候黎明前的那一刻，除去感覺時光過得太慢以外，別的都忘了，我幾乎以為這一刻永遠也等不到了。天空中傳出喧喧嚷嚷的聲音，遠處看出長長的鴨群行列，從清晰的鼓翼聲中，知道牠們飛得並不太高。水上的假鴨隨風飄動，一隻頭像是鑽進水裡，另一隻像是埋頭在翅膀下。從朦朧的晨光中看來，它們真像野鴨呀！我心裡想：「如果我是野鴨，也一定相信它們是真的。」

我全忘了寒冷，只是一心一意地從小洞向外面張望，想仔細看清野鴨的真正模樣。沼澤上空，只聽得這群紅翅膀黑羽毛的鴨子，歌聲嘹喨，響徹雲霄。頃刻之間，發起各種聲音，有如一曲萬人大合唱：嘎嘎的沼澤雞，哇哇的鷺鷥，嘓嘓的青蛙，和四周呷呷的野鴨聲相唱和。就在我們面前，「嗤嗤」一陣響，原來是一群水鴨，低低掠過水面，飛呀飛的，終於不見了蹤影。這時候天已經大亮，不再是灰沈沈的。遠處的水平線上，隱隱現出粉紅色的光芒來。

爺爺說：「現在可以開始了，只要有東西飛過來就打。」

我把雙管鳥槍裝上六號子彈，槍口遠離爺爺，朝著船尾。雲層低垂，鴨群也飛得很低，鼓翼聲也更加清晰，鴨群在我們頭頂上空盤旋候，晨光熹微中，牠們雪白的胸部，看來十分耀眼。

爺爺說：「好大個兒的長尾鳧！」

他立刻走過來，伸出那雙骨瘦如柴的大手，抓住我肩頭，又朝前面點點頭說：「野鴨到這邊來了。」

我左看右看，什麼也沒看見，還沒有幾秒鐘，就發現一串長長的黑點，我真不懂，爺爺怎麼會知道來的是什麼？是從哪一邊飛過來的？事實上，這些黑點是越來越近。我緊張地半舉起槍。這時候，鴨群已經繞過我們這兒，向左飛去。爺爺說：「先別動，等著我把牠們喚回來！」說著，爺爺就輕柔地模倣野鴨！咯⋯呷⋯的叫聲，爺爺又朝右邊點點頭，只見鴨群正從這兒過去，這時，爺爺使勁「呷！呷咯！咯！呷！」叫個不停，嘴裡還啣著菸斗呢。

野鴨群迅速地朝著我們飛來，大約有二十隻，由一隻個兒最大的綠頭鴨領隊。牠們收起雙翅，伸出腳掌，降落水面，停在那半圈假鴨的外邊。

爺爺說：「快！」

我站穩雙腳，下頷抵住槍把，眼睛緊釘著那隻剛飛下來的大綠頭。牠一看見我立刻轉身直向上飛。我對著牠「砰」一槍，牠繼續往上飛，我又打一槍，牠還是不理不睬，照樣飛行。我轉過身來看看爺爺，當時只覺滿身顫抖，臉色蒼白難受極了。

爺爺溫和地拍拍我說：「這兒有的是野鴨呢？」

大綠頭領著牠的鴨群飛走時候，我心情的慌亂、難受，幾乎無法形容。這些大野鴨原來高高興興地參加假鴨群裡，像要打算定居了。而且大綠頭足有鵝那麼大，距離又這麼近，幾乎可以完全看清楚牠身上的條紋，以及灰、藍、綠、黃相雜的燦爛羽翼啦。

當時，我真想大哭一場，自己覺得太使爺爺丟面子了；只是我又認為已經是個大男孩，如果大男孩再那樣哭哭啼啼，他的鳥槍就保不住要被拿走啦，所以我裝出一副滿不在乎的神情。我說：「好吧，我又沒弄對，完全沒打中，我也不喜歡這樣的，準是有什麼地方不對勁兒，您最好還是快點告訴我，是怎麼回事？」

爺爺點著菸斗，笑得好開心。而且他費了好多時間，才在風中擦著那根火柴，他才不管人家心裡急不急！

他告訴我：「你槍打的並不錯，雖然那隻大野鴨連邊兒都沒碰著，那是因為你不明白彈道學的緣故。記得昨天我跟你談的彈道學嗎？」

我說：「爺爺！是啊。可是你也沒把彈道學完全說清楚，那到底是什麼？」

這時，我心裡一直還在嘀咕：見鬼的彈道學！我沒打中的這隻野鴨，大得像火雞，大得像馬，還弄不清究竟為了什麼，現在只好挨爺爺的訓啦。

爺爺忍住笑，說：「等著我會把彈道學用人們所謂的簡化方法，講來給你聽，直到你完全聽懂了才算數。」

「比如說，你拿著橡皮管正在草地上澆水，忽然，你堂弟勞義跑進後院來，你想跟他開個小玩笑，用水把他淋得一身濕，他也許藉此就算洗過澡了……好，先別開玩笑……倘若他是逆風奔跑，你想拿手裡的橡皮水管淋濕他，一定要記住幾樣事：一、要指定水管噴水的方向，二、要估計風速。三、知道勞義奔跑的速度。

「當你知道橡皮水管噴出的水，要多遠就可以被風吹折回來，也知道了勞義只能跑那麼快；你若是如我料想的那樣聰明，就會拿著橡皮水管，對準他跑過去的方向，預計好距離，先把水噴出去。等到風把水吹折回來的時候，勞義也正好跑到這裡，正如你所預計的，灑得他一身是水。

「這就是彈道學，打野鴨也就是利用這種原理。射出的子彈等於橡皮水管噴出的水。飛來的野鴨等於奔跑的勞義，射擊子彈的方向等於水噴出的方向，野鴨飛去的方向也就等於勞義跑走的方向。而風速可以調節勞義與自來水以及子彈和野鴨之間的距離，因為射出的子彈和噴出的水都是同樣的道理。」

爺爺朝後坐下，臉上還帶著那種「還有什麼問題嗎」的表情。我立刻就問他：「當然，這比喻很清楚。但是剛才我沒有打中的那隻野鴨，起飛和下降都那麼快，關於這方面的彈道學，你可否講點從實際經驗中得來的方法給我聽聽？」

爺爺說：「這真是不像話，我才不願這麼早就把你慣壞呢！不過，多年前，我在路易斯安那州跟一位當地守衛人員一起打野鴨，他告訴過我一個極聰明的辦法，現在我也來教你吧：倘若野鴨往下飛，你要瞄準牠的尾巴；若是向上去，就瞄準牠的鼻尖；如果既不往上，也不向下，只要來回平飛，那麼就要引領牠，把牠引誘到比你能打中牠的地方大約兩倍遠，也許那還不夠遠，但是最少能打中牠的尾巴，等牠慢慢地支持不住時就會掉下來了。」

我又問他：「那樣究竟應該引領多遠呢？哦，老天爺，我是說，爺爺！你怎樣測量出這中間的距離呢？」

爺爺回答：「這種距離，就是當你舉起槍來，能夠擊中鳥兒的地方。而且經常這種距離總嫌不夠遠，因為有時候你趕不及等牠飛到適當的時候才開槍。種類不同的野鴨，各有不同的飛行速度。照一般來說，小水鴨起飛比其他野鴨都快，但是在特殊的情況下，野鴨比小水鴨快。射擊低飛時的藍嘴子，要好好利用彈道學。因為牠看來要比實際飛行的速度快，射擊時候多半是從上往下打。這就是說，你必須很仔細，否則子彈就會越過牠，打落了空。真是見鬼，光是空口說白話沒有用處，等到你打不中的次數多了，自然而然就學會了，反正野鴨多的是，你盡量打。就像現在，孩子！快蹲下來吧，你看這不是有一群長尾鳧飛來了嗎？」

這群長尾鳧跟往常一樣，飛得很快，行蹤也飄忽不定，如果不設法邀請，牠們從不肯停留的。爺爺這次模倣的是長尾鳧的聲音，用柔聲邀請牠們。長尾鳧迴旋繞飛了一大圈，傾斜下飛，再從水面繞行一圈後，又使勁向上衝。總而言之，牠們是不大喜歡下水的。牠們陡直上昇的時候，我還挺立在船頭。在我開槍射擊的時候，因為槍的衝力太大，我不由得往後一仰，翻身從船尾跌進水裡去，那隻長尾鳧也幾乎跟我同時跌進水裡。我穿過密集的蘆葦。踉蹌地走回小船。爺爺對此似乎樂不可支。

他說：「你既然能把自己找回來了，我這就出去把那隻碰巧被你打中的大公鴨撿回來。長尾鳧是一種優秀的鳥類，牠從不肯欺騙，那比你所能記得的許多人還好得多。牠不會像野鴨，或是北美鴨那樣，愛偷吃魚。牠在野鴨類中長得最漂亮，除非你喜歡那種花花綠綠的法國野鴨，和那種綠頭傻大個兒。」

我滿身水淋淋地爬上船，抹掉身上那些臭污泥。眼睜睜地瞧著爺爺，把我打中的第一隻野鴨撿回來。有誰會在這麼近的距離。看過自己生平打中的第一隻野鴨呢？

也許這隻長尾鳧沒有特別出色的地方，但是牠身上的灰色羽毛，像件漂亮的人字呢上裝。腹部雪白，鳥冠依舊挺直，白色的眼眶，頭上的羽毛是深棕色和金紅色，尖溜溜的長尾巴。大小跟野火雞一樣，味道也同樣鮮美。還有牠們是誠實的鳥類，不會欺騙人，也不會貪食魚兒。

要緊的是，牠是我的。我打中的第一隻長尾鳧，第一隻大野鴨。以後我或許會打中第一隻野鵝、野火雞，或是其他任何東西，可是，牠畢竟總是我第一次打中的，真正的大野鴨！我有些不忍想像，當牠全身僵硬，滑潤的羽毛失去光彩，明亮的眼睛將漸漸呆滯……但是我打中第一隻野鴨，簡直是種奇蹟。

我還是不知道是怎麼把牠打中的，只記得射擊後，牠翻倒在污泥裡。我暗自發誓，下次要設法打漂亮些。同時，對我的長尾鳧暗自讚不絕口……爺爺打斷了我多采多姿的幻想。

他低聲說：「別再這麼自我陶醉啦，眼前就有一群野鴨來了，你最好自己想想看，該怎麼辦？」

我從幻境中驚醒，只見假鴨群中，已經多了二十多隻真野鴨，由兩隻公鴨領頭，從外面直游進鴨欄裡，有些棕色斑紋的母鴨跟著，呷！呷！呷！歡叫著，一頭鑽進水裡。另外幾隻公鴨和母鴨也跟著游進來，擠在假鴨身邊，就像找到了有錢的闊親友似的。我瞧著爺爺，他竟破例開口說話了。

他說：「這兒每行有三四隻，如果你覺得肚子餓了，想快點回去，你就盡量設法把這群野鴨打光，裝滿小船，馬上回家。如果你想弄清楚自己的槍法究竟怎麼樣，我勸你馬上站起來，『噓』的一聲，把牠們驚飛起來，再看看你自己到底有多少能耐？小夥子，這就全在你自己啦！」

爺爺像是很專心地看著我，我決定聽從他的話，試試自己的能耐。就「噓」了一聲，兩隻公鴨立刻離開水面，筆直向上飛，直看得我眼花繚亂，也顧不得別的野鴨們的動靜。

我依照爺爺的話，把槍瞄準第一隻公鴨的鼻尖，再把槍向前推出大約兩英呎遠，扣動扳機後，這隻公鴨就像袋麵粉似的摔落下來。另一隻已經高高地飛去，我讓牠一直飛到我射程所及的地方，又「砰」的一響，牠也一頭栽了下來。忽然間，兩隻綠頭、藍翼、黃喙黃爪、尾巴蜷曲的龐然大物，腹部朝天，飄浮在水面上。牠們都是屬於我的！

爺爺說：「並不難，對不？我是說，當你一旦弄懂了就簡單了。」

我點點頭，說：「是很簡單，依照爺爺教的那種方法來打，實在容易極了。」

爺爺警告我：「如果我是你，才不會這麼趾高氣揚的。別以為你已經打了三隻很不錯的大野鴨，就自覺是專家啦，等你活到我這麼大年紀時，還有的是打不中的野鴨呢。就說今兒吧，你就會有好多沒打中的。」

爺爺的話沒錯。沒有多久，他又模倣藍嘴子的悅耳呼聲，誘來好多的一群長尾鳧。我用剛才打野鴨時同樣的槍法，連根鳧毛也沒打落。假鴨群中擠進一些小水鴨，有一隻，我讓牠大約飛了一里遠，果然被打中，像石塊似的摔下來。另外一隻雖然照樣也引領這麼遠，一槍射去，牠飛得連影子都不見了。

那時候，附近野鴨真多，所以打獵時不用擔心有任何限制。天已經大亮了，氣候更是理想，滿天的雲層，又厚又低，野鴨不斷地飛來。河上水流洶湧，鴨群都在尋找可以棲息的寧靜小池塘，我也不停地射擊，直到肐臂肌肉變青了。那天，就算我用十毫米口徑的小鳥槍來打，成績大約也不會有多少差別。爺爺並未過份教訓我，如果我把一隻難打到的野鴨打落下來，他就點點頭；如果把一隻容易打的打失了手時候，他只搖搖頭。那天，飛去的野鴨那麼多，他都沒打一隻，我卻打傷了好些。這時爺爺才用他那吱吱喳喳作響的舊獵槍，把傷殘的一一打死。每打死一隻，他臉上的神色都有點哀傷，還有點不以為然，像是表示真不該將野鴨打傷，既浪費火藥，又叫野鴨多受些苦。

野鴨跟往常一樣，到九點半鐘都跑光了，我才歇手。一早晨下來，我知道自己已經抓住爺爺教我的彈道學訣竅。最少有一點我敢確定，除非是野鴨直接朝你飛來，或是陡直向上飛去，才能瞄準而打中牠；事實上很少有這種如意的事。因為每次野鴨飛來，並非直上直下。而且起飛時候，總是微微昂著頭，所以一定要瞄準你能夠打中的地方。

十點多鐘開始飄落雪花，爺爺數了數船裡的野鴨，說：「很夠了，連自己家裡吃帶送鄰居，都還有餘呢！留著些等下個星期或者明年秋天再來打。」

我們坐在沼澤旁邊，隨風送來一陣陣強烈的沼澤味。天空下著鵝毛似的雪花，我們喝光剩下的咖啡，吃完蘋果和偷來的小餅。紅翼山鳥的叫聲，也已靜止，厚厚的雲層下，偶爾有群野鴨低低飛過，天氣越來越冷了。

爺爺說：「這個早晨過的真不壞，我認為以你這樣的外行來說，成績已經很不錯了。猜想你大約覺得應該慶祝一番；所以我建議由你划船回家，那樣會使你安靜下來，能沈得住氣些。」

4 釣魚樂

南方的夏天，似乎來得特別快。濃綠的樹蔭，洋溢著盛夏的氣息。奶奶的花圃裡，玫瑰花已經盛開，木蘭樹上長滿一簇簇雲堆似的乳白色花朵，只要用手去碰一碰，花瓣就立刻變成棕色的了。

有一天，爺爺看著我們在玩「兩隻老貓」的遊戲。直到大夥兒都玩累了，他才把我悄悄地喊到一邊來。他說像現在這種天氣，該出去釣釣魚了，問題是打算釣什麼魚？

爺爺說：「現在是夏天，不是釣大魚的季節；而且熱天的工作也不宜太辛苦。我認為，夏天釣魚，只是拿根釣竿和釣絲，坐在小溪邊釣釣黑鱸，或是划著小船，找一個擠滿花鱒的深水洞，毫不費事就釣一大些回來。夏天釣魚，主要的目的並不在魚，只是暫時離家，出去靜靜地坐會兒，定下心來好好想想。大熱天，太太們的脾氣都比較暴躁，離開她們遠一點，麻煩也可以少一點。」

我說，我們還是把小船划出海岬，去找個鱒魚洞，舒舒服服地在那兒過一天。爺爺認為這個主意不壞，他說，不過我們也該準備一下，就從口袋裡掏出一毛錢扔給我。

他說：「你到賣蝦的地方去買一毛錢小蝦回來，要撿活跳新鮮的，最好等著買剛從船上卸下來的活蝦……喔！別去了，我又有了好主意，把一毛錢還給我，我們自己去網。你最好趁著現在就學學怎樣撒網，假如學會了，那幾乎跟釣魚同樣有趣。」

我去廚房找了一大些食物作午餐，裝滿了一水壺的水。爺爺匍匐著爬進地下室，那是他收藏帳篷、備用的小船、奶奶慣用的橫鞍（很久以前，婦人騎馬，還時興橫鞍時留下來的）等等雜物的地方。他走出地下室的時候，腰痠背痛地直流汗，手裡拿著那張細心捲起來的漁網。

這網是爺爺親手織成的，用一根細線，一點一點結成一張禁久耐用，又薄又細的漁網，網緣的間隔上，釘有一個個鉛錘，這是一項很精巧的手藝，記得他整整編了一冬天。當然，那是當他忙完那艘設備完善的小型漁船的工作以後，只要他不打獵，或者不彈四弦琴的閒暇時候，他把大部份的時間都忙在織網的工作上了。

我們走向海邊，爺爺肩頭扛著漁網，兩根繞著整齊繂繩的木棍，木棍兩邊鉋得平平的，上面緊嵌著魚鉤，鉛錘在臨空搖晃。我提著食盒、水瓶和一隻漁具箱，裡面裝滿了備用的魚鈎、鉛錘、釣絲上用的蚊鈎等。爺爺蠻重視這些備用品，他總是說：「漁夫如果丟了魚鈎，又沒帶備用的鈎子，就只好離開水邊了。獵人到森林去打獵，不帶備用的獵槍，簡直是浪費時間。」

小船的底朝天，高高地擱在海濱，兩枝槳放在船下面。我們先把船翻轉，我光著腳丫，倒退著走到海裡去。二人一推一拉，把小船送到波光粼粼的水上，船身隨風輕輕飄蕩。我們把用具暫時藏在碼頭下面，爺爺拿起船篙，把小船撐到陰涼的地方。空氣中彌漫著沼澤又鹹又臭的污泥味兒，水面漾起陣陣漣漪，那兒正是鯧、鰻、鰹和小蝦聚居的地方。爺爺放下船篙，抖開漁網，放在水裡慢慢浸透，這樣，撒網的時候才順溜，不會糾纏成一團。

這種漁網像一幅大圓裙，網底就像張開的扇子，繂繩從網底貫穿直達網頂。先把它平平地撒在水面，鉛錘立刻把漁網墜進水底，只要輕輕一拉，底部就收緊成為袋狀，網內一切都被收得牢牢地，而無法溜脫。這種漁網定要在淺水處使用，水深若是超過四五英呎的時候，就失去效用了；而且撒漁網的確是一種了不起的本領。我發現用這種方法捕捉魚餌，是最省事的。

爺爺站在船頭，抖開漁網，就像鬥牛的時候先要磨磨角的公牛。他把一隻鉛錘啣在嘴裡，伸直右手，抓緊漁網邊緣的一端；左手緊緊抓住漁網的網繩，整張漁網就成了三角形。帶住漁網，直彎到背後，右手橫過前胸，一把扔了出去。漁網滴溜溜直轉，不緊不慢，這一手絕招，的確漂亮。我呆呆地看著網面全部張開，像隻圓形的大蝴蝶，平平整整地落在水面，罩緊一群跳跳蹦蹦的小蝦，漁網下沈時候，小蝦也隨著下去。爺爺的左手仍舊緊緊抓住網繩，這時候，他就開始收網了。

網底被鉛錘墜得牢牢地，由於收緊網繩的壓力，漁網變成了一隻盛著小蝦的安全網袋。網裡的水漏完後，裡面全是些活蹦亂跳的、小不點兒灰黃色的小蝦。爺爺先把墜著鉛錘的網底扔上甲板，鬆開網繩，輕輕地一陣搖晃，網口鬆開時候，甲板上立刻多了一百多隻活蝦。爺爺一把一把地把小蝦放進鹽水桶裡。

爺爺說：「現在你來試試看，撒網並不像你看來那樣容易。往外扔的時候，一定要使旋轉的漁網張開，張得要像女士們穿的跳舞裙一樣；如果不小心，啣在嘴裡的鉛錘，可能弄掉一兩顆門牙，拉繩的時候也有竅門兒，要留有相當的時間，讓它網住小蝦；但是也別等待太久，免得小蝦從網底溜走。反正時間的長短，總不能太離譜兒。」

那天早晨大部份的時間，我都花費在撒網上。不是被鉛錘磕傷牙齒，就是漁網撒出後纏成一團。要不就是拉扯太快，網口收得不夠緊；或者忘了抖出網裡的小蝦和魚。最後終於搞明白了應該在哪裡撒網，怎麼樣才能使它旋轉。於是我也捉了一兩磅小蝦和許多三吋大小的魚。經過多年以後，我還能從這張漁網上得到無限的快樂。但是這一天的早晨，我幾乎把肐臂拉脫了臼。

爺爺說，很夠了，吃過午飯正好趁著退潮的時候去釣魚。

小船划了大約一英哩多遠，那兒海水沖擊岩石，水渦迴旋蕩漾。爺爺從船邊拋下錨，直到錨纜都放盡了，船身稍稍有點傾斜，兩旁水流湍急，水清見底。我們放開捲著的釣絲，先在流水中浸濕，再把它捲回軸上，弄得甲板上濕漉漉的。爺爺從鹽水桶裡拿出一隻肥大的活蝦，輕輕推動蝦脊，穿在魚鈎上，再扔下水裡去；我也學爺爺的方法，投下釣絲。

那天釣的魚並不少，有海鱒，有內河游出來的大魚，還有重達三四磅的五彩斑斕、伸出惡狠狠下頷的大海鱒，嘴巴已經掛在釣魚鈎上了，還直蹦跳呢。還有些烏魚，也有像隻不快樂的豬那樣，一直怨聲不絕的哇哇魚。甚至還有幾條小沙魚，一條應時的大海鱸。我們一直釣到手被勒破，累得連釣絲都拉不動了才罷手。

我認為，像現代這種全身曬成紅褐色，四野到處是野葛，以較長假期作標榜的夏天，人們對它評價太高了。記得我小時候，認為夏天才真正是難以形容的歡樂季節呢！學校當然已經放假，我們還編了一個歌兒：「不上學，不讀書，沒有老師來嚕嘛！」每逢夏季，我就離開城裡，離開爸媽的管束，住在爺爺那兒。夏天原就是知了、螢火蟲和孩子們的季節。他們又好像是分離不開的夥伴，知了的叫聲、孩子們歡笑和螢火蟲閃爍的點點亮光！

只要你是個小男孩，住的地方又靠近水邊，夏季將被點綴得多采多姿，神妙無比。陽光輕吻著歡躍的水波，一陣陣涼爽的海風，拂面吹來，唇邊也留下淡淡的鹹味。就像今天，爺爺教我撒網時候，連魚兒們都快樂地忙著吞食我們從沼澤中網來的灰黃小蝦呢。

夕陽西下了，爺爺說，魚已經釣夠了，叫我把船划回碼頭。我的臉被太陽曬得火辣辣地，全身毛孔都冒出一粒粒汗珠。划著粗硬的船槳，雙手疼痛難忍。但是我仍舊心甘情願地向前划，聽著爺爺自言自語地講東講西。

爺爺說：「釣魚這種玩意兒，主要不在魚量或魚類的多少。比如就拿我來說，我認為把釣魚當作實際的工作，實在是一種浪費；因為魚就是魚，如果對牠過份花費功夫，就完全失去釣魚的意義了。

「藏在你所看見的深水中的魚，是地球上的一種和平象徵。對你自己，也是良知的象徵。釣魚使人有時間思想，有時間集中自己的思想，再把它有條有理地整理清楚。

「等到魚鈎已經放上魚餌，船也拋下錨，這時候，除去偶爾有魚來吃餌以外，再沒有別的來打斷你的思想了。就算是白癡，也會自動拉起上鈎的魚兒，而不致打斷自己的思潮。當然，我必須要加以說明，並非全部釣魚都這樣，像參加釣魚運動、釣魚比賽……就不行了，因為這些都需要集中心思和出色的技巧，而且要做的工作可多啦。

「我是說，為靜養頭腦，釣魚一定要像我們剛才那樣。在男人整天忙碌煩雜的生活中，等於是給自己一次休假。船一划到這兒來，你媽找不到你，奶奶也找不到你，不再有電話、信件、收音機、汽車等等這一類的東西。除去你和魚，什麼也沒有。只要把魚鉤掛上小蝦，往水裡一扔，牠們游得比誰都快。有魚，你就往上拉，就算一條魚也沒釣著，你也夠享受的啦。在寧靜的海上，聽海鷗的叫聲、風聲和浪花的激動，你仍舊擁有了最快樂的一天！」

爺爺又說：「人們偶爾都希望暫時從煩雜的生活中抽身出來，享受一點寧靜。我知道，唯有去釣魚，才能真正達到這個目的。以後等夏天過完了，我們再去好好地釣幾次魚，那可是要全心全力去做。只是我認為這種辛勤的工作，不適宜在夏天來做。人類驟然死亡的原因之一，就是夏季工作過勞的緣故。」

爺爺停了一會又說：「比如就像我們現在，離開家舒舒服服過了一整天，誰也沒給誰惹上麻煩，你學會了撒網，一下午又釣到這麼一大堆魚，所以我們現在帶著無憂無慮的輕鬆心情回家。雖然有點餓和累，但是吃過飯就可以休息啦。何況我們整天不在家，誰也無法找我們發脾氣。最得意的是，釣的魚足夠全街坊的人吃的了。從這一點來看，我們還真是英雄人物，就因為我們有清楚的頭腦，優游自在地過了一整天，也沒被別人看見。」

爺爺說著說著，又說到我頭上來啦：「有件事你一定要學學，就是千萬不要當著別人的面前懶懶散散的。優游自在雖然是件好事，但是，如果你當著別人面前表示過份優閒，那些精力充沛的人就會大生你的氣。這也是和女性相處時候的麻煩之一，她們身上就像裝著發電機，整天精神抖擻，只要發現先生們有一點不與工作相干的娛樂就生氣。這就是為何要發明釣魚的真正原因，使你遠離那些只顧終日忙碌的人們。懶人才會是最好的漁夫，通常到最後他們總會得到些收穫。因為他們有充裕的時間，使混亂的頭腦寧靜，而深入事物的核心。

「我並不欣賞那種只顧忙碌的人。他們小題大作，捨本逐末，總為些莫名其妙的事東奔西走，忙得團團轉。而且從沒有寧靜的時間，讓自己舒散舒散……孩子！搖槳可得加點勁兒了，我餓壞啦！」

我們回到海濱，把小船拖上岸邊，翻轉來放好，船槳放在船下。卸下槳架，背起那一長串放在水裡的魚，再爬上小山，回到家裡。滿身被曬得紅紅的，好累，恨不得馬上爬上牀才好。這時，奶奶正在前面走廊上，正擔心我們趕不上晚飯呢。媽也打電話來，如果我在家，要聽要說的話可多了；既然我不在，當然就逃脫了這一關。我們很早就吃過晚飯，晚餐比較簡單——樣數並不多，因為那個時候午餐很豐盛，晚餐多半只有火腿、雞蛋、玉蜀黍粥、餅乾、咖啡，也許還有一塊小甜餅。飯還沒吃完，我就打呵欠，爺爺朝著後院指指。

他說：「孩子！去把魚弄乾淨，我年紀太老，弄不動啦，你最好學學男人每次釣魚或打獵回來，在睡覺之前，一定要把帶回來的東西弄得乾乾淨淨的。要不，就是浪費啦，打了獵物回來不利用，是一種罪惡！」

我蹲在無花果樹下清理魚兒的時候，眼睛已經睜不開了。從來沒見過有這麼多魚，好像水裡的魚都被我們釣來了。每條魚都要剜出臟腑，刮淨魚鱗，洗淨後，再一條條抹上鹽，放進冰箱，才算大功告成。我搖搖晃晃地剛走近牀邊，爺爺又把我喊住。

他說：「快去把自己洗乾淨，從這都能聞得見你身上的氣味，真像又腥又臭的魚市場。如果你把奶奶漿洗好的牀單弄上了魚腥味兒，那她一定會很生氣的，以後我們就甭想再去釣魚啦！」

我洗過澡上牀，立刻睡得沈沈地。矇矓中，我還在想：爺爺說像這樣釣魚不算是工作的話，對他來說並不錯，對我並不盡然，我還想從來沒有做過這麼辛苦的工作呢。但是第二天早晨，當老廚娘葛麗娜在餐桌上多加了一份鱒魚時，就覺得這份辛苦畢竟不曾白費。

5 九月的歌

當秋之神光臨小鎮海岸的時候，轉眼就該是獵鶺鴒的季節了。這時候，到這裡避暑的遊客，都已經離開華特斯維利海濱[1]。海濱上一幢幢灰砂石的小屋，門窗都已經緊緊關閉了，以防禦猛烈吹襲的北風。天空和海濱，同樣陰沈沈地；夜晚也該生火了。每當這樣漫長而又無利可圖的季節來臨，小店鋪全部歇業；這正是我和爺爺從事重要工作的時候。

「大自然永遠保持著奇妙的平衡。」爺爺說著，眼睛凝視著柴堆……我立刻知道，他在建議，像我這樣的小男孩，應該拿斧頭劈柴啦。我沒出聲。他接著說：「每逢這批懶散的遊客一走，藍魚[2]跟著也就快到了。我記得有本書——《在冬天來時》——曾經提起這些

1 華特斯維利海濱（Wrightsville Beach），位於北卡羅萊納州威明頓的一處長灘。

2 藍魚（bluefish）、鯥魚，台灣俗名扁鰺，因體色呈藍色或淡綠，英文俗名藍魚，屬鱸形目、鯥科，遍布於大西洋和印度洋的溫、熱帶海域，模式種產於美國卡羅萊納州。體呈長形，口大且具尖利牙齒，體大者可長達四英呎，重達二十五磅，是行動迅敏的海產食用和遊釣魚種。

事。不過，我認為作者描寫春天比冬天還多。」

每當我想起爺爺，就想起他說的話，不論從哪一方面來看，都能從中找到一點奧妙的含意。那時，我聽他談這一類的哲學，只肯用一隻耳朵聽，能聽懂多少就算多少，總把心分到玩兒上面去了。直到若干年後，我已經長大成人，才發現自己所記得的爺爺談起的哲理，竟比玩兒的事情多得多。爺爺說：「今天是勞動節[3]，真不懂他們為什麼偏要定出這樣的名稱來。其實，從他們所謂勞動節的前兩天過週末開始，就沒人勞動了。明天星期二，所有的孩子都得回家去，成人也將離開了。從上游順流而下，一路觀光的藍魚群就要游到這裡來。這跟你我有密切的關係，藍魚可不像夏天的遊客，牠們也跟你我這種喜歡東北風的人一樣，才不介意颳風下雨呢。」

爺爺又接著說：「從來捉藍魚首先是用簡便的方法，大量捕捉，所以你也要學學另一種捕魚的方法。看現在的氣候，距離藍魚靠近海岸邊，或是游進沼澤的時間還嫌早一點，我們只能學那些有錢人常用的方法，使用輪轉線去釣。也就是利用船隻去捕殺藍魚。我已經跟海岸巡邏隊連絡好，明天一清早，我們跟韋利斯隊長一起到南港去。」

我們乘坐快艇，經過凱士威灘到南港外的煎鍋灘附近。快艇駕駛員——准又是姓梅逸提，因為海岸巡邏隊的人員，幾乎全部來自赫特勒斯附近的歐寇克島[4]——小心翼翼地，將快艇駛近灘邊去，這一帶的水勢十分險惡，左手可以摸到沙灘，右邊的海水卻有十英呎深。

潔白的沙灘，碧藍的海水，足可和百慕達群島媲美。背後不遠處，就是一座鈴聲蒼老的浮標。再過去就是燈塔，孤零零地矗立海上，似乎和看守它的人同樣寂寞。海鷗迴旋呼哨，塘鵝潛入水中，忙著尋找食物。遠遠地望去，有大批漁船在灘外捕捉成群的大紅油鯡——我們管牠叫鯡魚，是製造魚罐頭的最主要原料。

這兒也盛產鯖魚，俗稱西班牙鯖，還有王魚和馬鯖。鯖魚和海鱒由這裡進入淺灘，捕食那些沿著灘邊游來的小蝦和小鯡、鯢、鰹。

爺爺說：「這種釣魚才是騙人，根本不需要什麼技巧。只要有一根釣竿和一些釣線、魚鉤、小塊骨頭，用它把魚鉤裝扮成小魚的模樣；把魚鉤一扔出去，藍魚就爭先恐後地游來，互相爭奪，想獨自吞食。」

「這時候船行的速度，已經把藍魚沖擊得暈頭轉向。事實上，你只管把牠們拉上來就行了，你自己來試試看。」

---

3 勞動節（labor day），在美國和加拿大，勞工節為每年九月的第一個星期一，在其他國家則為五月一日或其他日子。

4 赫特勒斯（Hatteras），位於北卡羅萊納州北部，是一處度假及釣魚勝地。歐寇克島（Okracoke）是當地的一座島嶼。

他遞給我一根輕巧的鱸魚竿，我把骨製的魚餌穿在魚鈎上，釣線還沒有放到二十碼，就有魚上鈎了。魚竿直往下墜，我捲收魚線的時候可費大了勁；因為魚拼命掙扎，想離船他去，我終於把牠拖上船來。這條魚真不錯，大約兩磅重，在陽光下發出閃閃的鋼青色，露出惡狠狠的牙牀和尖銳的牙齒，一直在掙扎。牠是這一趟上百條藍魚中被拉上來的第一條。有的魚釣上來剛拉到一半，發現小一點，就立刻把牠放回海裡去，最大的一條足足有四磅重呢。

我們又釣到不少藍魚，個兒好大，全身圓滾滾的，好肥好肥，牙齒像梭子，拉上船來，照樣經過一番掙扎。直到上午十點為止，船裡裝滿了魚，有藍魚、鯡魚，還有少許鰹魚，一兩條大王魚。這些已經足夠全體海岸巡邏隊員和全鎮半數居民吃的了。正如爺爺說過的，等釣到幾條以後，那就不再像是一種輕鬆的戶外運動了。但是，當牠們被放進長柄煎鍋，或者是被爺爺掛在小木屋門前的烤架上的時候，這點勞累就算不了什麼啦！

對那些從來沒機會嘗一嘗剛出水的活魚，像烤藍魚、烤鰹魚之類的人，真替他們惋惜錯過了太多的美味！有人說，藍魚和鰹魚太肥太膩，這種人也像那些不愛吃食用蝸牛、生蠔，只認得胡蘿蔔才是上等食品的人同樣沒口福。何況爺爺這種烹調魚的方法做出來的魚，比任何一種煮法的魚滋味更加鮮美。他把魚放在炭火上面的烤架上，魚皮起泡後漸漸裂開，顏色由白變黃變黑，滴在炭火上的魚油，嗤嗤直響。他再把烤好的魚放在盤子裡，像烙餅似的來個大翻身，酥軟的魚肉立刻和魚刺分開，每條魚都要倒上半磅奶油，加上醋，灑上些黑胡椒粉。我足足吃了四磅才戀戀不捨地放下餐盤。

秋末時候，北風乍起，橫掃過海濱，下午已經很有涼意了。有天午飯後，爺爺說，現在才是真正釣魚的季節呢！

他說：「我們去康凱克島[5]。我已經有預感，沼澤裡的小鼓魚[6]老是吃沙蚤，一定餓壞了。像這一種才是我心目中所謂的釣魚呢，不是謀殺，是真正釣魚！」

爺爺從地下室找出兩根大浪竿，從他房間裡拿出那隻大漁具箱。我們到海濱去的時候，又順路帶去一些醃的鯡、鯢、鰹——魚並不小，鹽抹得很厚——就出發了。

我們並不匆忙，爺爺說，釣魚或打獵，只有清晨和下午，別的時間都不適合。因為，即使是魚或大野兔，也都知道要躲開這一天中最熱的時間。

那是個陰沈沈的壞天氣，海浪洶湧，海鷗哀鳴。下午五點多鐘的時候，穿件套頭毛

---

5 康凱克島（Corncake），北卡羅萊納州外灘群島中的一個島，淺灘東南方的暗流多年來對大西洋航行構成危險。這個地區大部份都被劃入哈特勒斯角國家海濱區。

6 鼓魚（drum），石首魚科的英文俗名，因為魚鰾磨擦會發出聲音，故名鼓魚。

衣已經不足禦寒了，浸在冰冷海水中的兩條腿真冷。剛開始那一小時，爺爺教我練習如何扔出空鈎釣魚。爺爺似乎不費事就扔出去了，等到我去扔就變了樣兒。他拿著魚竿，涉水走到淹沒膝蓋的地方。這時，他把魚竿放在肩頭上，放出大約四碼長的釣線，用手舉起魚竿，很俐落地一抖擻，立刻就把魚鈎扔了出去。線軸上的釣線吱吱向外放，金字塔形的鉛錘，呼哨著滑進水裡四五十碼的地方，「咚」的一聲，正好掉進某處泥坑裡。然後，他再慢慢地收回釣線，使它一直繃得緊緊的。

輪到我扔的時候，不是把鉛錘扔在自己的跟前，就是將線軸纏成一團，甚至根本把鉛錘扔得不見了，或者剛扔到一半，又退了回來。

我們這一下午多半把時間花費在解開線軸，給我這被割破的，被打腫的，並被釣魚線勒傷的手指抹碘酒。

我相信，年幼孩子學習使用雙手的工作，進步很快。黃昏的時候，雖然我還有點笨手笨腳，但是扔出去的魚鈎，已經遠得可以釣魚了。爺爺又拿出他那把刀鋸兩用的小洋刀，教我如何把醃的鮪、鯢、鰹切成一寸半長的斜條兒。怎樣把醃魚條來回交織穿上魚鈎，穿牢在醃魚餌的倒鈎上，只露出鈎尖。爺爺說，用這種醃魚餌代替鮮魚餌或活蝦，主要的原因是鹹魚堅牢耐久，能禁得住浪花的沖擊，鮮魚餌只要一扔下海就被浪花沖走了。

爺爺還使用一種用電線做的長蚊鈎。他在每根釣線上都掛上兩隻蚊鈎、兩隻魚鈎，和兩條醃魚餌。他笑嘻嘻地一面忙，一面嘴裡還輕輕地哼著歌。爺爺那雙傷痕累累，手指僵硬的方形大手，手背上還長著一些斑斑點點的棕色老人斑，看來似乎很笨拙，事實上並不然。不論他手裡拿的是一把刀、一枝槍、或者一把四弦琴，都會使人覺得這些東西原來是這麼靈活輕巧，這麼賞心悅目！

等我走進冰冷的海水中開始釣魚的時候，天已經漸漸黑上來。我順利地扔出魚鈎，魚餌在空中一迴旋，「咚」的一響落在水裡。魚線突然輕輕一陣搖晃，我挪開身體，打算收回釣線，而線軸吱吱直響，釣線已經被拉得好遠好遠，把我的手指都勒破了。釣線像是被兩匹各奔東西的馬，拉扯得緊繃繃地，似乎非要把我拉下海不可。我踉踉蹌蹌，慢慢地向後倒退，胳臂夾緊魚竿，線軸靠近腹部，竿尖高挑，使勁把魚竿向後拉。

我一直退到蘆葦叢生的沙丘下，只見兩條被釣上來的魚，已經離開水面，在銀色的沙灘上，跳躍掙扎。我一路緊轉線軸，慢慢走近牠們，兩條都是三四磅重的大藍魚，渾身圓滾滾地，就像兩截活動的圓樹段，我已經累得像是踢了一個小時的足球啦。

我的釣魚工作很快就做完，因為每次扔出魚鈎——這時已不再半途折回——鉛錘剛一下墜，魚竿和線軸就沈甸甸地，兩條大藍魚已經上鈎啦。每次要十五至二十分鐘，才能把藍魚拉上海灘。不過如果魚掙脫魚鈎逃走的話，就不用花費這麼多的時間；我這次被滑脫的魚竟比拉上岸來的還要多。

天色全黑的時候，我全身水淋淋地又冷又濕。兩隻手都被剮破，浸在海水中火辣辣地好痛。脊樑也疼痛難忍。我已經釣到一打多大藍魚和一條十磅重大鼓魚，牠銀色的背脊上，長滿了黑色的斑點。

我從海水裡撈了一些浮木，生上火，坐在火堆旁，嚼著一片生鹹魚片，味道還滿鮮美的呢。遠遠看著爺爺在工作，月亮已經慢慢爬出水面。月光下，只見爺爺涉水走向黑漆漆的水面，扔出釣線，再慢慢地向回收。忽然間，魚竿一陣跳動，他神態莊嚴地倒退到海灘，卸下掙扎的魚。我摒氣凝神地，觀賞著這一幅從未見過的迷人景象！有一回，爺爺同時釣著兩條鼓魚，不是那種鼓魚娃娃，而是一條重二十二磅，另一條重二十磅，花費一個多鐘頭才把牠們拖上海灘，看來就像海岸巡邏隊的兩隻橡皮筏。這一晚，爺爺每一竿都得拉上兩條魚來。我猜想，魚準是餓極啦。爺爺獨自一直釣到午夜，等到累得力盡筋疲才肯罷手。如今，爺爺去世已久，可是，我從未曾忘懷，在海鷗呼嘯，海風強烈的夜晚，在銀色的沙灘上，爺爺努力拉起兩條大魚時候的神情。

我們駕駛著裝滿大魚的車子回家，爺爺說：「這樣才能稱得上釣魚呢，每條魚都是自己釣來的，而不是利用船速殺死的。我寧願在冰冷的海水裡，使勁從一根釣線上同時拉上兩條大藍魚來，這是再多的旗魚和鯡魚也無法相比的呢。我知道釣魚最過癮的，莫過於在加拿大的冷流中，釣那種活躍的大西洋鮭魚。用飛竿來釣，也不太重。等你長大以後，希望你有機會去試試。」

多年後，在我長大的時候，我是有機會去嘗試了；那是條重二十八磅的大鮭魚，費了一個半小時才把牠拉上岸；但是卻無法能給予我像這次似的，在秋天波浪洶湧的海上，第一次拉起兩條大藍魚，心裡所有的感受！

夏季已逝，夏日所有的回憶也隨著消失。這時，一年中我最喜愛的季節已經來臨。處處都能意識到夏季已經成為過去——穿著星期天的長褲，腿上不再濕漉漉地。黃昏的時候，已有絲絲涼意，不再因受不住酷熱，坐立不安。而脫盡長毛的獵犬，也不再需要餵藥了，恢復了原來的神采，而且開始盯住老福特車，興致勃勃地，像是隨時想旅行一次似的。

空氣中不再有夏天那種牛奶似的味道，代替的是落葉燃燒的煙味和末期葡萄的酸味兒。可以感覺出自己神清氣爽，內心歡暢，不再像夏天那樣懶洋洋地。一頓熱呼呼的早餐——薄煎餅、香腸、蛋餅——吃來恰到好處。樹葉邊緣漸漸開始乾黃。初起的北風吹得沼澤水位上漲，失去棲止的沼澤雞鼓翼來回亂飛。少數的，只有一兩隻野鴨——多半是小水鴨，已經飛來了。

我還清楚地記得，初秋來臨時候，所帶來的那些無言的、興奮的應許：清晨，葉尖上那一層濃霜，包藏在硬殼中即將成熟的榛栗，柿子那種使人滿嘴發麻的酸澀味已經漸漸消失。它正像每年的十二月二十三日，聖誕節雖還沒來臨，但是已經迫近得使你興奮失眠了。

這時，是我們週末外出釣大魚的季節，到遠處水勢平靜的沼澤去，或是去陰冷的海上，或狹長直伸入海的防波堤外。記得每次去庫雷氏防波堤，要花兩角錢買兩張釣魚券，堤外的釣魚人經常有一兩百。那時候，釣魚的人都是互相幫助，假如有人釣到一條真正的大海鱸，所有和他在一起釣魚的人，都得收回自己的釣線，好讓他把魚順利地拖上岸來。

從各方面看來，庫雷氏防波堤外大魚並不多，都是些小的——兩磅重的藍魚，偶爾有條海鱒，零星的小鼓魚和一群大白魚——我們俗稱維吉尼亞鯔[7]。爺爺和我並不太熱衷交朋友，我們常常遠離海岸，從卡羅萊納海濱，經過庫雷氏防波堤，到老漁人堡[8]去。這兒曾是南北戰爭時代設置大砲的地方。

漁人堡有股爺爺特別喜愛的，遠離人寰的寧靜氣氛。我也十分喜愛，雖然我還弄不清到底為什麼。那兒的沙灘可真荒涼啊，有那種懾人心神的靜寂。極目四望，只有一片綿亙的蘆葦，杳無人煙。永不停息的海風，颳得蘆葦迎風搖擺，波動如浪。桃金孃、西洋杉和小小的橡樹，都是彎腰駝背，受盡折磨，時時為生存掙扎似的。風聲終日呼嘯，海水冰冷。成群神情淒惶的海鷗，叫聲比別的海灘上的飛鳥更加喧囂。漫步在古老的加農砲彈和腐鏽的軍刀之間，更使人感覺年代深遠，歲月無情。黃昏時候更顯得陰森森地，真像是幽靈出沒的地方。

我們也經常到庫雷氏防波堤外去坐坐，跟釣魚的朋友們隨意談談天，說說話。我們這一群，都是些古怪的傢伙。其中我最喜歡的是克里斯——一個在城裡開有餐廳，聲音低沈的希臘人。克里斯靠打漁為生，嚴格說來，他的餐館只是撐撐門面罷了。他常常講個笑話給我聽，或是從店裡帶一塊蘋果餅、鳳梨餅、草莓烤餅等給我，或是送我一暖瓶世界上最熱的咖啡，還跟我談他希臘老家的風光。我跟他學會三小節希臘國歌，我的希臘腔差點沒把他給笑死！

7 維吉尼亞鯔（Virginia mullet），體色銀白，長可達三英呎，遍及所有溫、熱帶區水域，一般生活於鹹水或半鹹水中。

8 漁人堡（Fort Fisher）。位於北卡羅萊納州威明頓，這裡現在設有一座歷史博物館。

另外還有一位醫生——是一位牙醫——他是世界大戰中死裡逃生的英雄。此外有一位葡萄牙人，一位法國人，還有一位大塊頭，穿著男式長褲和長統橡皮靴的邋裡邋遢的老太太。每逢她滑脫一條魚的時候，罵的話比誰都難聽。我想，這就是我真正和國際人士接觸的開始；雖然這些國際人士中，沒有一個能登大雅之堂，那位葡萄牙人甚至還戴著一隻好大的金耳環，每逢一年一度的國慶日，才刮一次鬍子。

但是，如果你突然折斷魚竿，扔掉了最後一隻蚊鈎，或者魚餌用光了，總會有人坦誠地來幫助你，完全不露一絲施恩者的神色。

每逢十月末，十一月初，大藍魚游近海岸邊捕食小魚和沙蚤的季節。當時秋天美好的情景，真是難以描繪。回憶往事，我已記不清真正捉過哪些大魚，或是任何被我們所救起的生命，那都值得談談。但是有一件事，印象卻十分深刻——我思想上所受到的這點感染，倘若老天不見妒，我願終生享有：那是一個男人，在荒涼孤寂的海濱，當寒冬將臨，一切都已經準備就緒，而只等待舒適地度過酷寒的時候，所能具有的奇妙滿足感！

秋季釣魚時候，我們租了一幢久經風霜的，以沙石和木板建築的灰色小屋，傲然孤立在卡羅萊納海濱和庫雷氏防波堤之間的峭壁上。如果不慎從小屋前廊上失足，剛好跌落在長滿青苔崖底棕色的岩石上，而岩石還沒有表面硬化的沙礫堅硬呢。有一條高低不平的木板台階——應該說是梯子才更恰當些——從海濱陡直往上爬，直到小屋門前，大約有五十多碼。

當然，小屋並不富麗堂皇。它有一間盥洗室，一座搖搖欲墜的火爐，一間臥房，一間客廳和壁爐。壁爐依山建築，窄小得幾乎一放進木柴，就快碰到「天囪」了；那個時候，我總喜歡把煙囪說成「天囪」，直到快長成大人時候，才改過口來。但是直到現在，我還念念不忘那「天囪」呢。

小屋不僅是我溫暖的家，是神祕的古堡，還是遠離人寰的隱居處。至今一回想，記憶猶新。記得當時每逢黑黑的夜晚，從海濱歸來。陰森森的海面，波濤洶湧，海風吹來，海水發出一聲聲怒號，波浪排山倒海而來。腳上穿著笨重的黑色橡皮長靴，一腳踩下去，深深陷入又濕又軟的泥沙中，要費好大勁才能從黏濕的泥沙中拔出腳來。手裡拿著浪竿、沈重的線軸和漁具箱，還有大串的魚，爬上陡直的台階。剛開始還不覺得太沈重，等到經過這條長梯，拿回小屋去的時候，就重得受不了了。

又因為扔了那麼久沈甸甸的浪竿——好重的釣魚線，墜著四盎司的鉛錘，還加上一塊醃魚，別提肩頭有多麼疼痛了。腿肚兒也疼得要命，被海水浸得起皺，又凍得發紅，手和腳都要痙攣起來。凍得紅紅的鼻子直流清鼻水。耳朵更甭提，只要碰一碰，準會立刻掉下來。那雙套在又濕又冷又發黏的橡皮長靴裡的光腳丫，早已經凍得沒有知覺了。從頭到腳，全身沒有一處是乾燥的，而且又是鹽，又是沙子。

總而言之，雖然萬分疲勞，總得打起全副精神，在黑沈沈的夜晚，爬完陡峭的台階。摸黑打開屋門，誰先回家，誰就先點上煤油燈。

生火的事不用發愁，在爺爺規定的生活守則中，有一項必須信守不渝的——離家外出，得先灑掃庭院，要內外整潔；洗淨碗盤，放回碗架；整理好牀鋪。最要緊的是留下合適的火種，再生火的時候，只要擦一根黃色長柄的紅頭安全火柴，立刻就燃燒起來。爺爺說，爐旁的柴火，不可存儲太多，並且要小心使用。我相信他的話，屋裡假如沒有一座敞開的壁爐，那麼，我寧願住在院子裡。

在一切雜務中，我不厭煩生火方面的種種瑣事。我喜愛上午外出散步，尋找柴火。這時候，太陽仍舊強烈溫暖，海濱不像下午那樣多風多雲，也沒有那麼冷，我到處轉來轉去，別提找着的這些木柴有多棒了，有風乾的彎曲老樹幹，還有被海水浸成深銀灰色的樹枝，大大小小的破船板之類。經過長久的風吹日曬，裡外都十分乾燥，因為滲進了鹽份，燃燒時特別耐久，閃爍著像酒精一樣的藍色火焰，並有一股混合鹽、沙子、海藻和火的奇妙氣味。每次生火，只要在它下面放一團包魚餌用的，帶有油跡的舊報紙，加上一兩塊引火柴，擦根火柴，立刻火勢熊熊，燒得就像那次聞名全世界的芝加哥大火一樣。

這樣明亮，閃爍不定的美妙光芒，如果坐在它旁邊看書，真可以吹滅一盞煤油燈，只是閃爍的光線可能傷害眼睛。可是，我相信，誠實的林肯總統，就是坐在火爐邊苦讀，才達到成功的。我每晚歸來，腳上還穿著長統橡皮靴，轉過身去，背著火光，先烤烤褲腳。然後，再把一雙被海水泡得起皺而已經有了裂口的手，放在火上烤暖和了。再坐在板凳上，用兩腿夾緊爺爺的一隻腳，他的另一隻腳抵住我胸口，先替爺爺脫掉橡皮靴。然後爺爺也用同樣的方法，替我把橡皮靴脫去。

人有時記住過去的東西，會感覺很有趣，我就老記得那雙長及足踝的羊皮睡靴，靴裡有一層鬈鬈的羊毛。每天我一進門先把睡靴放在火爐旁邊烤著，再光著腳丫套上它，裡面暖和極了，好舒服哇！它使我感覺有那種洗過熱水澡、喝一杯熱咖啡、聖誕節得到一匹小馬的時候，同樣難以形容的舒暢和快樂。

這時，我再拿熱水洗淨臉和手上的鹽漬、魚腥和泥沙，就開始準備晚餐了。

爺爺說，上了年紀的人，需要喝點酒提提神，該由年紀輕輕的小孩子去收拾餐桌和做晚飯。這點兒事我並不在乎，而且我也很喜歡看爺爺舒服地躺在壁爐前的搖椅上，兩腳上下交疊，對著爐火，優閒地吸吸菸斗，輕聲地打打鼾，閒聊些當天發生的事。

其實，只要先把鐵壺裡煮上咖啡，從食櫥中拿出奶油、果醬或肉凍，切幾片麵包，一等到壁爐裡的木柴，燒得剩下玫瑰色火燼的時候，立刻放上烤架，把昨天吃剩的藍魚或者海鱒，放在上面；直等魚肉開始裂開，鬆散得快要從架上掉下來的時候，趕快把已經打好雞蛋的長柄鍋，放在火上，炒不了兩下，晚餐就做好了。

我們爺兒倆坐著談天……等喝完第二杯咖啡，爺爺就把爐火封好，吹滅煤油燈，兩個人拖著飽暖疲乏的身體上牀，一躺下就立刻睡得沈沈地。

當然，只有週末和星期天才能過這種生活，其餘的時間，每週總有五天要上學。但是從星期五下午到星期一早晨——這時，天不亮爺爺就把我從牀上拖起來，為了要養成我受人尊敬的品格，他就著燈光檢查我的指甲和披散在額前的短髮！我的確是個十分快樂的孩子！

正如我所說的，有些事情的確很有趣。使我回憶的不是魚，記得最清楚的還是希臘人克里斯，穿著長橡皮靴罵人的老太太，戴著耳環的葡萄牙人。還有，爺爺面對爐火時臉上的神色，一邊紅潤潤地，背光的那一面卻一片漆黑。風聲怒號，搖撼著那幢堅固的，能替我們遮蔽風雨的，孤零零的灰色小屋。而且，此後每逢屋裡生上火，都會想起這些情景。有時甚至還聞得見當時的氣味呢！蕩漾在爺爺四周的，有菸草味、鹹味、魚腥味、煙火味、……這一切，無一不隱隱現出爺爺的音容笑貌……這也許就是我為何喜愛爐火，而被別人開玩笑稱為「縱火犯」的緣故。

6 第一隻鹿

那一年，感恩節前一週，爺爺最要好的朋友霍華德先生，從馬里蘭州來我們家小住。從一開始我就很喜歡他，也許因為他長得模樣像爺爺，亂蓬蓬的鬍子，抽菸斗，身體很健壯；而且他把我像成人一樣看待。他幾乎對我做的每件事都感興趣，很讚賞我的獵槍，還告訴我很多很多有關巴的摩爾郊外，他那座大農場所養的狗和馬的事情。

他跟爺爺已經是幾十年的老朋友了，彼此過從很密切，曾經共同遊歷全世界。這時候，兩個人經常坐在前廊上，抽著菸斗，安詳地笑談起多年以前，我還沒有出生的時候，他們所共有的那些「甜美」往事。我發現，他們只要看見奶奶一來，馬上就都抿緊了嘴，不再談下去了。有時候，兩個人從河邊散步回來，身上洋溢著那股濃濃的氣味，就像爺爺放在他自己房間裡，用來驅寒的那種「藥」[1]味兒。

他們計畫要帶狗、獵槍、帳篷什麼的，到離城大約十五英哩外，艾林灣後面的森林中，整整露營一星期。他們倆已經商量了好幾天，家裡到處都放著炊具，又去商店裡買這買那，收拾打獵的衣服，但是誰也沒跟我提過一個字，就像沒有我這個人似的。我認為這些天來，我一直很乖，在餐桌上，除非有人問什麼，我從不胡亂講話，不再貪嘴，身上一直保持整潔。我像條又乾又渴的獵狗，伸長了舌頭，在等啊等的……有一天，我實在忍耐不住了。

我說：「爺爺！我也要去，去年夏天您就答應過，要帶我去露營的。您說，只要我守規矩，不偷吃您的雪茄菸，沒跌進水裡去、被淹死，還有……。」

霍華德先生問爺爺：「耐德！你覺得怎麼樣？我認為我們露營的時候，很可能用得著他，做做雜事，去提水呀什麼的。」爺爺說：「很難說，要是帶他去可麻煩了。如果迷路了，還得去找他。或者，把你我當作鹿，『砰』的一聲就是一槍。要不然就是病了，跌斷腿了……而且他總是打破東西。有這樣一根芒刺在背上，你還能安心打獵嗎？」

霍華德先生說：「喔！耐德，見鬼的，帶他去吧。也許我們能教會他一兩樣事情。萬

1 一九二〇年至一九三三年美國因宗教原因實施禁酒法，當時禁止飲用及販賣烈酒，僅允許家庭合法釀造一定數量以下的甜酒及葡萄酒。或者一些加入糖水及麥芽酒精濃度極低的的所謂淡啤酒（Near beer），威士忌等烈酒只允許做為藥用，需經醫師處方開立。

一他不乖，就叫湯姆或彼得開車把他送回家，不就結了嗎？」爺爺笑了笑說：「好吧，我原就打算帶他一道去的，只是我想等等看，到底他能忍耐多久才開口！」

那輛老福特車裡塞得滿滿地！霍華德先生、爺爺和我，還有兩條獵犬，一條專門追松鼠的獵犬，一條專門驚起獵物的大獵犬，牠對付野鴨最有本領。再就是湯姆和彼得，兩位來自邊遠地區，含有一半印第安血統，性情和善的年輕人。他們身材高大，都長得黑黑瘦瘦的，很少說話，身體非常健壯。不論在鎮上，在森林裡，在水中，或是在他們自己家的後院，都穿著那雙長及大腿的長統橡膠靴。他們把一年的生活分作四部份：夏天釣魚，秋天打獵，冬天釀玉米酒，春天把酒喝光。

每逢捕魚季節，又大又肥的鯡魚群湧到的時候，他們就幫助爺爺在船裡工作。而且他們幾乎懂得一切有關獵犬哪、森林哪、海上啊、打獵呀，這一類我最渴望了解的事情。

汽車後座擠滿了人、獵犬、炊具和獵槍。車頂綁著一大一小兩頂帳篷。這輛老爺車在那條鋪著橫排木板的泥路上顛簸前進，一路就像鐵工廠似的發出叮叮噹噹的響聲。我因為太興奮了，而且也害怕他們真的把我送回家去，所以一路上都沒敢吭氣。

車在那一片長長的，丘陵起伏的黃色大草原顛簸了一兩個鐘頭，才到達距離沼澤和河流大約五百碼處的大湖邊。湖水潺潺，十分清澈。車停在那一排三株又高又大的橡樹濃蔭下。爺爺說，以前他曾在這兒露營過很多次。這兒位於河流和森林中間，空地約有五十碼，有一座小小的火爐，是在這兒露營的人用大石塊砌成的，只是現在石塊已經零散了。矮樹叢的四周，到處是空罐頭和舊酒瓶。

「該死的遊客！」爺爺嘀咕著，從車座上把鍋呀壺的搬下來。「他們剛來的時候，這兒是世界上最美的地方。等他們一走，就變成這副模樣，簡直像豬窩。孩子，你去把這些東西撿走，把它埋遠些，我最怕這些髒東西。回來再幫忙撐帳篷。」

等我把這一堆亂七八糟的東西撿起來，埋乾淨了，他們已經把帳篷攤開放在空地上。因為北風強勁，帳篷口朝南，面對河邊。湯姆拿根竹竿和繩子鑽進帳篷底下，彼得也拿著竹竿和繩子，忙著先把帳篷前門撐起。霍華德先生帶著木樁和大槌，抓緊湯姆那根繩頭向外走。爺爺也帶著工具去幫彼得忙。這時，湯姆和彼得在帳篷裡面用力撐起竹竿，兩位老人在帳篷外面，各自使勁拉住繩子，在木釘上繞了好幾圈。帳篷就像晾在曬衣服竿上的牀單，等湯姆和彼得從帳篷裡鑽出來，敲緊木樁，繩子綁得緊緊的，帳篷兩邊也跟著綁緊了。這是一頂很簡單的A形帳篷，前後都有能掀起的布簾，但是已經足夠遮蔽風雨了。

另外那頂小帳篷也照樣撐好。那時候，還沒有輕便的睡袋或帆布牀之類的東西。爺爺就給我一把斧頭，叫我去砍些長葉松枝來，營地四周都是這種松樹，濃綠的針葉，足有一英呎半長。我走進樹林中，爺爺也從一株老樹幹上，砍下八根松樹樁，每根有兩英呎長。又砍了四根長椽樹枝。他先把八根松樹樁分別釘牢在帳篷裡的泥土地上，做成一個面積寬六英呎，長八英呎的長方形。再把樁端一一劈開，把樹枝嵌進兩頭和中間的松樹樁裡，用斧頭敲得平平地。再拿四根結實的繩子把四隻角捆緊，立刻做成一張離地六英吋高的牀架。

爺爺跟我說：「把你砍的松樹枝拿來給我，再去多砍些吧，等足夠用了，我自然會告訴你。」

剛砍下的新鮮松枝，折斷的地方，逐漸滲出黏黏的淺黃色松脂，一滴滴流在地上，凝成一條閃亮的長線。爺爺像鋪屋頂板似的，把這些新鮮松枝層層鋪上牀架，松枝朝下，針葉向上。只花了大約十五分鐘時間，就做成一張長八英呎，寬六英呎，鋪著松針牀墊，松脂清香洋溢的大牀。松針墊上加鋪一塊防雨布，布角釘著現成的金屬環眼，爺爺用小釘把防雨布綁緊在松樹樁上。這時，我用拳頭敲敲緊繃繃的牀墊，好有彈性啊！

爺爺捶完最後一槌，轉過身來，向我笑嘻嘻地說：「這比你奶奶睡的牀墊還舒服，上面一鋪一蓋，只要兩條毯子。距離泥地這麼高，所以很乾燥。睡夢裡，依稀嗅出松針的清香。這麼寬大的牀鋪，足夠睡兩個大人，一個小孩。但是小孩兒只能睡中間，睡相最好斯文些，不許打鼾。」

爺爺剛歇手，我就爬上牀，鋪好毛毯。湯姆和彼得在他們的帳篷裡，也鋪好這樣一張松針牀。大夥兒分工合作，從停車到做完這一切，全部工作時間不過半個小時。

在我們忙著鋪牀的時候，霍華德先生找到兩棵相隔並不太遠的樹，從中繫上一根長繩。把繫在狗身上的那條長皮帶扣上一隻小圓環，用方法把環兒繫好。這樣，獵犬們有足夠自由活動的空間，但是彼此無法發生糾纏。餵食的時候，也無法相爭。這點空間，只供給牠們有限度的交往，萬一弄得不好，就是獵犬們彼此吼叫一兩聲，也不致引起太大的騷動。這是使獵犬和平相處，保持安靜的最好辦法。

爺爺指指掛在汽車前面的兩隻大帆布水袋說：「在成人的營地裡，小孩兒應該擔任提水之類的瑣事。你到河邊去把水灌滿，小心！可別把水弄渾了。只要把瓶口平放在水裡，水自然會流進去的。」

我穿過低矮的黃色燦爛的金雀花叢，走到河邊，河水流經沙牀上的石塊，水聲潺潺，清澈見底，河岸四周和水面，飄浮著片片棕色落葉和羊齒草，水味也沾染草葉的清香。回到營地時，只聽得湯姆和彼得正在橡樹林中砍柴。霍華德先生拿起獵槍，放在安全的地方。爺爺把原來火爐附近零散的石頭，重新堆砌整齊。他頭也沒抬，就對我說：「拿斧頭去替我砍點細樹枝，好作引火柴。樹枝別砍得太長，小心點，別砍在樹節上，也別把腳給劈了。引火柴不需要太多，只要一抱就行。」

我抱著引火柴回來，湯姆和彼得也從橡樹林中捧著一大綑枯枝，其中有些短木塊足有腿肚那樣粗。他們把木柴整齊地堆放在爐邊，當然不是真火爐——只是三面都圍著石塊，一面空著，算做爐門，爐底散放幾塊石頭——我把引火柴放在爺爺手邊。他先放進一大團舊報紙，把流著松脂的松針，交叉在舊報紙上，上面鋪一層細橡枝，最上層才是短木塊，頭尾交叉，像是平放的十字架。這時，爺爺擦根洋火，點著報紙，火焰首先捲向松針，立刻啪啪地燃燒起來。黃色的火舌閃爍，烈焰從細枝燃燒到木塊，不到五分鐘，木柴已經全部燒著。火爐四周，映出紅紅的火光來。

爺爺站起身，跺跺腳，撣去膝蓋上的碎屑，笑著摸出菸斗。

這正是黃昏的時候，夕陽西下，山巔一片紅霞。氣候有些冷，河上悄悄地籠罩著一層濃霧，青蛙歌唱。沼澤裡，夜鳥兒開始有了響動，怪鴟低聲哀泣。

爺爺說：「霍華德！我們應該歇會兒啦。天有些涼森森的。彼得，把瓶拿給我！」

彼得鑽進帳篷，拿出一隻半加侖的酒瓶，裡面是棕色的玉米酒。湯姆走到那棵掛著水袋的樹下，從放著炊具的網袋裡，找出四隻白鐵杯，給每人倒上半杯，大約有半品脫[2]酒，再拿起水袋，給他們的酒杯裡摻上些水。大夥兒閒散地喝著酒，爺爺斜著眼睛，笑著跟我說：「這個要等你長大了的時候才能喝呢！」

等他們喝到第二杯酒的時候，木柴就已經燒成木炭。彼得不時把爐中散開的炭塊堆在一起。不多久，火爐中央的石塊上，已經積成一堆厚厚的熾烈紅炭。爺爺放下酒杯，匆忙地拿出煎鍋，打開一包包的紙袋，找出五個小鐵盤、咖啡壺，把咖啡放進壺裡，叫我在壺裡加上水，他切開一片片的麵包，鍋裡煎著大塊火腿片，煎好後盛在白鐵盤裡，放在爐邊溫著。又把麵包放進嗤嗤直響的火腿油中，把雞蛋一個個打在麵包上。煎好了，就成為一鍋油煎麵包蛋捲。每份蛋捲上放一大片煎火腿。杯裡倒好熱騰騰的咖啡，他打開一罐煉乳和糖袋，才宣布說：「晚餐做好啦，大家請吧！」

爺爺一共煎了三四鍋蛋捲，又煮了一壺咖啡，大夥兒才吃飽喝足。這時候，天上沒有月亮，四野黑漆漆的，大家圍坐在火爐前，他們一邊抽菸，一邊談天。貓頭鷹和怪鴟一直喋喋不休，閣閣的青蛙聲，震耳欲聾。

爺爺指指我說：「趁火腿油還沒凝結，現在你就到河邊去，把這些鍋盤洗乾淨。不要

1 品脫（print），美制容量單位。一品脫約四七三毫升。

用肥皂，拿沙子擦擦就乾淨了。最好帶著手電筒，當心有蛇。」

我真害怕獨自到河邊去，要穿過那條通向沼澤的長長的草地和樹林，當然我是寧願死，也不願承認自己害怕。樹林中，高高低低的樹枝，好像是各種奇形怪狀的魔影。田裡，蟲兒、鳥兒的亂叫聲越來越大。我心驚膽戰地從河邊回來，霍華德先生正在餵狗，爺爺在火堆上多加些木頭。他說：「孩子！你還是先上牀睡覺吧，明天還要起個大早呢，也許你可以替我們打隻大火雞回來。記得，你要睡在牀當中啊！」

我脫去衣服鞋襪，鑽進毛毯裡，依稀聽到貓頭鷹的叫聲，他們四個人低沈的談話聲；由於火光反射，看見帳篷上映著爺爺他們的巨大身影；聞著松針牀墊的清香；蓋在身上的毛毯，那麼溫暖，爐火的熱氣，一陣陣鑽進帳篷裡，肚子裡又吃得飽飽地……朦朧中，心裡還憧憬著明天，那種快樂得像神仙似的生活。

爺爺用胳膊肘碰碰我說：「孩子，快起來，去把火弄旺了。天氣好冷啊！」天色灰濛濛地，星星仍舊高掛在天上。帳篷四周，風聲呼嘯。面對那一大片黑漆漆的沼澤，爐中這一點閃爍不定的光芒，更顯得微弱了。睡在牀上的霍華德先生，仍在打鼾呢。鬍子一掀一掀地，像是風中的沼澤草。對面帳篷裡，傳來高低不同的鼾聲：一個聲音尖銳，像是吹口哨，另一個就像被鐵絲籬笆夾緊的公牛。我哆嗦著鑽進毛毯裡，穿上又冷又硬的獵靴，帶來的衣服也全部穿上了。

火燒得只剩下一堆白色灰燼，在早晨的寒風中，迴旋飛揚，炭灰裡還剩一點點火星，像是紅紅的小眼睛。我用獵靴踢掉上層的炭灰，在紅色餘燼上加一層細枝，把橡木塊凌空架在細枝上。風慢慢地吹揚起細小的火舌，吞噬著細枝和橡木，不到五分鐘，火就已經很旺了，我緊挨著爐邊坐下。

爺爺看見跳躍的火光，就叫醒霍華德先生。他啣著菸斗，去穿獵靴，又忙著從酒瓶裡倒出一點酒，慢慢地喝著。

他說：「我是由衷地反對早晨喝酒的。除非在特殊情況下，就像今兒早晨，森林裡的天氣這麼冷。一個人年紀過了六十歲，才真正能領會喝酒之道。到了這種年紀，偶爾在早晨喝點酒，才不致誤事。霍華德！你怎麼樣？」

霍華德先生說：「我也過了六十歲啦！把酒瓶遞給我。」

湯姆和彼得睡眼惺忪地從帳篷裡鑽出來。彼得揉揉眼睛，到河邊去提水。大夥兒就拿著水桶，舀水在桶外洗了臉。彼得又切了好些火腿片，和雞蛋一齊放在長柄煎鍋裡，再烤上麵包，煮熱了咖啡，早餐很快就吃完了；因為這一天有很多事要我們去忙呢。

等到喝完第二杯咖啡——至今還記得那咖啡的味兒，沒調勻煉乳，含混著河水和木柴煙味。大家抹抹嘴，站起身來，各人拿出自己的獵槍。

爺爺瞇著一隻眼睛，查看他的獵槍管，然後說：「這是個獵鹿的日子，最好今天能打到一隻，營地需要鮮肉，也許我們還可以替小傢伙舉行一次浴血禮。湯姆！彼得！你們沿著河邊去。霍華德！我們把這小子帶去，要他守住公鹿常出沒的地方。然後，你我就在附近蹓躂蹓躂，注意什麼地方有動靜，大家同心合力，應該能打到一隻公鹿的。我這枝舊獵槍打鹿是很出名的。」

爺爺停下來點菸斗，轉過身來，拿菸斗柄指指我。

他說：「孩子！到現在為止，關於如何使用獵槍，你已經懂得很多啦。但是，有關使用獵槍打鹿，你還不大清楚呢！許多堂堂男子漢，一看見公鹿從矮樹叢躥出來，就會失魂落魄地昏了頭。許多訓練有素的獵人，彼此互相射擊；因為他們太興奮，太緊張了，所以就胡亂對準矮樹叢射擊，以致弄出了悲劇。你要記住這句話，除非你一眼就看清楚鹿頭上的長角，那才能算是真正看見了公鹿。我們的規則是不打牝鹿，不打小公鹿，也不彼此互相射擊。因為一隻公鹿可以配上百隻母鹿，而一隻母鹿卻能生出一群小鹿。射擊小鹿更是毫無意義，肉既少，又沒有鹿角，不如留著等牠長大了，多生些鹿兒鹿女，那樣就有獵可打啦。倘若你不小心打死一個人，你就要被判吊刑；倘若打傷的是我，我痛苦萬分，你也得被吊死，那才划不來。當心你那枝獵槍，除非你已經看得清清楚楚，來的是什麼？牠在什麼地方？以後再扣扳機。告訴你，千萬要記牢！」

湯姆和彼得把他們的獵槍裝好了子彈，又把裝子彈的平衡器往下一推，這樣子彈就會藏在彈倉裡，而不頂住槍膛了。

爺爺看看我的小獵槍說：「你先別忙裝子彈，等你到了守望的地方以後再說。也許一兩個鐘頭都找不到任何可以射擊的東西呢。」

湯姆和彼得去把繫在林間樹上的那兩隻獵犬解開。阿鈴是黑棕色的純種獵犬。阿藍卻是一種瓦克爾種牧牛狗和小獵兔狗、短毛獵犬血統的混合種，顏色也像是大雜燴，有藍色、棕色、黑色、黃色和白色，看來就像弄破的雞蛋，灑在棋盤格的枱布上那樣。他們總是說，牠是一條不同凡響的，最漂亮的獵鹿能手。對街的老山姆．華特就常常說，別吩咐阿藍做這做那，這是沒用的。因為阿藍善忘，忘得比你想像的還要快。牠知道自己應該做的事，如果你老是嘮叨，牠才受不了呢。

湯姆拿根短皮帶牽著阿藍，彼得也牽著阿鈴，兩個人扛著獵槍，迎風向河邊走去。等他們都走了，爺爺和霍華德先生還在附近慢慢地蹓躂，像一般老年人和婦女們那樣，走得好慢哪！這可真把我急壞了。我心裡巴不得趕快向前走，馬上就能打死一隻鹿！

閒蕩了大約十分鐘，爺爺才拿起獵槍說：「走吧！」我們走了大約半里路，就到達沼澤邊緣。天已經有點朦朦亮了。天空現出一抹檸檬色。橡樹林中，狐狸和松鼠已經開始互相追逐嬉戲。一隻鼬鼠把身體縮成一團，藏在柿子樹上，裝得就像別人不知道牠躲在那兒似的。火雞咯咯地高叫，斑鳩哦……呵……哦……呵……地悲鳴。

鳥兒吱吱喳喳，細語啁啾。金雀花和五倍子的葉尖，凝結著一滴滴亮晶晶的露珠。天雖然依舊很冷，但是比剛起牀的時候暖和多了。當然早餐也發揮了功效。白兔就在腳前跳來跳去，我們的腳步聲，驚動了一群正要離開沼澤的鵪鶉，牠們呼嘯著突然從我面前起飛，可把我嚇壞了。那天早晨，沼澤裡來來往往的小動物好多喲！

我們轉到河邊，發現一條有踐踏過痕跡的小路，爺爺說這就是鹿徑。他仔細查看四周，在那邊枯樹叢裡，找到一株隱沒在糾結枯枝葉中的斷樹樁。從這兒，五十碼以內的那一大片高低起伏的草地，都可以看得清清楚楚。

爺爺說：「孩子！你就坐在樹樁上守望。假如鹿沿著河邊過來，就會到你那邊去。剛才發現鹿的腳印，也是經過樹樁前面再去曠野的。因為鹿想離開沼澤，除此以外，無路可走。小心別上獵犬的當，比如說，狗叫聲雖然遠在一里外，但是鹿可能就在你的附近。有時候，鹿要比狗領先兩里路。鹿是愛靜的動物，並不驚惶奔跑，鹿腳很纖小，走動時很安靜，但很穩重。站著不動的時候，也是悄無聲息。假如你靜靜地站著，牠聽不見你的氣息，才會經過你這兒。只要你眨眨眼睛，鹿就遠離在兩百碼以外了。那樣，牠就會從另一條路溜走啦。」

我獨自坐在樹樁上，望著爺爺和霍華德先生漸漸遠去的背影。他們倆一路走，一路低聲閒談，我看看四周，這會兒空蕩蕩地，什麼也沒有。只有頭頂的樹梢上，兩隻雄松鼠打得正起勁，在枝椏間來回奔跑追逐似乎在狠狠地對罵。山雀把頭埋進草叢，唱起山雀的歌兒。那隻紅頭啄木鳥，尖喙不停地敲啄，看來是想把橡樹活活劈成兩半呢。我背後的沼澤裡，布穀鳥的聲音好淒楚哇！一隻金翼啄木鳥，不停地在樹上跳來跳去，東敲西啄。

開滿黃色金雀花的草原上，活躍的知更鳥，吱吱喳喳談個沒完。烏鴉跟著在呱呱嚷鬧。剛飛來的兩隻斑鳩，併肩坐在枝頭，嘰嘰咕咕地說著知心話。一隻小小的紅眼鳥兒，叫得竟比大群火雞更熱鬧。矮樹叢裡，喵乎喵乎的貓鳥，被淘氣的反舌鳥聽見了，學嘴學舌地，模倣得維妙維肖。誰要說森林是寂靜的地方，那才叫騙人呢。在森林裡使人們學習如何傾聽，清晨的林中，萬籟齊鳴，足可媲美古代那座說著萬國方言的巴別塔。

清晨的氣味十分美妙，凡是去過森林的人都知道。森林裡，早晨有早晨的氣息，中午、黃昏，有中午、黃昏的韻味，夜晚另有一種完全屬於晚間的氣味，也許因為林中的夜晚，臭鼬味兒太濃的緣故。

早晨的空氣新鮮，在微風中，花香洋溢，露珠兒晶瑩。中午的氣溫高得很，使人懶洋洋地，昏昏思睡；陽光蒸發出土香，風兒寂靜，一切有知覺的大小動物，都躲在陰涼的地方睡著了。黃昏的氣氛淒涼，氣溫下降，林間飄散著若有若無的松脂清香，晚風吹起乾燥的草葉味兒，和羊齒草的濃烈氣味。空氣中到處瀰漫著「一天已逝」的聲音，落日低垂。萬物漸漸靜止，疲乏的獵人、趕牛的小黑童，沿路吹著口哨，匆匆地趕回家。夜晚是爐火的煙味，溫暖的毛毯味，和熱咖啡的香味。每逢明淨有霜的寒夜，星星也能嗅出味兒來。童年時候，孩子們的小小心靈中，常常能體會到那些——沈湎於現實世界中的成人們無法了解的——清新和美麗。

回憶裡，這是個最有韻味的美麗早晨。我能想得出今兒一整天的工作，定是趣味盎然。這時，太陽已經升得很高了，全世界都沐浴在溫暖的陽光下。露珠漸漸消失，草上不再那樣水漉漉地，只有葉尖上還留有一兩滴，好像小孩兒掛在鼻尖上的清鼻水。我獨自坐在樹椿上，大約半小時，就聽見一里外的沼澤附近，有獵犬的聲音。阿鈴首先發現，牠吠得好熱鬧，就像剛開始演戲的戲院。阿藍也相繼狂吠，像嘹喨的鼓聲。兩種音調混聲合唱，時高時低，方向一直不定。

秋天的霜晨，微風搖曳，天空高掛著金色的太陽。我獨自守在林中，傾聽獵犬的叫聲，象徵長久期待的獵物即將來臨的那種「莊嚴」的心情，那種緊張的感覺，簡直無法形容。

犬吠聲越來越近，但是可望而不可及，我心裡一直嘀咕，倘若再不來，等得人都要爆炸了……這時候，方向又已經改變，犬吠聲遙遙遠去，我心裡焦急得很，簡直要爆炸了。

阿鈴和阿藍控制的現場，聽來漸漸穩定。牠們斷斷續續的鈴聲，十分清晰，這聲音已不再東繞西轉，只一個勁兒向前跑，喧嚷聲直奔河邊，我正好就在對面。

獵犬距離我很近，已經聽出牠們的叫聲和喘息。有時吼叫聲停止，只是一兩聲「汪……汪……」。鈴聲和犬吠聲裡，還夾雜著踢躂的腳步聲，輕悄悄地就像跑過紙堆的耗子，又像躥過枯葉的小白兔，我睜大了眼睛，緊釘著那條通向曠野的鹿徑，獵犬越發跑得近了。

忽然，只見棕色的身影一閃，一隻兩耳下垂的母鹿，領著兩隻半大的小鹿，從矮樹叢跳出來，一動也不動地站在我面前，臉上毫無表情地瞧著我，接著牠們又縱身一跳，越過曠野中央，高聳著白色尾巴，連蹦帶跳，奔向我身後，經過河邊，轉眼又不見了蹤影。

我轉過身，眼巴巴地看著牠們遠去了……這時候，又是一陣急促的腳步聲，一隻公鹿像跑馬似的衝進曠野。牠不是跳躍，只是飛快奔跑，輕捷得像陣風，兩隻長角，幾乎彎貼到脊背上去了。牠奔跑的時候，風聲呼呼，吹得兩耳直豎。這隻公鹿原來早就躲在一邊，故意東繞西轉，分散獵犬的注意力，好使牠的家屬有機會逃跑。現在，眼見牠們母子都已經安全離開了，當然牠也該儘快趕回家啦。

我愣愣地，看著手裡這枝裝好子彈的獵槍。我知道，只要當時想到扣動扳機，子彈就會射擊出去……但是，我竟絲毫沒有扣動扳機的念頭，只是張大嘴巴，凸出眼珠，眼睜睜地瞧著這隻公鹿從容逃走了。

獵犬緊跟在公鹿身後，從矮樹叢躥出來，拼命跳躍、狂吠。老阿藍躥到我身邊，嘴唇翹得高高地，瞧著我，那神情好像說：「這是大男人的事，要你這個毛孩子來這裡幹麼？白白費了我一頓勁！」

我渾身顫抖，坐回樹樁上。大約過了五分鐘，聽得距離沼澤四分之一里的地方，一聲槍響，我只呆呆地坐著，一動也不動……半小時後，湯姆和彼得也來了。

彼得問：「那隻公鹿怎麼了？牠沒經過這兒？我還以為一直把牠趕到你面前來了呢。」我沒好氣地說：「不錯，牠是來過這兒。可是我沒開槍，而且連射擊的念頭都沒有，就讓牠逃走了。我知道，你們再也不會帶我出來打鹿了。」我嘴唇顫抖著，使勁把眼淚憋回去。

湯姆用他的大手拍拍我的肩頭說：「不論大人或小孩，誰都會碰到這種事兒的；但是只要經過這一次鹿熱症，以後就不會再發了。別把這件事放在心裡，去年彼得也在這兒打過一回公鹿，真像馬那樣大，他連發五槍，都沒打中。」

這時候，通向河邊的鹿徑上，傳來零零落落的腳步聲。不一會兒，霍華德先生和爺爺兩個人牽著狗，氣喘吁吁地併肩走了來。

爺爺笑嘻嘻地說：「霍華德！你瞧，完全沒打中。距離不到三十碼，一槍打去，滑溜得什麼似的，碰都沒碰著，打鹿就是這樣的。但是總還有明天呢，我們還是去打幾隻松鼠來做菜。先讓狗休息休息，下午再來試試看。」他又轉過頭來問我：「孩子！你看見鹿了嗎？」

我噘起嘴說：「看見了，而且永遠也忘不了！」

我們重回到營地，把獵犬繫好，又把小傑克放開。牠是隻黃色的小狗，模樣並不完全像狗，耳朵豎得高高地，臉尖得像狐狸，毛茸茸的大尾巴，蓬鬆地鬈豎在脊背上。我跟彼得去打松鼠，爺爺趁空在營地附近查看一番，休息休息，喝一兩杯酒，開始準備午餐。

到了這時候再打松鼠，實在太晚了。幸好到沼澤這兒來打獵的人並不多，清晨，我守望著鹿的時候，就看見沼澤裡松鼠很多，多半是大個兒、灰白夾黑色的松鼠。

我跟彼得剛離開營地，爺爺轉過頭來大聲說：「可別害上松鼠熱了啊。要不，我們可就餓壞了，老是吃火腿和蛋，真是吃不消！」

彼得告訴我：「孩子，別聽他的，他頂愛開玩笑。」

我說：「才不理他呢，他還不是沒打中？最少，我還沒有打不中呢，對不？」

彼得和藹地點點頭：「一點不錯，不過一定要在射擊以後，才會知道有打不中的。」

我立刻盯了彼得一眼，他嘴角啣著香菸，帶有疤痕的棕色瘦長面孔上，神情怡然，一點沒有挖苦我的模樣。

這時，傑克叫的聲音好兇，像是和誰吵架，又像有誰喊牠狗，侮辱了牠似的。

彼得說：「傑克準是把松鼠趕上樹去了，像牠那樣的狗，好管用啊。當松鼠溜下地來覓食時候，傑克就把牠們一齊趕上樹去，還大聲叫喊，來吸引松鼠的注意力，等到我們拿槍去打就省力多了。我們兩個人打松鼠應該用這種方法：趁著傑克大叫時候，我跑到樹的那一邊。松鼠一看見我，當然就逃走了，你就站在這一邊，等牠溜到你這兒來，你就開槍打……把你的槍給我！」

我問：「為什麼？那，我拿什麼打呢？」

彼得回答：「用我的呀！你總不致傻頭傻腦地站在這兒，拿你的鳥槍打松鼠吧？當然，誰有鳥槍，都可以用來打松鼠的。只是槍的子彈要五分錢一顆。」

我還是第一次仔細看到彼得的獵槍。他把那枝長槍留在帳篷裡，現在帶著的是一枝二十二毫米口徑的小型來福槍。他把我的鳥槍拿走，又把他的來福槍和一捧鉛彈遞給我。

我們走到那株高大濃綠的橡膠樹下，傑克像發狂似的，大聲喊叫。彼得說：「另外有件事，你也該知道，如果只為打幾隻小動物來做菜，槍聲就不必打得太響。如果你是使鳥槍的話，『砰砰』兩響，林中附近的鳥獸都知道有人來打獵了。但是這枝來福槍的響聲，就像折斷一根樹枝那樣，假使是逆風，一百碼以外就聽不見它的聲音了。這真是世界上最好的獵肉槍，聲音小，也不會傷害肉質。你快來看，第四條岔路口那兒，樹上就有你晚飯的菜。好大個兒的松鼠，全身幾乎都是黑色的。」

松鼠正在朝前走，彼得剛到樹下，牠就悄悄兒地跟著他，彼得繞到樹那邊，故意弄出許多響聲。嚇得松鼠立刻往後退，伸出頭，偷瞧彼得。牠的肩、背和後腿，都在我這邊。我舉起來福槍，瞄準松鼠肩部中央，「砰」的一聲，牠像是一袋碎石子，從樹上摔落下來。傑克立刻躥上去，咬緊牠的脊背，前後一陣搖晃，把脊背弄斷後，才把牠扔在地上。這隻松鼠的個兒，幾乎就有傑克那樣大。

一小時以後，我們打到十隻松鼠。彼得說，足夠我們五個人兩三餐的了，打多了吃不完也是白糟蹋。他笑著說：「反正，這是個好預兆，明天，我們一定會有人打到鹿的。你使這枝小槍的成績滿不錯嘛！使起來很能得心應手，是不是？」

重回營地的時候，我心裡舒服多了。爺爺他們抬起頭帶著探詢的神情，彼得跟我只顧從口袋裡，忙著一隻隻往外掏，十隻松鼠堆了好大一堆呢。

爺爺親切地問：「誰打的松鼠？是狗嗎？」

彼得嘻皮笑臉地說：「是啊！狗真棒，我們先教會牠使槍。然後就閒坐樹下，把槍交給傑克，讓牠自己去林中打松鼠。午飯後，還打算教牠剝松鼠皮，做可口的菜肴呢。從來沒見過這麼好的狗，比人還聰明些。」

爺爺嘀咕著說：「狗有的是比人還聰明。」又關照我：「孩子！去把松鼠拿走，飯後，你就跟彼得一起把松鼠皮剝乾淨。」

那頓午餐真好吃，至今想來，仍覺得津津有味。這也許就是我不能被稱作美食家的緣故，因為講究飲食的人，才不肯讚美這種卡羅萊納風味的鄉村獵餐呢！只有維也納香腸、沙丁魚、乳酪、薑汁餅；除去熱氣騰騰的咖啡，其餘都是冰冷的。聽來雖然並不怎麼樣，但是我覺得再沒比這一切更美味更可口的了。尤其是天沒亮就起身，在空氣新鮮的林中走了十多里路，忙了一早晨以後，吃來更是其味無窮。

午餐後，大夥兒都在樹蔭下打盹。我和彼得、湯姆三個人，兩點鐘就醒來，忙著剝松鼠皮。這種事只要知道竅門，做來一點不難。彼得和我管剝皮，湯姆負責把牠洗乾淨後抹一點鹽。剝皮的時候，我抓住松鼠頭，彼得拉住牠的後腿，兩個人把松鼠拉得緊繃繃地，彼得拿刀沿著牠的胃和腿向下，直割到足踝，再把松鼠皮從下到上，像剝稻穀那樣，剝得乾乾淨淨，毛皮全部褪到頸部，像一襲披肩，松鼠全身赤裸，再割去松鼠頭和毛皮，把剩下的身體扔給湯姆。

他先把松鼠身體裡的性腺割除（就我所知，切除性腺以後，松鼠肉的滋味可媲美其他任何的肉類。否則，肉味像山羊那樣發羶，也老得像山羊肉那樣硬）再把牠切塊洗淨，放進蓋鍋裡。我去把松鼠頭、毛皮、臟腑……埋在泥土裡。三個人一共用不到三刻鐘，就已經把這一切收拾妥當。我去喚醒爺爺和霍華德先生，大夥兒又開始出發獵鹿了。

狗也休息了好一陣，每條狗吃了半罐鮭魚，足足休息三小時，精神抖擻，勁兒很足的樣子。湯姆和彼得牽著阿藍和阿鈴，天漸漸地開始轉涼，我們朝沼澤那一邊走去。這兒和去沼澤的大路，正好成為Y字形，水位較深，沼澤裡很陰涼。據湯姆和彼得估計，鹿很可能躺在這兒歇午，黃昏前後，還會再出來一次尋找食物。

我一路走，一路想：到底要多久，獵犬才能把鹿趕到我這兒來呢？這時候，牠們已經直接到河邊去了。遠處，金雀花和五倍子叢好濃密，那兒河牀寬闊，水清見底，唬……唬……唬……的叫聲越來越高，從這間歇傳來的狗叫聲裡，只聽得矮樹叢中，響起一陣陣悉悉索索的聲音。

這時候，我已經發現這聲音的來源，原來是一隻好大個兒的公鹿，牠悄默聲兒地，想偷偷溜過矮樹叢。頭頂那兩隻角——我的天，牠的頭上長有兩截枝椏分明的枯樹枝。我默默地扳開槍上的保險，大氣都不敢出，像個木頭人兒似的站著。公鹿直朝著我面前跑來，獵犬在牠身後狂追不捨。

公鹿走近河邊，距離我大約五十碼遠，我舉起槍；牠繼續向前跑，在牠跑到離我只有二十五碼遠的時候，突然發現了我，像是誰按著了牠身上的彈簧，立刻氣喘吁吁地，縱身向右邊一跳……我也忘了牠是一隻鹿，就像打鵪鶉和野鴨一樣，對準牠的肩頭就是一槍。

我扣動扳機——不知道是為什麼，槍聲像是被堵塞住了——正巧打中鹿身上那根彈簧，牠又縱身一跳，離地足有六英呎高，帶傷又跑了二十碼遠，牠逃進矮樹叢裡，就像是走出了我的生命以外啦……槍曾經「砰」的一聲，可是我沒聽見；槍身也曾有過震動，但是我也沒覺得。眼睛裡就只看見從天而降的大怪物，我覺得自己真像擊中了一架飛機似的。

公鹿是四腳朝天，平躺在草地上，靜悄悄地毫無掙扎。獵犬飛也似地躥來，先打算咬住牠，但是立刻就知道牠已不再需要任何幫助了。我已經擊中牠的要害，我悄默聲兒的，只花了一粒裝有三盎司火藥的子彈，就打穿牠的肩頭，打斷牠的脖子，打得牠的心臟立刻停止跳動，射擊的時候，我曾將牠引領得這麼近，幾乎一伸手就能摸到牠肩頭啦。這是屬於我的公鹿！除我以外，沒有別人看見牠，也沒有別人打中牠，更沒有誰教過我或是幫助我，這隻大公鹿——大怪物——是完完全全屬於我自己的呢！

說牠是大怪物一點沒錯。後來他們告訴我，在卡羅萊納的白尾鹿中，牠是夠大的了。鹿角上有十四處尖叉，連皮帶毛足足有一百五十磅。背上是漂亮的金黃色，腹部是燦爛的銀白色，四隻纖秀的黑蹄，十分乾淨。腿部四周細毛叢生，牛長麝香腺的地方，有明朗的赤褐色絨毛，挺直如穗。兩隻角就像用鐵絲刷梳理後那樣光潔，枝枝椏椏，盤節分明，顏色就像船上的甲板，被沙石打磨得光可鑑人。

我獨自躺在芳香，細碎的羊齒草叢裡，為的是守著那隻公鹿。這兒只有我自己，像是被單獨留在無垠的沼澤裡，在那座隱沒在柏樹、橡樹林蔭下，大自然聖堂裡的小男孩。聽著金雀花叢中的斑鳩悲歌，夜鳥兒啁啾……那滋味又甜蜜又寂寞。獵犬也躺在那兒，阿藍的下頷枕著公鹿的脊背，阿鈴搖晃著尾巴，先過來舐舐我的臉，好像是在說：「孩子！你的成績不壞嘛！」說著，牠把臉靠在公鹿的臀部，也躺下了。

我想：牠是我和阿鈴、阿藍，我們這夥兒的鹿，才不許什麼見鬼的熊啊、獅子啊、老虎哇，或是別的野獸們把牠從我們身邊搶走呢。

當時，我還沒有想到，自己將要慢慢地長大成人，而且要去獵象、獅子、犀牛之類的巨獸。只知道呆在碎羊齒草叢裡，撫摸著屬於自己的第一隻鹿。摸著牠柔軟的皮毛，光亮的鹿角，嗅著牠醉人的氣味，讚賞牠的美麗……我簡直已經忘卻一切，只知道自己是世界上最富足的小男孩！我的內心奔騰澎湃，說不出對牠那種甜美溫馨的感覺。我想，這是一種自然反應，就像二十五年以後，當我射中第一頭非洲水牛的時候，心裡所引起的感觸是一樣的。

我一會兒拍拍公鹿，一會兒拍拍獵犬……這時候，湯姆和彼得從那邊過來，爺爺跟霍華德先生也從那邊過來。這情景真使人感動，一個小小孩子的身邊，竟有四個高大的成人——小的時候，不論看見什麼，都是又高大又魁梧的——吆喝著從樹林中走出來，圍攏在你的四周，瞧著坐在自己獵獲的龐大戰利品旁邊的孩子。多年以後，我已經懂得很多有關「沾沾自喜」的含義，但在當時，若用沾沾自喜這句話來形容我，還算是很謙虛的字眼兒呢。

爺爺說：「真不錯！」還想忍住不笑出聲音來。

霍華德先生說：「真不賴！」

「小傢伙竟然打中一隻長著雙角的鹿啦！」彼得說著，為我高興的那副神情，就像我剛學會做私酒似的。

湯姆說：「打的真不壞，我想，鹿嘛，准是靜靜站住不動。」

湯姆停了一回又說：「小傢伙嘛，準是睡得迷迷糊糊的，被狗叫驚醒了，一半為了自衛才開槍的。」

「才不是……」我剛開口，就發現他們四個人一齊哈哈大笑起來。

他們已經查看過，跳起之後，草地上所留下的踐踏痕跡，知道我是在牠匆忙逃跑時打中的。但是，他們總忘不了要跟我開開玩笑。

彼得把鹿翻轉，在腹部割了一刀。剖開後，裡面全是綠色的稀爛東西，腥味撲鼻。

彼得把公鹿肚皮撕開，爺爺他們三個人抱住我的頭，把那血液、內臟和綠色的草渣，往我頭上一扔。那股氣味腥臭無比，弄得我滿頭滿臉的血污，身上淋淋漓漓，沾滿了一堆髒東西。

我抹去血污，搖晃著腦袋，把頭上的髒東西都甩掉。爺爺說：「這就表示你已經是成人了，你已經浴過血啦。從今以後，如果你再把鹿放走了，我們就要處罰你。孩子！這隻鹿很不錯。」爺爺的語氣好溫柔，「牠的確是一隻讓你得到光榮的鹿！」

湯姆和彼得把公鹿膝蓋後面的軟骨，割開一道裂口，用一根長樹幹穿進裂口中。兩個人合力把公鹿懸空提起，把鹿血倒進沼澤裡。這時，爺爺忽然轉過身來，說：「霍華德！你來幫個忙，把我們那隻鹿抬回營地去。離這兒不太遠，大約有四分之一哩，放在那株樹底下，我真怕山貓把牠吃掉。」

我追問：「什麼鹿？今兒下午您又沒打。上午您不是有一隻也沒……」

爺爺笑盈盈地，又裝模做樣地點著菸斗說：「孩子，我並沒有失手，只是不願意讓你在第一次打鹿的時候，就有了自卑感。如果你沒有打中這一隻——牠比我那隻好得太多啦，我也就把那一隻扔在樹下，什麼也不提了，浪費一隻鹿固然很可惜，但是傷害了一個小男孩，那才更可惜呢！」

這時，我知道自己無法再充大人了。不禁咧開嘴大哭起來，……他們誰也沒有笑我。

7 聖誕節

聖誕節轉眼就到了，那一天，奶奶剛倒好咖啡，就噘起嘴說，家裡的先生們誰要是再像這樣吝惜槍彈，真該挨罰。這個時候，正該打起精神，出去打一兩隻野火雞回來，總比像這樣悶聲不響地待在家裡好。

奶奶說：「肉的價錢好貴喲，火雞要一毛錢一磅，我可吃不起，如果不去打獵，今年過節就只好免去這道主菜了。」

爺爺捧著咖啡杯，看了看我，說是要到走廊上抽菸斗，我也跟了出去。奶奶和爺爺約法三章，禁止在屋裡抽菸。只有她在哮喘病發作時，為了舒暢胸部，可以躺在牀上抽摻著畢澄茄藥料的特製香菸（cubeb cigarette）。我很小時候，就偷偷學會抽這種有薄荷味兒的、涼颼颼的香菸了。

爺爺坐在搖椅裡，點著菸斗說：「太太們實在不容易伺候，我們對此毫無辦法，只好躲得遠遠地，免得遭殃。孩子，想想看，我們在森林裡辛苦了一星期剛回來，每天天不亮就起身，自己做飯，整天東奔西跑，坐在樹樁上守望鹿蹤，凍個半死。現在又要回到林中去，從頭再來。喔，天哪，她們真是不講道理。如果是我先提起這類的事，要你跟我出去打火雞，她一定會想出六十種不同的理由，把我們留在家裡。」

爺爺把菸斗裡的菸灰敲乾淨，辛辛苦苦地跑上樓，五分鐘後又下來，手裡拿著一枝西洋杉木做的奇形怪狀的火雞哨，另外還有一枝粉筆。他先用粉筆把火雞哨擦光滑了，吹了吹，那聲音就像孤孤單單的母火雞。當他把火雞哨子上又加了一點別的小玩意，吹出的聲音就像兇惡的雄火雞。這時，爺爺把火雞哨塞進口袋，又掏出懷錶來。

「依我看，要四分鐘，頂多五分鐘。」他自言自語地說，我問他是怎麼回事，他只點點頭，叫我等著瞧。

我也拿出我那隻一塊錢的掛錶，想看看爺爺到底等候什麼。剛剛四分半鐘，就看見湯姆和彼得從街上大踏步跑來。

「我估計的還不算太差，我猜你們要四分鐘到五分鐘。你們非要四分半鐘，我想，你們倆大約都已經老了，從前我一吹火雞哨，你們只花兩分半鐘就跑來啦！」

他們笑著說：「只要您說聲走，我們馬上就可以動身。讓小傢伙幫我們去收拾車子，一個鐘頭之內就出發。其實也沒有什麼好忙的，只要帶上帳篷、獵槍、食物、毛毯和彈藥就行了。」

爺爺說：「去把車子準備好，假如趕得快，天黑時，我們也就安頓好營地了，明天一清早正好去打獵。奶奶需要火雞，我可不願意讓她失望！」

他們商談的時候，我一直沒開口。因為誰也沒有直截了當地告訴我，究竟要不要我去。自從我打到第一隻鹿以後，我已經自認為是真正的職業獵人了。但是我知道，不能為這個就去催促爺爺，否則一定得到反效果。因為我很清楚爺爺、奶奶和湯姆、彼得他們這夥人，有時存心想整我，像這類的事已經不止一次啦。

我幫助湯姆他們把獵裝全都堆上汽車，彼得把車子開到家門口，我只默默地站在一邊，臉上滿懷企望，但是沒敢開口。那種神情就像想再度請求免得挨罰的奧立佛[1]似的。爺爺說：「哦，孩子！據我想，車裡除了你的獵槍，什麼都有了，假如你不趕快上樓去拿，該誰去打火雞呢？」

1 奧立佛（Oliver Twist），是英國小說家狄更斯（Charles Dickens, 1812-1870）代表作之一《孤雛淚》（*Oliver Twist*）書中的男主角。

我真的立刻跑上樓去。

湯姆、彼得坐在前面，爺爺跟我擠在後座。車子沒有走大路，而是抄的河邊近路。爺爺正好坐在湯姆背後，兩個人一面談，一面笑。

爺爺對我們大夥兒說：「我認為，野生動物是上帝的財產。火雞呀、鹿啦，一生出來，並不知道牠們將來屬於富人還是窮人。可是有錢人就會跑到這兒來，購買一大片土地，再回到紐約或是法國巴黎去，讓這塊土地一直空著，聽其自然發展。不久，野獸群中就傳遍了一項消息：這兒是人間天堂，是一處人人可以得到『天上掉下餡兒餅來』的地方。就像我們這兒，擁有麥克羅尼土地[2]的這一位有錢的大地主，現在大約正在別處乘著自備遊艇，玩兒得樂而忘返呢，一點也沒考慮這兒將會發生什麼事：因為沒人到他的土地上來打獵，附近周圍數十英哩的鳥類和獸類，都在這兒聚居、繁殖，以致鳥與鳥，鹿與鹿之間，彼此同類相殘。這裡面流血的事件，層出不窮；因此就會發生時疫，人們也跟著害起流行病來，什麼蛔蟲病、黑舌病……動物們相繼逃亡，甚至有絕種的。想想看，這樣對誰都沒好處。

「就像我，是個最遵守法律的人，一生都是如此。我在想，如果這位大地主來請我照顧他的產業，我定會很樂意請鄰近的人們來此打獵，以保持生物界的自然均衡。可惜，直到現在，我也沒有一艘遊艇，也沒住在法國巴黎，所以這位大地主就沒有多少機會認識我了。

「我當然不會為幾隻漂亮的火雞，就到他私有的土地上去打獵。而且，你看，每塊界牌上都貼著告示，上面寫得清清楚楚：『私產，禁獵！』我才不會為此觸犯法律。

「但是，這邊的路並不歸他所有。既非私產，那就是公地啦，萬一有隻笨瓜頭火雞，搖搖擺擺地跑到我們這邊來，這時再開槍打就是合法的了。而且我們每個人都有打獵執照的。對不對？

「如果有誰反對我的建議，認為這一點牴觸了他私人的道德標準，或是理論上的觀點，或是守法精神之類，有話儘管說出來，我們可以談個清楚！」

我看見湯姆和彼得兩個人，笑得脖子裡的青筋都露出來了，我也跟著傻呵呵直笑。

這正是打火雞的時候，因為聖誕節或新年前後，沒有一隻大火雞，就不像過年過節了。我知道，他們三個人早在我出生以前，好多年來都知道有這種把握，一定會打到火雞的，但是我還是第一次呢。

2 麥克羅尼土地（Magnolia Acres），位於南卡羅萊納州。

車行大約一小時，就到達這位百萬富豪的私有土地範圍之內。路邊砌著高高的籬笆，和外界隔開，每隔十株樹上，就釘著一塊「禁止狩獵」的木牌。我們轉過車頭，從一條崎嶇的小路穿過去，又走了半英哩多路，就到達了營地。看來就像我們上次去露營的地方一樣，也留有爺爺住過的記號。爺爺在所有他住過的營地上都留下標幟，那是他離開之時做好的，我知道。因為上次露營臨走的時候，我就用營地裡那一堆做火爐用的石頭，修建了一個這樣的標幟，別的零碎東西不是燒毀，就是埋乾淨了。

我們飛快地撐起帳篷，飛快地做好晚餐，鋪好牀，也很快地入夢。頭剛落枕，我連身都沒翻，直到被彼得搖醒。那時候，月亮依舊高掛在天上，星星依舊十分明亮，正是清晨四點鐘，這會兒誰都不肯離開溫暖的被窩。冷得真像加拿大的聖誕節，我們只喝了一杯咖啡就出發了。

爺爺對我說：「小夥子！我對你唯一的要求，是要你跟在我們身後，我們怎麼做，你就怎麼做。千萬別出聲，小心可別踩著樹枝。我們坐下，你也坐下。等我一碰你的胳膊，你就開槍，到時候你就知道該打哪一隻火雞了。」

我們穿過黑漆漆的森林，小心謹慎地沿著一條舊鹿徑向前走。湯姆領先，彼得第二，爺爺跟著他，我在最後。大約走了四分之一英哩，距離大路大約有一千碼，四周都是矮樹叢，大路的盡頭，有一處隱祕的丘林，看來和一般的矮樹叢都不相同，他們三個人隱身進去，我也跟著。這兒真是一處理想的火雞欄，空間足夠容納四名獵人，從枝葉的縫隙中，足夠向外瞭望清楚，開槍射擊。天空一片漆黑，我的天，好冷啊！我抖抖索索地，坐在那層棕色松幹上。

爺爺附在我耳邊，悄悄地說：「只要天色有一點朦朦亮，你就看得見火雞了。牠們可能輕輕地飛進來，在樹上休息，東張西望地看看四周，再跳下地面來。早晨牠們的花樣還不太多，可是我從不相信火雞，牠們多半比人還聰明些。就像牠們走路一樣。倘若火雞群不大，三四隻母雞裡只有一隻雄火雞。如果有一大群，母火雞一多，雄火雞也相對增加。我要你打隻離你最近，個兒最大的，所以在我沒有碰碰你之前，你先別動。射擊時瞄準牠的頭部，就跟打兔子一樣，牠的頭是最理想的標靶，用不著再打別的地方了，免得傷害肉質。我想把你打到的這一隻，特別送給你奶奶，她一定會很高興。現在你只管靜靜地等著就行了。」

黎明時候，爺爺拿出火雞哨，從朦朧中聽來，那聲音就像養雞場主人的呼聲，想把火雞們騙回雞欄的聲調。有時低聲咯咯，好像火雞小姐呼喚她的朋友，聽來很是迷人。有時又咯咯高呼，像火雞姊姊追趕火雞妹妹。吹不到一分鐘，爺爺就不再出聲了。後來他告訴我，火雞哨不能吹得太過火，因為附近只要有一隻火雞，牠聽見哨音，就會來的。

很多年後，我坐在豹欄邊，那時雖然很緊張，但是還比不上這次等火雞時的心情。火雞並沒有飛進來，而是像幽靈似的，偷偷地溜了來。像籠罩著窄巷的濃霧，起初不見蹤影，忽然一下全來了，看來真有母牛那樣大。牠們排成一隊，從小路上鑽了出來，前面的都是些母火雞，跟著幾隻一歲大的公火雞，後面又是一群母火雞，最後那隻才是牠們的首領。

火雞們先作扇形散開，大群朝我們這邊走來。我現在才想起，準是湯姆和彼得已把深及足踝的玉米田弄乾淨了，等待這一年一度的獵火雞季節。那個時候，誘捕並不犯法，也許火雞們已經嘗過了松果的新鮮滋味……不管這些，我只是緊釘著那隻公火雞首領，牠張開大尾巴，像一把巨大的鵝毛扇，叫聲就像「聖瑪麗亞的鐘聲」，響徹雲霄。牠環顧四周，神態很莊嚴，就好像想看看附近有那隻雄火雞，膽敢碰碰牠的妻子，牠一定要親自出戰，撕裂敵人的翅膀。彼得後來告訴我，這家共有十六七隻火雞，我一點都沒注意，只是一心一意地看住首領。在黎明的晨光下，只見牠的鮮紅垂肉掛在尖喙底下，來回搖晃。深紫色的胸部，像是寬闊的羽毛牀，身上的羽毛，閃爍著發亮的古銅和黑色。我雖然從未見過鴕鳥，但是我想這傢伙一定比鴕鳥還大。

這時，牠昂首闊步，站在家人群中，用火雞話低聲咒罵了一頓。像個視察部隊的將軍，威風凜凜地，站在距離我們的火雞欄大約三十碼遠的地方。牠伸長脖子，引吭高呼，聲音響得連遠在法國巴黎的百萬富翁大約都聽見了。待會兒，牠又臉紅脖子粗地，抬起頭，對著天空大嚷：今兒早晨天上有那一位天使，想飛下地來顯顯神通，牠都願意奉陪……正在牠嚷得興高采烈的時候，爺爺碰了碰我。

我舉起獵槍，瞄準牠的頭部，扣動扳機。爺爺他們也同時發出槍聲。我只打了一槍，他們連發兩響。當時松樹中，草地上發生的這一幕情景，真使我終身難忘！火雞首領的頭已經飛落，倒臥地上，雙翅還像急轉的風車，一陣陣猛撲，另外那六隻火雞也是這樣。

天剛黎明，太陽還沒出來，寂靜的樹林上，有七隻大火雞跳著死亡之舞，這真是一幅難見的奇景，一幅富有田園派韻味的「地獄亡魂舞」名畫。

大夥兒都忙成一團。有兩隻負傷的火雞，跳起身來，奔向矮樹叢裡去，又在牠們的腿上各補了一粒二號子彈才安靜下來。我從未見過這種混亂的大場面，不論是當時，後來，乃至於現在。雖然在我成人以後，曾經打過九隻獅子，也沒像那次這樣驚天動地，我幾乎以為郊野到處都變成了火雞的天下了。

當時的經過情形是這樣的：我打中火雞首領的時候，爺爺他們也各自擊中目標，火雞們立刻倒在地上。他們跟著向起飛的火雞群每人又打了一槍，當然又是彈無虛發。打了這麼多火雞，只有兩隻算是傷殘的，其餘都是一槍打中的。

我這一次已經留下值得誇口的記錄了，打中的這隻首領，發現比小牛皮還要粗韌些，重達十九磅。在火雞中，的確是佼佼者。另外兩隻雄火雞有十磅多，其餘都是較為肥嫩的母火雞，大約也有七八磅重。

老福特車開到家門口的時候，那一幕才有趣。當時，奶奶走出門外，滿口的「好吧，火雞在那兒呢？」我們都不吭氣，只管一隻隻往下扔，等到把七隻剛打到的大火雞一起堆在地上的時候，連奶奶也目不轉睛地看呆啦。

過節那幾天裡，天天吃火雞，膩得我看都不想再看火雞一眼了。

爺爺對於過節的事兒談的並不多，從聖誕節到新年這一段日子，他只把我拉出來一次，談了幾句人生的大道理。

他說：「人類以及火雞的困擾，都是在於面臨誘惑的時候，不知道該何去何從。」撫養我的那些長輩們，他們偉大的地方，我記得最清楚的，是每逢聖誕節來臨，他們從不把日常的必需用品當作禮物送給我。我所說的「必需品」是指鄰家的小男孩過節時候都得到的一樣有價值的禮品，像一雙新鞋，或一套新制服之類。也許這種東西既實用而又經濟，但是它給人的感覺，就像房屋頂那樣平淡無奇，反正每幢房屋一定要有屋頂的；你就不可能從中得到那種喜出望外的快樂！聖誕節時並不希望這一類的日常用品——新鞋、新制服之類，因為它們不像是禮物那樣動人心弦！

我在聖誕節或是過生日所收到的禮物，都不是什麼值錢的玩意兒。有時，只不過是五毛錢一把的小洋刀。當然多數的禮物都要比小刀貴重些，因為那個時代，還沒有經過經濟不景氣的年頭，每個人都有一點閒錢可供花費。從我最早有記憶開始，聖誕節禮物就是汽槍、自行車之類的東西。以後有獵靴、各種小刀、童子軍斧頭、拳擊袋、獵槍等等。我發現其中印象最深刻的，是一輛愛芙強生牌的，閃閃發光的藍色自行車和一枝獵槍。

到一毛錢商店，去搜尋送給長輩喜愛的禮物，是最快樂的事。等候聖誕老人送來一件想念已久的禮物，也是樂事。但是最快樂的事，還是在新年前後，學校還沒開學的時候，真正的優閒；因為這時候確有充裕的時間，讓你專心好好享受那些從聖誕樹下得來的禮物。

聖誕節期中，家裡好熱鬧，有來串門子的親友、同事和鄰居。許多從大城市來欣賞鄉村景色的姑姑、嬸嬸、表兄妹等等。所以臉和手都得洗乾淨，梳好頭髮，循規蹈矩……直到親友散盡，才准許回復平常的老樣子——指甲有一點點髒，頭髮垂在額前。這個時候，真正的快樂才算開始了。

過節在我說來，意義尤其重大，大約十二月二十日左右，學校一放假，我就回小鎮和爺爺同住，直到開學的前一天，才回城裡。這兩週的愜意生活，有如想像中古老英國鄉紳時代那樣情趣盎然。走廊上懸掛著冬青枝，聖誕節前夕燃燒的聖誕柴，要有三個大人、一個小男孩才搬得動呢。

我已經記不清那種嘴裡啣著蘋果的整隻乳豬的事兒，但是記得最清楚的，是爺爺他們那夥人，在整個節期中從事種種活動的時候，那種使人難忘的快樂！

首先，過節時也正是採蠔的季節。那幾個月裡，日曆上紅色放假的日子特別多，也是蠔長得又嫩、又肥、又堅實的時候，有胡瓜那樣大，像長尾鳧羽毛顏色一樣的灰白色外殼，邊緣一道道深深的皺褶。也許，蠔並不是什麼特別引人的東西，除非你從裡面能找到一粒珍珠。但是對我來說，就是找不到珍珠的蠔，也一樣十分迷人。

在陰沈沈的寒冷天氣中，爺爺和我經常帶著長鐵鉗，划著小船外出。野鴨飛得好低，安適地棲息在沼澤四周。我們也順便帶著獵槍，因為那兒總有一兩隻停留太久，又懶得動彈的傻鴨子，我們只要有一個閒著沒划船，就舉槍「砰」的一聲。有一次，我看見水裡有一隻像老鼠頭的動物在游泳。爺爺說：「快打！」原來是一隻大雄貂，剝下的貂皮，洗淨硝後，鎮上有人拿兩塊錢來把它買走了。

小船划到波浪洶湧的灰色河上，鼻子和耳朵都被凍得紅紅的。到了養蠔場，拿出長鉗，一路夾著鮮蠔，直到所有的鐵鉗上，都夾滿長長的一大串時，再把這些滿是泥漿的長鉗，放在河水中來回搖蕩。將泥漿大致沖洗乾淨，放進船裡才不致弄得過份骯髒。等到裝滿半船生蠔，就划船回去。這個時候，我已經拿刀剖開一兩打蠔殼了。

剖開蠔殼很簡單，先用刀背把蠔殼鋸齒形的邊緣敲碎，刀尖插進殼裡接近蠔肉的地方，手腕輕輕一擰，「砰」的一聲，蠔殼就剖開了。蠔肉浸在殼內清冽的鹹水中，一滴滴直往下流，這水冰得手直發麻。從這以後，我吃了太多蘸著調好作料醬汁的蠔肉；但是我認為再沒有比這種剛出水的生蠔更美味可口的了。

採蠔是趣事之一，到林蔭深處去找聖誕樹是另一件趣事。在現代，聖誕樹都是拿錢買來的。那個時候，我們在一年前就預先物色好聖誕樹，一株小西洋杉，樹的形狀和高度要十分勻稱，富有天然韻致，根部要堅實，不致被別人輕易挖走。搬樹時每次多半是浩浩蕩蕩，全家人出動——媽、爸、爺爺、奶奶和我，還有獵狗，大夥兒都擠在車裡，搬聖誕樹原來就是了不起的隆重大典！

去的時間不能太早，因為聖誕樹一直要留到新年後，所以我們都是聖誕節前兩天才去。倘若這株樹當初是由我選的，這次旅行就要深入沼澤，或是穿過那長滿五倍子的遼闊草原。因為那樣我才有機會找藉口好帶著獵槍，想碰碰運氣，也許能打一隻松鼠或是鹿之類的。

攀折槲寄生樹和冬青，是我的專門工作。要想找漂亮的槲寄生樹，必須爬到很高的大樹上才能找得到。總之，我摘下來的這一些，是懸掛在一株像加州紅木[3]那樣雄偉的柏樹上，墨綠色的樹葉，襯著那一串串小小的乳白色誘人的漿果，好像快樂地依偎在雲端。最使我快樂的，這是唯有小男孩才能勝任的工作，成人們是無法插手的。我嘴裡啣著小洋刀——完全跟金銀島上的好漢以色列．漢斯先生一樣，用牙齒咬著，像猴子一樣敏捷，很快地就爬上樹去。把槲寄生樹枝一根根折斷扔下地來。

冬青果就生長在矮樹中，找起來一點也不費事。但是，不知道為什麼，一看見這些夾雜在深綠色尖齒形厚葉中閃閃發光的紅漿果，就使人歡欣鼓舞，快樂非凡。

等到把這一切都摘下來，帶回家去的時候，奶奶她們就開始整理布置，屋裡充滿了林中野營時候的氣味：有西洋杉的幽香，沼澤中黃昏時候，冬青樹散發的清香味兒。燃燒著的橡樹和山胡桃木的煙味，滴著松脂的松枝在爐底劈劈啪啪直響。

平時，奶奶她們雖然嘮叨些，但是在過節前後，她們真是歡樂之源。奶奶是一位烹調能手，在她所做的各種美味中，還洋溢著綠枝的清香，平常時候再也難尋的聖誕柴的奇香。滿屋香味彌漫……那些使你覺得幸福歡樂的味兒！

九月前後，奶奶就開始做一種水果蛋糕——足有磨盤那樣大，上面有墨綠色香櫞、肥大的葡萄乾、蜜餞、橄欖、油潤的紅醋栗，蛋糕浸透了白蘭地酒，只要吃一片，就夠你昏昏沈沈的了。這種蛋糕能藏很久，因為爺爺不時還會在上面加上幾滴新鮮的白蘭地。假如這種蛋糕藏在洋鐵盒兒裡，直到六月天，它還會保持原來的濕潤和新鮮的。

聖誕節時候，要作三種蛋糕——黑水菓蛋糕、莎莉蛋糕[4]，裡面金黃色，外層赤褐色；還有磅蛋糕[5]，下層像一塊塊金幣，上面澆著香草冰淇淋和奶油花飾。

這時候，有別的季節從來沒有的橘子，橘皮油潤，香味濃郁。有顆粒很大的棕紫色馬拉加葡萄（Malaga grape）。一堆堆指頭般大小，內部豐滿，外皮起皺的大葡萄乾。有硬得像石彈丸，甜得膩人的棒棒糖。有時候，爺爺在葡萄乾上灑幾滴白蘭地酒，遊戲開始的時

---

3 加州紅木（California redwood），是世界上長的最高的植物之一，能長到一一五公尺高，主要分布於美國加利福尼亞州。目前已知最老的紅木約有二千多歲了。
4 莎莉蛋糕（Sally White），是一種北卡地區的地方性蛋糕，用雪莉酒、香木櫞、杏仁慢火烘焙而成。
5 磅蛋糕（Pound cake），用一磅奶油、一磅雞蛋、一磅糖、一磅麵粉做成的蛋糕，所以叫磅蛋糕。

候，把酒點燃，看看誰敢伸手進去，抓出一把葡萄乾，哼都不哼一聲。

瓷碟中裝滿各種核果——英國胡桃、帶殼的甘胡桃、精製的多油白色巴西堅果，以及從店裡買來的各種糖果：有苜蓿葉形的小小薄荷糖，顏色鮮豔的彩條夾心軟糖等等。這些糖看來十分漂亮，吃時味道平平。

提起節日的菜單，無法不滿懷溫馨地想起那些火腿。做火腿的豬是特別品種，和那種嘴裡啣蘋果的乳豬不同。我的家鄉中有三種不同風味的火腿：一種是終年掛在燻肉屋裡，外皮硬，腿肉鮮嫩的深紅色鄉村火腿。煎好後，吃時熱呼呼，鹹津津地，是早餐桌上經常有的食品。一種是塞滿乾丁香花苞的淡捲筒狀黃色醃火腿。再就是那種斯密費爾[6]的名產，火腿皮的邊緣被紮得緊緊的，靠近腿皮處夾一層白嫩的肥肉，裡面是粉紅色，顏色配合得好漂亮。

廚房裡，除去這些食物的氣味以外，再加上老廚娘葛麗娜，把野火雞滿身塗遍油脂，放在烤箱裡，慢火烘烤，燻得香味四溢。奶奶忙著在鹿肩胛肉上倒酒，塗抹果醬。用文火燉著的鍋裡，是胡蘿蔔、蘋果片、蔥白燒野鴨。

早餐也許有一道油炸鵪鶉、煎火腿，還有一份爺爺稱它為葡萄布丁的尾食。那是一種英國古代海員們航行海上時候的食物。吃的時候要蘸著摻有白蘭地酒的濃調味汁，酒味濃得真會引起禁酒協會的敵意警覺來的。

過節時每天都有一件興奮新鮮的事兒。試驗新獵槍，穿新皮靴——新的軟皮靴，模樣像陸軍靴，只是腳面上要繫鞋帶的；穿著有防水袋的雙排釦，方格厚上衣，那種溫暖的感覺。這些都使人興奮快樂，溫馨無比。

成人們利用過節閒暇，安排著去打獵。假如我乖乖地，有時也被他們帶出去，在寒冷多霧的森林裡獵鹿，打浣熊，或是跟湯姆、彼得一起去射擊撒野的野豬。還有打鵪鶉，獵野鴨，趕松鼠。過節時候，天天這樣，奇妙無比！

當你凍得像冰棒兒似的，一回家，溫暖的爐火，食物的香味，濃濃的宴樂氣氛，撲面而來。走近爐邊先烤背後，再烘暖僵冷的雙手，用熱水沖洗手上的泥污時，就不那麼刺痛了。踢掉腳上的新皮靴，疲乏的雙腳套進舒適的便鞋裡，換上一條柔軟的長褲。坐在餐桌前，津津有味地開懷大嚼，消耗的食物量，恐怕比一營人吃的還要多些。一盤吃光了，再來一盤。奶油酥餅乾，大塊兒的雞鴨腿，都是無限量供應。醃漬的朝鮮薊、西瓜、蜜餞之

6 斯密費爾（Smithfield），是美國維吉尼亞州的一個小鎮，這裡有全球最大的豬肉養殖商，旗下擁有多種肉製品品類及產品品牌。

類，只算是開胃的小吃。最後吃飽喝足，得費好大的力氣，才能勉強離開桌邊，臨走的時候，還要抓一把葡萄乾和滿滿一口袋糖果，準備夜晚偶爾想吃東西的時候填填空。吃那麼多的東西竟然沒脹死，真是我永遠永遠想不透的事。

爺爺跟平常一樣，在吃火雞大餐時，都要教訓我一些作人的大道理。但是，我想，其中的含義，我並未能真正領會多少。他還跟我說了狄更斯的小說《聖誕頌》[7]。也沒有發生多大效力；因為詩中的人物史盧基、克萊契特和小迪姆這幾位先生，並沒有天天跟我生活在一起嘛！

1《聖誕頌》（*A Christmas Carol*），是英國作家狄更斯（Charles Dickens，1812－1870）的作品。內容描寫一個吝嗇刻薄的守財奴史盧基，在一個聖誕之夜，因為三個精靈的帶領，改變了自己的故事。

8 老狗和老人

那天下著毛毛雨，午餐後，爺爺把我叫到一邊來，告訴我，他的背部非常酸痛，他認為那是上了年紀和風濕病的緣故，說不定那一天，他就要擺脫這些煩惱，安然逝去。他說：「在這個世界上，老狗和老人最沒有地位，因為他們毫無用處，通常還有股難聞的氣味。依我看來，孩子！你應該學習獨立了，因為我已經照顧你夠長久啦，我現在腰酸背痛，雖想去看看那群鵪鶉，但是這麼潮濕的天氣，我心有餘而力不足，不能幫助你去打鵪鶉了。現在，你應該露一手給我看看，是否能使狗去森林時，肯守規矩，從前你跟我在一起，只是聽我命令牠們，總有一天，你一定要學習訓練自己的狗的，而學習訓練狗最好的方法，是跟一條比你還要聰明的狗，先讓牠訓練訓練你。」

那時正是二月末，雨一直不停，整整下了一星期，還在淅淅瀝瀝，雖然偶爾也有一絲微弱的陽光，穿透雲層，但是天氣並沒有放晴的意思。爺爺說，他認為鵪鶉也會跟他一樣，厭煩透了這種天氣，多半會飛進沼澤，呼吸些新鮮空氣的。

爺爺說：「你帶著弗蘭克和山迪，留意牠們的行動。你要吆喝山迪，不許牠偷取弗蘭克找到的獵物。這傢伙總是時刻打弗蘭克的壞主意，每逢人家找到一群鵪鶉，牠就想偷，從沒見過這樣可惡的鵪鶉賊。假如牠不服從你的命令，找根小樹枝，好好修理牠一頓。有些狗就像某些人一樣，你跟牠講道理沒有用，好好地揍牠一頓，牠就乖乖地聽你的。」

媽駕駛著老福特車，在傑克灣拐彎兒的地方，把我和狗放下。她說，等她黃昏時候從城裡回來，在橋邊等候我們。狗忙不迭要走，因為牠們已經整整悶了兩個星期，渴望好好兒地活動活動。

山迪是一隻高大的英國種長毛獵狗，有檸檬和白色相間的毛皮，一隻眼睛是紅色的。老弗蘭克是長滿藍色斑點的盧埃林種（Llewellyn），牠們都是名種獵犬。弗蘭克不像山迪那樣動作迅速。山迪認為在一哩半以內的獵物，都是很近的狩獵。牠從不低頭向地面聞嗅，總是聳起鼻尖，能從風向中嗅出附近的，或是遠從加拿大飛來的鳥兒。如果風向順，真的會有遠從加拿大飛來的鳥兒呢！

弗蘭克跟牠比，可以說是勢均力敵。只是牠相信，大地就是應該用來聞嗅的。如果牠確定有單獨行動的鵪鶉時，會馬上釘牢。只要給牠一點時間，沒有一個鵪鶉能逃離牠的視線以外。每逢牠坐著不動，那兒準有鵪鶉，而且距離牠不遠，可以說就在牠鼻尖底下。鵪鶉想逃跑，牠就跟著，永遠離不開牠的掌握。牠從不尋找蛇、鱉、兔子等等，只管找鵪鶉。

狗對事物也有尊重的觀念；牠們對於所遇到的樹木、叢林、樹樁、石頭和小路，都很知道尊重。

這時，牠們一上路就東尋西找，像是上週剛在這兒丟了錶似的，那神情又莊嚴又仔細。直到聽見我的口哨聲才跑回來，還要通知我，現在該是開始工作的時候了。我像爺爺一樣揮揮手，指指荒蕪的玉米田，弗蘭克看看山迪，山迪也看看弗蘭克，然後牠倆又同時看看我，神情很不以為然。好像說：「不，這想法真可笑！」

我發出命令：「快走，死傢伙！」現在爺爺不在跟前，我罵人可流利著呢。

狗聳聳肩，山迪跳起來，對直跑去，繞著玉米田轉了一大圈。弗蘭克從斜刺裡跑開，巡查了一遍，再從對面跑回來，坐在我面前，伸出長長的舌頭，氣喘噓噓地，一臉的譏諷，山迪臉上也是。

我說：「好吧，死傢伙！由你們自己去找吧。」

兩條狗互相看了看，嘀咕著：「這孩子多少還算有點頭腦！」

山迪抬頭凝神傾聽，這位副領隊弗蘭克在咬嚼腳爪旁那粒雀麥實。這時候，山迪嗅得了信息，牠用鼻尖指向松丘林。在濕淋淋的草地上，那座高起的小丘後面，就是一座鋸屑堆。山迪昂著頭，像是一個步入社交場合的高貴士女，不慌不忙，一步步慢慢地走過去，弗蘭克跟在牠身後。山迪隱身進入那一片長滿五倍子的矮樹叢，鈴聲立刻靜止。弗蘭克向矮樹叢裡探頭，像是看見了什麼，立刻轉過身來，搖晃尾巴，招呼我快過去，說是我們有事要做呢！

我們是有事要做：山迪已經忙著防守山丘四周，像射出來的砲彈那樣飛速奔跑，身體幾乎失卻平衡，毛茸茸的大尾巴，堅硬得像船舵。弗蘭克已經進入矮樹，汪汪喊叫，牠的頭親密地靠著山迪的腰窩。尾巴輕輕搖晃。山迪剛跑完一大圈回來，靜靜地站著，一動也不動。我走到山迪面前，牠立刻驚起圍繞在牠四周的鵪鶉群，鳥兒們作扇形平飛，越過鋸屑堆。我第一次拔槍太快，沒有打中。第二槍一響，就有隻鵪鶉摔落下來。

弗蘭克跳躍著走近鋸屑堆，鵪鶉正在拍翅掙扎，牠按住鳥頭，咬住鳥脖子，再放下地的時候，鵪鶉已經死了。牠用上牙牀輕輕啣著鵪鶉，鳥兒掛在牠的下頜上，一路搖晃著走到我面前，前爪搭上我的胸部。我打開獵裝上的大口袋，牠伸進頭去，把鵪鶉放在袋裡，再探出頭來，吐出嘴裡的羽毛，說：「孩子，走吧！」

山迪發出了一聲嘆息，牠們考慮了一會兒。弗蘭克說，那邊就是長滿高高金雀花叢的河灣，沼澤裡太濕，無處落腳，鷓鴣一定到那片草地上歇著去了。山迪不以為然，據牠的精確判斷，鷓鴣飛到左邊松林中去了。弗蘭克的神情很不耐煩，牠毫不客氣地問：「真是見鬼，請問這兒誰是找零散鷓鴣的專家？是你這個老黃斑毛，專門嗅風的傢伙？我說鷓鴣是朝右邊去的。」山迪說：「好，就依你，走吧！」

我覺得那些鷓鴣也許是對直飛走的，可是兩條狗誰也沒問我一聲。

山迪和弗蘭克又談了一陣，就閃電似的跑走了。不多會兒，牠就神情莊嚴地站在沼澤外邊，弗蘭克把頭埋進高聳的黃色花朵裡，在濕淋淋的草地上來回逡巡，發現了蹤跡，尾巴像是跳爵士舞，腹部緊貼地面，一動也不動。遠處，金雀花叢的那邊，聽見山迪的鈴聲在響，我大聲喊：「站住！」牠立刻就站住不動了。

弗蘭克前面有隻鷓鴣驚飛起來，我把牠打得羽毛紛飛，我說：「拿來！」弗蘭克很不高興：「別開玩笑啦！」說著，牠轉了一大圈，丟下死去的鳥。一隻棕色的小不點兒，像小飛彈似的剛一起飛，就被我打落在地上，弗蘭克看來好高興呢。牠走動了沒有幾呎遠，又蹲下來。這時飛起的是一雌一雄，兩隻鷓鴣，多虧老天幫忙，我竟左右開弓，兩隻都打中了。弗蘭克看看四周，笑笑說：「這就很夠啦，孩子，把槍扣上保險，一群鷓鴣裡打中五隻已經很夠了。」

我把獵槍上的保險扣緊，弗蘭克向山迪發出信號，好像是說，就算你是有錢人家的大少爺，也應該找點事做做吧！

這時，山迪鈴聲叮噹地，嘴裡啣了一隻鷓鴣走過來，把牠丟在地上，就坐著不動了。弗蘭克已經跑出去尋找那一對鷓鴣，兩隻一起啣在嘴裡，小心翼翼地丟進我的口袋裡。

我們穿過沼澤，我擰開槍上的保險，老弗蘭克繞圈兒躥到我前面，一路聞嗅著沼澤草，忽然嗅出蹤跡，牠立刻通知山迪。山迪連蹦帶跳地到達的時候，弗蘭克正在那兒轉來轉去，尾巴前後搖晃。牠跟山迪說：「好吧，我的天才，這回由你來決定方向，鷓鴣是從這兒飛走的，風兒剛好吹過你的鼻尖，顯顯你的本領吧！」

在我的記憶中，山迪那昂頭遠去的身影真美。比後來我所看見的任何雕像、美人、名畫更加美麗。牠一溜煙跑上山崗，弗蘭克看看四周，點頭招呼我，我們一同漫步跟著上去。只見兩百碼以外，山迪一動不動地站在濃密的松林外，遠遠看去就像一尊白色的大理石雕像。

我開槍的時候，一隻鷓鴣躲閃著藏身樹下，另一隻突然飛上樹枝。鷓鴣肉飛了，兩條狗的神情都很惋惜。弗蘭克愁眉苦臉地說：「這孩子真是有些神出鬼沒的。一會兒就像霹靂彈，一會兒又像遊手好閒的傢伙。我們真該多給他點兒信心才是！」山迪聳聳肩：「總不能全靠我呀！」說著，牠乾脆躺下，愣愣地看著自己的腹部。

牠們又互相商談一陣，對我全然不加理會。牠們認為鵪鶉已經飛離沼澤，到那邊叢林茂密的斜坡上去了。我們穿過沼澤的時候，外邊突然有一隻鵪鶉驚飛起來。我向黑漆漆的林中開槍打去，又驚起兩三隻鵪鶉，什麼也沒有打中，眼巴巴地看著牠們從容飛進扶疏的枝葉裡去，弗蘭克想了想，叫我跟著牠，沿著這兒有鵪鶉的地區爬上山崗。牠下去的時候，我原想跟著，牠說：「孩子！看老天爺的份上，你就留在這兒吧！我想試試去替你找幾隻不費事的鵪鶉呢。」

我站在斜坡上，弗蘭克叫山迪走進沼澤，牠一路從斜坡上聞下去，直到沼澤裡，牠們倆都不忙去釘牢鵪鶉，只是一找到就把牠們驚起來，我居高臨下，面對空地，這是最明顯的射擊目標，所以沒有多久，我的口袋裡又多了四隻鵪鶉。

這時候，該去和媽媽約定會合的地點了。我們一路走，一路還在忙，山迪窺探過另一座鋸屑堆，直接朝前走，這回鵪鶉飛進開遍金雀花的矮樹叢裡，這簡直就像謀殺，因為當時兩條狗已經給我太多的信心。我只隨便一舉槍就能打中兩隻，就像滿懷著信心似的，很老練的獵人。

山迪又坐下不動，揪住自己的尾巴，好像丟了什麼的樣子。弗蘭克跑去，把兩隻鵪鶉啣進我的口袋裡，牠抬起頭，告訴我，牠認為像我這樣愣頭愣腦的傻小子，居然很能聽命行事，現在該回家啦！

我戀戀不捨地望著那一片躲藏著鵪鶉的金雀花叢。兩條狗都說：「不成，別忘了規定，爺爺是不喜歡這樣的。」我說：「好吧，我們去找媽！……」一路上，我知道最少藏有三群鵪鶉，牠們看也不看一眼，只顧慢慢地向前走，更別提叫牠們去尋找了。

回家後，爺爺的神情已經不像早晨那麼不舒服了，因為我已經隱約嗅出那股他專門用來驅散寒氣的藥味來。這種「藥」用大木桶裝著，在那個時候，把它隨便拿來當酒喝，是犯法的。我把十隻鵪鶉——六雄四雌——放在壁爐前面，爺爺看來好開心哪！

他吸著菸斗，優閒地問：「學到了些什麼？」

「是的，爺爺！我學到一件事：雨後打獵，要到高坡去，因為鵪鶉不喜歡把雙爪弄濕。而且，像這種季節，田裡也沒有什麼可吃的，所以都飛到林中去吃橡實和剩下的漿果去了。牠們好像很喜歡鋸屑堆似的。」

爺爺說：「我也不知道這是為什麼，但是鋸屑堆附近，總有一群北美鵪鶉來來去去的。也許牠們喜歡鑽鋸屑堆，也許是以鋸屑代替沙石，更能增加身體健康。還學到點別的嗎？」

「是的，爺爺。我知道黃昏時候，尤其是下雨天，鷸鶉不願棲息在沼澤裡。牠們不是棲息沼澤附近，就是飛得遠遠地。天黑時候不如白天那樣飛得遠。再就是根本用不著在沼澤裡射擊，只要站在外邊，把狗打發進去，叫牠替你把鷸鶉趕出來就行了。」

爺爺笑瞇了眼睛，溫和地問：「打發狗到沼澤裡去？」

「欸，讓狗進去。」說時，我有些不自在，「牠們也不肯要我跟著，所以我只好站在一旁，輕輕易易地打了四隻鷸鶉。」

「還有別的事兒嗎？」

「喔！我發現自己獨自一個人去打獵，射擊的成績要更好些。因為每次開槍，不需要顧忌身旁是否有人。也可以冒險多打幾隻鷸鶉，平常就沒有這種機會了。總而言之，獨自出去打獵，可以增加自信，因為不會那樣緊張，同時也不想讓狗失望。」

「就是這些嗎？」

「喔！爺爺，還有一樣，我認為人不能隨便批評一條好的獵狗，說牠不如人知道得多。我覺得，只有狗才能了解狗的事兒呢。」

爺爺掀鬚大笑：「孩子！你說的這些話，正合我的心意，很少有人能像你學習到這麼多的。比如拿狗來說，你只要從小把狗訓練好，就別再管牠了，這條狗準錯不了，教育小男孩也是這樣。從小把狗慣壞了，以後即使喊破嗓子也不管用。小男孩也是這樣，要從小開始，只要一發壞就打。以後，就不再需要棍子了。你吆喝山迪了嗎？」

「吆喝了一次。」

「牠聽不聽話？」

「很聽話。」

爺爺的神情顯得更高興。他說：「孩子！我要告訴你一件很明智的事，從一條受過良好訓練而有本領的獵犬身上，真正有智慧的人可以學習到很多東西。笨瓜頭就什麼也學不到。但是一條笨頭笨腦的狗，偶爾還能從聰明的人身邊，多少能夠學到點什麼呢。你要記住這一點。」

他說：「現在嘛，」我已經知道爺爺將要說些什麼了，「去把鵪鶉的內臟弄乾淨。不論是鵪鶉或是魚，凡是能獵取的東西，都有牠的用途，如果放得越久，不去管牠，處理時候就越加困難。你現在就去把牠弄乾淨，因為我很想嘗嘗鵪鶉肉。總之，今兒晚上我相信自己是不會死的啦。」

冬天在淅淅瀝瀝的寒雨聲中，漸漸消逝，太陽開始慢慢露出臉兒來。這時候，正是打獵嫌晚，釣魚太早，踢足球太熱，玩棒球又太冷的季節。我有點像青少年期中那種坐臥不寧的感覺，家裡顯得那麼窄小，悶得人幾乎喘不過氣來。每天除去上學，幾乎沒別的活動，暑假遙遠得讓人想都不敢想。我知道這時候我的行為並不像字典上所謂的「足資楷模」，除非它指的是壞榜樣。

爺爺趣味盎然地看著我。也就是說，我正處在尷尬情況中，他很清楚。也許那天他就是為這個才把我叫到後院來，要給我看個東西。那是一隻幼小的短毛獵犬，從來沒見過這麼難看的小狗。腳爪大得像灰熊，一隻扭曲的耳朵，滿身疥癩，露出起皺的粉紅色皮膚，看樣子都快要死啦。

爺爺說：「這是一條上等的獵鳥狗。我知道牠現在的模樣不好看，就像一塊未經雕琢的璞玉，我敢保證，牠是一條好狗。我知道牠的家世，只需要一番訓練的功夫。訓練狗最好的時間是利用春天，因為這時候你比較空閒，首先我們得替牠治好疥癩。」

我問：「爺爺，你從什麼地方弄來的！我還從來沒見過這麼難看的小狗呢！」

爺爺勸我：「別太看重外表，牠的家世恐怕比你還要好些。事情的經過是這樣的：小狗媽媽的主人要外出，就把狗媽媽留給佃戶照顧，因此小狗都染上了疥癩。你現在已經被那些老狗訓練得很不錯了，你最好試試親自訓練一條小狗。唯有從狗身上，你才能學習更多有關狗的事。」

我笑了笑，不由得想起那天弗蘭克和山迪給我上的幼稚園啟蒙課程來。

我問爺爺：「這小狗染上了疥癩怎麼辦？」

爺爺說：「很簡單。我們到格斯麥克尼爾加油站去，向他要點使用過的潤滑油——每年春天，誰都要把汽車裡使用過一冬天的潤滑油抽出來，再換上新的。再到藥房去找華特醫生，向他買點硫磺，用潤滑油調勻後，把小狗放在這種硫磺油裡多多浸浸，保證要不了多久，疥癩就會痊癒了。」

爺爺的藥方真靈，沒有多久，果然小狗身上就漸漸長出毛來。不到一個月，全身的毛都已長齊，個兒也長高了。替牠取名阿湯，由我專門負責訓練牠。

爺爺告訴我：獵鳥狗要在後院裡訓練。當然我們無法教導牠如何聞嗅，也沒法教牠有關鳥的常識，所以這些都用不著操心。你所能做到的，只是儘量教導牠懂得一些規矩。這樣，牠就可以善加利用自己的才能，就好像你從學校裡接受教育，以後是否有足夠的智慧，能利用那些知識，就全靠自己啦。」

我問爺爺：「一開始該怎麼訓練牠呢？」

「欸，訓練狗的方法很多。但是，訓練不是馴服，千萬要記得別用『馴服』這兩個字，因為你需要的不是一條心情沮喪，提不起勁兒來的獵犬。你是教育牠，而不是將牠整垮。如果有誰把獵犬馴服了，這種人根本不配擁有一條狗。你只要教導牠一些普通常識和禮貌，首先讓牠弄清楚『是』和『不』的區別。訓練的時候，我們要從基本上著手。比如說餵食應當遵守哪些規矩。」

每天，我們家只餵狗一次，所以牠們到該吃的時候，肚皮就很餓了。餵的食物多半是餐桌剩下的殘肴，稠稠的冷玉蜀黍粥，大量的冷玉米餅、蘿蔔梗和肥肉。有時也有罐裝的鮭魚或狗食，只是吃這種食物的機會並不多。餵食的時間，通常是下午五點鐘，每條狗都各自有自己的白鐵盆，彼此相隔幾英呎距離。我注意過弗蘭克和山迪，從不曾先動一動自己的餐盤，一定要等到爺爺彈彈手指，說：「開動！」牠們立刻埋首大嚼。只要爺爺喊「停！」牠們立刻閉緊嘴巴。老弗蘭克最可愛，你就是放一大片排骨肉或是別的可口食品，放在牠鼻尖底下，牠也照樣一動也不動地坐著。直到喊出開動的命令，牠的頭一頂，將肉排彈上半空，牠再跳上去接住。吃的時候，還會做出道謝的模樣來。

我們訓練小狗的方法很簡單：先替牠放下餐盤，等牠趕著想去吃的時候，我就抓緊牠的尾巴，喊：「停！」同時，又溫和地拍拍牠，說牠是又乖又出色的小狗。待會兒我才說：「開動！」讓牠去吃。不到一星期，阿湯已經懂得這項命令的意義了。當牠靠近餐盤，只要我一說：「停！」牠會立刻停住不動。轉過頭，等著我彈彈手指頭說：「開動！」牠才開始吃。吃到一半，有時我也拉拉牠的尾巴喊「停！」這個字，牠兩天就記清楚了。即使牠當時正在吞嚥，也會閉起嘴來，蹲在地上，乖乖地等候。

正像所有的小狗一樣，牠很喜愛追趕棍子或皮球。最有趣的是，牠也愛把棍子或皮球叼在嘴裡，跑得遠遠地，故意來逗你。牠是個小頑皮，不是那種天生就能把東西尋來交給你的獵犬。爺爺指點我，剛開始胡跑亂跳，正跳得興高采烈的時候，爺爺立刻拉動著繩子，大聲嚷：「拿來！」說著，又極其迅速地把小狗一路腳不點地地拉了回來。「拿來！」這句話牠大約學了三天，就明白撿回東西來，不只是遊戲，而是一種應該認真去做的工作。

爺爺說：「狗這種動物，一定要教牠弄清楚工作和遊戲的區別，而且對此要不斷地提醒牠。就拿白兔來說，沒有一條好獵狗不喜歡追逐白兔的，因為牠覺得那是一種娛樂。但是尋找鵪鶉，便是艱苦工作了。如果獵鳥狗追尋的是白兔，你馬上就會知道；因為牠彎著腰，耳朵直豎，鼻子嘲弄似的向下看，待會兒牠會跳起來，像個鄉巴佬似的，傻呼呼地瞅著你。那表示牠知道自己作錯了事，但是又無法確定到底做錯了什麼。不許獵犬胡亂追逐兔子的方法是，從小就要對牠嚴加管束。今年秋天，在獵鵪鶉季節開始以前，我們要把阿湯訓練好。同時，今年夏天對牠的管教，也不能放鬆。因為狗在夏季，常常學到好多好多壞習慣。假如對牠太放任，由著牠性子不管什麼都去追，等到秋天一來，牠就會把正經事兒給忘了，而且又學不到一樣專門技能。我並不贊成什麼都想追逐的狗。只要牠有一兩樣專長就行了：一種專門追逐兔子，另一種只能尋找鵪鶉。小狗們剛開始的時候，總是兩樣都想追，大約一半是由於天生的興趣，一半完全是小狗的愚蠢。」

我敢跟你打賭，所有的獵犬對於同類總是很嫉妒的，但是牠一定要學習克服這種嫉妒。雖然這種管教會使牠受些折磨，但是，不這樣，你就無法訓練好一隻得力的獵犬，你總不能信託這樣一隻窩囊廢吧。

那一個春天，都在後院裡忙著訓練這隻小短毛獵犬，阿湯已經懂得不少規矩了。夏天時候，又一直繼續教導，使牠不致忘記春天時候所學到的一切。牠學會了「追！」「躺下！」懂得跳上車時候要坐後座，不能擠在前面。了解口哨不是吹著玩兒的，而是表示需要去尋找獵物。朝這邊揮手，就不能隨便去那邊。只是在這一段時間裡，牠還從未嗅到一隻鵪鶉呢。

夏天已經過去，樹葉漸漸變成深紅色，獵鵪鶉的季節即將開始。我也有了一隻屬於自己的小狗，長得很高大，已經可以做點事了。阿湯像是就讀函授學校的學生，所有的學識，都從函授得來，還沒機會實驗自己所學的理論呢。我也不知道自己擁有的是天才，還是白癡。但是，在餵食的時候，牠的舉止行動，的確是非常規矩的。

十月初，星期天下午，爺爺說：「小鵪鶉現在全都長得夠大了，蛇多半也已經冬眠，我們何不把阿湯帶出去試試，看牠是否真的學到了些什麼？」

我們把牠帶到後面樹林中，在金雀花叢、矮樹叢，豌豆田那一帶附近，經常可以找到一群養馴鵪鶉的地方。爺爺曾經在那兒教我射擊，平常多半也常來這兒訓練狗。我們每次來此打鵪鶉，每次從不超過十隻，經常為牠們準備足夠的食物，和寬敞的宿處，所以這些鵪鶉年復一年的，就像家人一樣，長期居住下來。

起初，小狗首先去尋找白兔，驚起後再去追趕牠。回來的時候，舌頭拖得長長地，滿臉顯出得意非凡的樣子。不論我喊了多少次「停！」牠都當作耳邊風。

爺爺說：「揍牠，好好地揍牠一頓，把牠修理夠了，再告訴牠：『不！』」

我折了一根像印第安弓箭那樣長的小樹枝，狠狠地抽了牠一頓。等牠襲擊第二隻白兔的時候，只見牠追著跑了不多幾步，就自動跑回來，四腳朝天，躺在地上，似乎在說：「小主人，打我吧！」我輕輕打了牠兩下。那是阿湯最後一次惹起的兔子風波，看來牠從小所受的教育並沒有白費。

我們把牠帶到藏有鵪鶉的地方，牠看見鵪鶉時，那一幕最有趣。就像先天具有酒癖的酒徒，從來沒有嘗過威士忌，一旦聞見了酒香，雖然自己不知道聞見的是什麼，但是確知牠很喜歡這種氣味，一定得想辦法找到它。

牠小心翼翼地，一步步慢慢走過來。面臨未知數的這剎那，牠有些猶疑不定，不知道自己應該怎麼辦。當內心湧起的每一個意念，都是叫牠跳上去追的時候，牠所表現的一切，的確很對得起教導牠的老師了。阿湯當時跟自己嘀咕了好一陣，終於下定決心，高高地翹起尾巴——像是一根多節的旗杆。牠蹲下身體，舉起右前爪，鼻尖對準牠認為有神祕氣息的地方，使勁聞嗅。一直就這樣死釘著，要不是我跑過去驚起鵪鶉，恐怕牠到現在還留在那呢。在牠開始追趕鵪鶉的時候，我一喊：「停！」牠正好跳了一半，就立刻站住。眼睜睜瞅著鵪鶉飛走，眼睛一直注視著，看牠們在什麼地方停歇。等牠們都躲進草叢的時候，牠才悄悄走過去，守住五隻零散的鵪鶉，不肯移動一步。這也許是意想不到的奇蹟；可是，誰知道呢！

只是有一點我很清楚，從這以後，在牠的一生中，皮肉上再沒挨過鞭子，很少要你向牠吆喝，再沒鬧過別的兔子風波。牠第一次跟隨老狗外出打獵，被我喊了一聲「停！」以後，就再沒有忙著緊追鵪鶉，一直耐心守候著鵪鶉群。直到後來，大約要用曳引機才能把牠拉走呢。

開始獵鶴鶉的第一天，我就把牠帶到遠處的鄉野去，那兒對牠完全是陌生的地方。這時，牠還不到九個月大，真像奇蹟似的，不聲不響，就直接找到這一季的第一群鶴鶉。不浪費時間，不小題大作，也沒撲空。每次只要牠一去找，就會找得著。然後再舉起前爪通知我，鶴鶉起飛後，我打中第一隻，第二隻沒有打中，牠也不去胡亂追趕，等我喊：「拿來！」牠才飛也似的奔向鶴鶉摔落的地點，這還是牠第一次嘗到鶴鶉羽毛的味兒呢。牠啣起鶴鶉，送到我手裡，吐出嘴裡的羽毛，說：「小主人！牠們飛到那邊去啦！」就像那些訓練有素的獵犬一樣，牠的話很可信賴，一到了那邊，果然找到一群鶴鶉。

我那天回家，口袋裡裝滿了鶴鶉，和阿湯的一張輝煌成績單，爺爺看來一點也不大驚小怪。

他說：「我早就告訴過你，這隻長疥癩的小狗，家世很好。不論是狗是人，如果有良好的家世，就該教導他，要懂得好好兒地利用自己的長處。我希望你長大了以後，能像阿湯一樣出色就好了。你記得我告訴過你，小狗的家世也許比你還要好一些……不過我還是喜歡你，至少我不必操心去替你醫好疥癩呀！」

9 平底船

那年春天，我們住在華特斯維利海灣，那兒是最吸引孩子的地方。尤其對小男孩，它有數不清的迷人優點。在多海岸的南方，這裡是亞熱帶，有廣大無垠、果實纍纍的叢林。有樹幹上掛西班牙苔蘚的嵯峨大橡樹，和高聳入雲的長葉松。

海灣是從兩哩外的海濱，引進來的兩股灣流入口。浪花和潮汐帶來海洋魚類，灣內海水清澈。還有擠滿魚兒的小小支流，冬天，歇滿了野鴨。林中到處是吱吱喳喳的松鼠——灰色的小松鼠，銀黑色的大狐松鼠。矮樹叢的草原上，有鵪鶉、鹿和數不清的白兔。枝頭有那麼多現代罕見的色彩鮮明的藍樫鳥。這些小藍鳥兒真像林中隱士，那樣飄逸出塵！

在童稚的心靈中看來，這些野生植物也是令人十分興奮的。春天，小樹林中長滿了野莓子，有剛冒出尖兒來的野蘆筍、成千上萬的黑草莓、金雀花、木瓜和榛栗——一種甜甜的棕色小核果，外形很像栗子——野朝鮮薊等等。一年四季，幾乎每天都可以外出遠征，獨自探險，享受原野冒險生活的情趣。在這種生活經歷中，因為貪食野果，經常總逃脫不了肚痛的厄運。但是，最少可以遠離雙親的管教，覺得自由自在，並且免去攜帶飯盒的麻煩。

這時候，我幾乎完全變成了小泰山，在家裡怎樣也待不下去。我像無尾猿似的，輕捷地溜進森林，大約每個月都要安排一次冒險。在那株野櫻桃樹的高枝上，我有一間自己私有的樹屋。並且擁有一連串互相連結的洞穴。聽說這裡面的地道，可以直達鎮上。但是在學校的成績很糟，因為心裡只惦記什麼時候最後一節課響下課鈴，好溜進矮樹叢裡去玩耍……學校附近有一條清澈的河流，只要一下課，同學們就光著身體，溜下小河裡去游泳。

有一天，老師做了一件使我們大夥兒意想不到的事。他寫了幾封信，通知各人的家長，把許多不守規矩的事情，都寫得清清楚楚。那個時候，我自己也很迷糊，弄不清自己究竟是誰？整天想著自己是湯．姆沙耶、哈克芬[1]、泰山、但尼彭、野牛比爾[2]，和湯普森．塞頓[3]那本書裡的全體英雄人物。

我滿身痱子，被野葛和魚鈎劃破大小傷痕無數，游水時候被水母咬傷，又經常逃課；所以成績單上淨是些紅字。有時，偷著吸菸又被媽抓住了。更糟的是，我的同伴們多半是些漁夫，因此我的言語粗魯得驚人。挨了爸媽的訓斥，我幾乎想要離家出走，想去做印第安人算了。雖然我也不知道該去什麼地方，但是相信總有地方好去的。

那一天，爺爺譏諷地，斜著眼睛看看我，說：「嗨！」

我說：「是，爺爺」。

他說：「小夥子！現在你該安靜點兒啦。瞧你這副德行，讓我想到沒有挑戰對象的小阿帕契人來。我知道，這是春天，所有的小駒每逢春天都有些坐立不安的。我想，你是需要一樣能使你安靜下來的東西。我已經替你想到了一樣：一條小船！船具有安撫春天不安症的鎮靜力量。假如你肯稍微花費點心思，把耳朵後面洗乾淨，做好算術題，這個月裡，我就幫你造一條小船。等到學校放暑假的時候，這一夏天你就可以學習許多有關魚類和水性的新知識。同時，你也可以學習了解很多有關你自己的事。小船最能教育男人，使他了解寧靜和沈思的價值。」

---

1 湯姆．沙耶、哈克芬，均是美國著名作家馬克．吐溫（Mark Twain, 1835-1910）小說《湯姆歷險記》（*The Adventures of Tom Sawyer*），的主要人物。

2 野牛比爾（William Frederick "Buffalo Bill" Cody, 1846-1917），誕生於愛荷華州，是美國軍人、美洲野牛狩獵者及馬戲表演者。是美國舊西部牛仔形象的代表人物及創造者。

3 歐內斯特．湯普森．塞頓（Ernest Thompson Seton, 1860-1946），英國博物學家，小說家，被譽為動物小說之父。他開創了動物小說這一嶄新的文體，在世界文學和兒童文學史上都具有不可撼動的崇高地位。塞頓畢生創作的四十六篇動物小說歷經百年歲月的檢驗，是世界動物小說中的經典。

這一春天所剩下的時間，我都花費在造船上。爺爺工作時候，按部就班，有條有理。他先搜集了一大堆木板，在後院安裝了好幾座鋸台。他計畫造一條長十二英呎的平底船，船幅寬敞，空間最少可以容納三個人，和釣魚或打獵的用具。浮水力強，操縱時候不大費勁，一個小男孩就能應付裕如了。船尾有個小小的儲藏庫，用來存放鮮魚和午餐，另外還有一塊放魚餌的小隔間。我發現，這該是造船業中最經濟的成品了，全部所用的木料，都是爺爺從他一位開鋸木廠的朋友那兒免費要來的，又從森林中選了一根山胡桃木做船槳，刨成後，用沙紙打磨得光滑如鏡。船身的木板，一塊塊楔得十分緊密。這時候，把小船放在水裡浸著，使接縫處長合，以後小船就再沒有滲進一滴水珠。

爺爺不喜歡在船上使用兩塊合在一起的龍骨。於是他親自跑進森林，左選右選，才找到一株還沒朽壞的枯山胡桃樹。彎度正合適，就利用它作為平底船上的龍骨。船上除去鐵釘和船錨，沒有別的金屬物品。他也不贊成鐵槳架，他說鐵製的東西太重，聲音又吵，不是掉落水裡，就是被別人偷走。每次划船回來，還得小心記著老遠帶回家，簡直麻煩透頂。所以他用性質較軟的木材，削成槳架，裝妥後，穩妥輕柔，很像媽媽懷抱裡的嬰兒。每次划行，最少要省一半力氣。小船被命名為夏綠蒂摩爾斯號——是爺爺和我最敬佩的兩位堅強女性的名字——舉行下水典禮時候，爺爺神態莊嚴地在船頭摔破一瓶可口可樂。他不是那種肯把好威士忌酒胡亂灑在船上的人。

倘若我很富有，也許會買一條別種樣式的船。但是沒有船能像夏綠蒂摩爾斯號那樣，給我這麼多的冒險樂趣。當然並不是什麼大規模的冒險，只不過划著小平底船到金銀島，去尋找有無寶藏。皮膚被太陽曬起了水泡，也沒找到傳說中藏有八塊黃金的地方。有時，我跳進水裡，一路游泳著把小船推上沙灘，停泊在那兒，我再去釣魚、打獵。有時划船出去的時候，迷失了路途。有時，依傍著船的附近游泳，幾乎被淹死了。但是這條小船所給予我的種種探險情趣，那一份心曠神怡的快樂，別說漫畫書上找不著，任何名著上也沒有類似的描述。我想，這些動人心弦的經歷，無人能及。

當我獨自划船外出，從不愁沒有賞心樂事。我可以想像自己是找尋海盜同夥的布拉德船長[4]、金銀島上那個逃脫獨腳約翰[5]掌握的角色。到紐西蘭，或其他地方海上捕捉旗魚的湛尼．格雷[6]，西班牙艦隊中的隊員，霍金斯[7]、德瑞克[8]，被獨自遺留在孤島上，正在尋找

4《布拉德船長》（*Captain Blood*），是冒險浪漫小說家拉菲爾薩瓦蒂尼（Rafael Sabatini, 1875-1950）一九二二年完成的經典海盜作品，描述一群勇敢冒險的年輕人跟隨海盜之星尋找金錢、榮耀和愛。其他代表作品還有《美人如玉劍如虹》（*Scaramouche*）。

5 英國小說家史蒂文生（Robert Louis Stevenson, 1850-1894）著名小說《金銀島》（*Treasure Island*）中的獨腳海盜。

禮拜五的魯賓遜。小平底船上經常都帶著這幾本書，每逢停泊在沙灘上午餐的時候，我總是一邊吃，一邊看書。這些書，要比學校圖書館必讀欄所陳列的，並且由「四眼田雞」老師守著你閱讀的那些書籍，所給我的意義，要深刻多了。

但是，獨自划船外出，我學習到最多的是：一個懂得自娛的人，會有多麼快樂！還有就是，只要自己會安排，「獨處」將帶給你意想不到的情趣。我總是一清早起身，把小船划上沙灘，船槳深深插進沙裡，把船兒穩住。然後我光著腳丫，在沙灘上到處踢呀踢地，用腳趾摸索蛤蜊和軟殼蟹，找到一些放進船裡。再拿漁網到淺水中網些做魚餌的小魚、小蝦，撒出的漁網是滴溜溜地，直像一朵巨形的喇叭花！

由於多次累積的經驗，我漸漸弄清楚全部魚兒最多的洞穴——哪兒是大烏魚巢穴，哪兒是石首魚的居處，哪兒只有多刺的鱸魚，再沒有別的。

有時，把小船划到附近的小河裡，去釣跳躍的梭魚和小藍魚。再把小船繫在橋下爬滿螺螄的木樁上，靜靜地坐在船頭，釣些羊頭魚[9]。這兒還有好大個的石蟹，只要能夠捉一隻這種黑黃色、前螯和腳爪全是雪白的蟹肉，身體並無用途的大傢伙，也是一件了不起的大事呢。

夜晚更有趣，我提著馬燈，趁著退潮的時候，小船兒隨水飄流，我就在搖曳的黃色燈光下，忙著尋找形影不離的比目魚。等到那把三叉頭的鋼叉，刺進比目魚的身體，把牠扔進船裡的時候，一直還在猛力地拍打掙扎。那時候，比目魚的價格很高，假如夜晚的收穫多，那將使我大賺一筆，有時幾乎可以賣到整整一塊錢呢。

划船外出最愜意的事，就是午餐時候，可以吃自己親手捉住的東西。把船划上小小的淺灘，或是靠近長滿扇形棕櫚的小島。船上總帶著鹽、胡椒、一隻長柄短腳的小鍋。水面從來不缺少可供生火的浮木。直到現在我才明白，那時我在小船旁邊吃的午餐，人們在餐館裡要花費大價錢才能吃得著的——那些鮮蠔、鮮蛤、乾焙軟殼蟹，世界上最新鮮的魚。也許烹調的方法很馬虎，但是我卻再沒吃過那樣鮮美可口的海鮮。

每天，也許要划三英哩多遠。嘴唇鹹鹹地，幾乎被水面閃爍的陽光曬焦了。背部痠

---

6 湛尼．格雷（Zane Grey, 1872-1939），以大眾冒險小說聞名的美國作家。寫過很多描寫美國西部生活的浪漫主義小說。他也熱愛釣魚，曾在國際釣魚雜誌上發表多篇在紐西蘭釣旗魚的文章。

7 約翰．霍金斯（John Hawkins, 1532-1595），英國航海家、海軍軍事家、海盜、奴隸販子。他的艦隊曾打敗西班牙無敵艦隊。

8 法蘭西斯．德瑞克（Sir Francis Drake, 1540-1596）。英國探險家、著名海盜，據知他是第二位在麥哲倫之後完成環球航海的探險家，曾擊敗西班牙無敵艦隊。

9 羊頭魚（sheepshead），一種遍佈美國大西洋沿岸的鯛科魚類，體長可達九十一公分。牙齒可以咬碎藤壺、牡蠣和螃蟹。

疼，被海水泡得起皺的光腳，又累又痛。回家時候最後那一段大約半哩的水路，就像永遠划不到頭似的。船一靠岸，真想不顧滿船髒髒的魚鱗和污泥，立刻就溜回家去……但是受不了萬一被爺爺抓住，他那種嘲笑的口氣，所以我一定要先把小船裡外洗乾淨後繫牢了，再揹著一長串鮮魚和船槳，蹣跚地走回家。累得直想掉眼淚，用不著別人催就乖乖地上牀了。

等到夏季已過，我想，海灣裡每一吋地方，每一個魚洞，每一處沙灘，每一條小河和小灣，都被我摸得清清楚楚。知道風向，而決定灣內四周潮汐的變幻，水位的升降。這些都是由多少的划行、錯誤、割破的雙腳、紅腫的手指、蚊蟲、沙蚤和太陽的灼傷換來的。

夏季過去了，我的確冷靜了。正如爺爺說的，再沒有比獨自留在水裡的小船上，能學到更多的安詳、寧靜和責任感啦！我發現，人並不時時需要同伴來使自己快樂，事實上，無人打擾的時候，會得到更多的自由和沈思的愉快。同時會體驗到，一個獨自留在浩瀚水面的小男孩顯得好渺小哇！

我一直沒有敢告訴爺爺，有一回碰上灣裡的急流，小船被沖到外海去了。在起伏的波浪中，一直飄蕩了一里多遠，才躲開這股急流，把船划回岸邊。也沒敢告訴誰，那次在沼澤裡發現一具被泡了很久的殘缺不全的男屍。也沒告訴媽，那次大腳趾下面，戳進一枚鏽釘，我就用自己的小刀，在火上燻了燻，自己一面哭，一面罵，用這把鈍刀切割了好一陣，才把鏽釘挖出來。因為跟媽要碘酒，還說謊是被蚌殼割破的。當時我隱瞞這一切，是害怕他們若是知道了這些事，一定會阻止我再出去划船……可是，隨著九月來臨的北風，水面波浪洶湧，該是獵沼澤雞的時候了，我怎麼肯平白放棄？

潮水淹沒沼澤裡的水草，水面只露出一點點葉尖。大秧雞無處藏身，就在你眼前此起彼落，拍翅飛翔。這種秧雞就像山鷸那麼大小，雙眼深陷，眼光柔和，飛得好低好低。只要划船過去，船槳插進河底，站在船上，舉槍就能打中。有時拋下鉛錨，跳下船來，沿岸邊一帶仔細尋找，因為秧雞的巢穴被水沖散後，這兒就是牠們唯一藏身的地方。也像山鷸那樣驚慌起飛，頭俯向水面，射擊時候幾乎可以百發百中。

學校已經開學，天氣漸漸轉涼，我把小船拉上海濱，船底朝天，倒轉來放著，準備過冬了。重回學校時候，我覺得自己長大了，也寧靜多了，好像變得成人氣多於孩子氣了。我體會到爺爺話中的含義，覺得很有道理：小船最能平靜小男孩內心的紛擾。我的成績單也有了顯著進步，那年的聖誕節，聖誕樹下多了一個裝在船尾用一根繩子抽動的小型馬達。

爺爺說，他認為這是我應該得到的獎勵。

10 沈思和懶散

當那一天，就像五月裡常有的那種特殊天氣，暖風吹得人懶洋洋地，有六月將臨的感覺。黃鶯兒停在黃花繽紛的果樹枝頭，嚦嚦歌唱。樹籬上，貓鳥兒柔聲低喚。淡藍色的晴空，金色陽光閃爍，照射在人身上暖融融地，這該是閒坐或垂釣的天氣，就是不應該做任何使人心情煩躁的事兒。

女太太們都忙著大掃除，拍撢牀墊，清理房間，害得家具受盡了折騰。我找前找後，到處都沒見爺爺的人影。老福特車停在前院橡樹下，爺爺自己是不會走遠的。小鎮只有杉木凳，海員公會、撞球房、吉姆叔的商店，或是華特生藥房這幾處地方，他可能去逛逛。

這杉木凳原是鎮上老政治家們集會的地方。在那株歷盡風霜，盤根錯節的古老西洋杉四周，環繞了一圈方形木凳。地點正在海員公會、船舶用品零售店、買賣鮮蝦的蝦船碼頭的中央。離燃料碼頭、領港船停泊處、鯡漁船隊碼頭也不太遠。杉木凳雖然仍舊緊密相連，但是已經日漸搖搖欲墜；因為有些木凳已經被削得只剩下一掌寬，上面還刻了許多毫無意義的印痕。爺爺有一次提起這件事的時候，他笑說，無論是誰，在某個地區待得太久了，就無法不記得人人的姓名啦。

除去選舉季節，到杉木凳這兒來的人，都不大講話，這兒是供人沈思的地方。我去的時候，爺爺正在深思。帽簷兒壓到鼻尖，閉緊眼睛，菸斗已經熄滅，蹺著一條腿，那兩隻長著棕色斑點的大手，緊抱住膝頭。四周蟲聲唧唧，海鷗飛鳴，好安靜啊！

我悄默聲兒地，挨坐在爺爺身邊。他先睜開一隻眼睛，然候再慢慢地睜開另一隻眼睛，問我：「嗨！你在這兒做什麼？」

我說：「沒什麼，只是她們在家大掃除，弄得我神經好緊張。」

爺爺站起身來，說：「我也緊張，我到這兒來歇息。好躲開一直在耳根底下響個不停的拖把聲，還有叮叮噹噹水桶相碰的聲音。走！我們到碼頭上去走走，免得在這兒打擾別人，今兒好像是全鎮大掃除的日子。」

我們漫步走向丁字形碼頭，爺爺和我靠著吱嘎作響的船椿坐下。晴空中，海鷗展開雪白的雙翅迴旋飛翔。水面，微風揚起一波波的浪花。水波上，金色陽光蕩漾。

爺爺長長地吁了一口氣，裝滿菸斗說：「我想，很多人若是看見我們現在的模樣，就會說這兩個沒出息的，死氣沈沈的，不可靠的懶傢伙。」他指指那隻繞著大圈兒飛旋的海鷗，「其實，連牠也用不著這麼費勁的。告訴你，假如你奶奶不是怕到碼頭上來會弄髒鞋襪，她早就會來看看杉木凳是怎麼回事了。我相信她會不屑地說：『看看這些毫無用處的遊蕩漢，懶得連身上的死蝨子都不願往下抖。一點都不知道，一過了冬天，要有多少事情等著，指望他們去做呢。』當然，這只是她們的想法，那種在家裡待久了的人坐井觀天的看法。有時，她們嘮嘮叨叨，就是因為不肯利用時間思想，整天忙碌得就像老斑母雞，抓撓哇，啄食啊，只要聽見一點小聲音，就瞪著一雙小眼睛，到處東張西望。她們以為這樣是聰明的，事實上並不然。」

想到母斑雞的模樣，我忍不住好笑，這種雞從不肯安靜，老是回過頭來，東看西望，一路點頭晃腦地尋找小蟲，不停地啄啄胸部，把頭藏在翅膀下。要不就抓撓，拍翅膀，跳上蹦下。每回下了蛋，就一半氣惱，一半得意地咯咯大叫。又想到奶奶大掃除的時候，頭上紮著包頭巾，一手拿抹布，一手拿雞毛撢子的忙碌模樣，再想想爺爺的話，不得不把笑聲拼命嚥了回去。

爺爺說：「譬如就說我，我並不是真的懶惰。懶人是那種浪費時間，工作馬虎，不負責任的人。我所知道的咒罵懶人的話可多啦。但是沈思和懶惰不同，雖然沈思時候也是閉上眼睛，但是不能因為我閉著眼睛坐在陽光下，就認為我懶惰嘛。」

他又說：「比方說，今天我是在設法恢復過去這一季寒冷的冬天和風雨潮濕的春天所消耗的精力。這種養生方法，是儲存些力量，為未來做準備。因為誰也無法預知未來的半年，將會發生什麼事情？也許要去動一次大手術啦，發明一架飛機啦，競選國會議員啦，這些事都需要集中心力和體力的。但是，如果你已經被去年一年的工作累得力盡筋疲了，眼巴巴地看著一些好機會，被那些有充分休養、精力充沛的人搶走了，那該多可惜！」

我插嘴說：「這只是你們成人說法（爺爺除去自己以外，不喜歡別人說他是老年人），我還是梅嬸常說的小毛孩子。我認為成人定的那種休息規矩，對毛孩子很不利。因為這樣一來，孩子們幾乎整天就要忙忙碌碌，做好多事。每逢我削東西玩兒，坐在太陽下吹吹口哨，打個盹兒，或是修補漁網什麼的，沒有一回不是被她們叫去做這做那。去小店買東西啦，到亞當嬸家去要杯這個呀半磅那個呀……」

爺爺嘆息說：「不公平！不公平！孩子們比成人需要更多的休息。他們忙於生肌長肉，強壯骨骼，這已經是一件全天候的工作了。孩子們消耗的精力也比成人多，他們要過了二十一歲以後，才能度過那一段坐立不安的熱症時期而安定下來。也許因此形成一種錯誤觀念，認為孩子們天生就是供成人差遣的。」

我埋怨說：「成人們才重要，小孩子好像不是人。不像是那種被重視的大塊白肉，頂多把小孩兒當作脊背呀，翅膀啊，或是被扔到籬笆外面的廢物。所以孩子們就該生火、洗魚、清除雞鴨內臟、跑商店、掃庭院、割草……我以孩子的立場來跟成人談談，我敢講，成人對於孩子們的想法，和孩子們對於自己的想法，是不同的。」

爺爺說：「對！一點不錯。而且，這也是不公平。但是，成人的想法，是訓練孩子們先學會一些日後長大自立的本領，才能承當得起成年後的艱難重任。」

我心情沈重地說：「等到我應該擔當成人重任的時候，早已經累死啦。除去打獵和釣魚的時候以外，我就沒有您所說的沈思時間。」

爺爺嚴肅地說：「我認為你是有足夠時間的，就看你如何安排每年這十個月放學以後的時間了。你是只想玩兒，還是想沈思，還是兩樣同時都要做？就像你划船一划就是十英哩，下雨天在森林裡，跟在獵犬身後走上六小時，你就從來沒疲累過。」

我說：「那不過是工作嘛。工作是做別人叫你做的事，自己並不喜歡的。」

爺爺根本不接下喳兒。他叼著菸斗，說：「提起工作，我今兒早晨可休息夠了，現在該做點出力的，對你我都有好處的事。我們來打個商量，你知道釣魚季我們住的小木屋嗎？去年冬天一連兩次颱風，損壞的情形很嚴重。這回我打算把它修理的比以前更堅固些，凱士威灘上下游的浮木又多，其中有些柵欄和木頭之類，質料都很堅實。現在你可以打起精神，走到——記住不許跑——鎮上你吉姆叔店裡，買些醃酸菜、強尼餅、一點兒肥肉等等食物，再買一些大小鐵釘。我先悄悄兒地回家，去準備其餘需用的東西，我們到小木屋去度週末。奶奶她們忙著洗呀漿的，才不會想念我們呢。」

這件差事聽來分配得很公平。我站起身，拉起爺爺，兩個人離開碼頭後，爺爺回家，我去吉姆叔店裡。

吉姆叔有件趣事——可惜這事沒發生在我身上——現在已經成為小鎮上人人皆知的最有名的笑話了。爺爺的親屬多半都是名士派，吉姆叔更是名士派的冠軍。我到店裡的時候，他正懶洋洋地坐在走廊上，帽子蓋住眼睛，那雙肥胖的大手，交疊著放在肥胖的肚皮上。

我跟他打招呼：「喂！」

他說：「喂！孩子，你來了，要買什麼？自己進去拿，用紙袋裝好，在櫃檯那本紙簿上記上賬就行了。」也許陽光太刺眼，他又閉上眼睛了。

我使勁忍住笑，不由得想起他那件趣事來。聽說有一天，一個小黑炭走進店裡，當時，吉姆叔也就像現在這副模樣。他也不睜開眼睛，就問：「孩子！你想買什麼？」

「吉姆先生，我們家後面的走廊都快要倒塌啦，爸叫我來買一磅鐵釘。」

吉姆叔說：「孩子！你自己去找找看，我想後面貨架上就有，你去看看醬缸旁邊和走廊上的貨架。」

小黑炭去了又回來：「吉姆先生！那兒沒有。」

「喔！孩子，去找找放菸草、鼻煙和小餅那附近的貨架。你知道那種粉紅色的小餅嗎？上面還有椰子糖漿和巧克力軟糖的。」

這位小顧客又跑進冷清清的店堂，繞了一個大圈，又跑出來說：「吉姆先生！我敢對天和三位一體的真神發誓，上上下下的貨架我都找遍了，一個小鐵釘也沒看見。」

「你去看過放工具、飲料、掃把等等的貨架了嗎？還有放軍靴和沙丁魚的地方。」

「是的，先生！都找遍了。」

吉姆叔睜開眼睛，抓耳撓腮，眉頭皺得緊緊地說：「我記得店裡是有的嘛，上次賣鐵器的推銷商來的時候，我還向他訂購了一批，也許是貨船運輸太慢，還沒送到吧！」說著，吉姆叔忽然拍拍大腿，笑得上氣不接下氣，他說：「孩子！這簡直是天大的笑話。剛才一直吵著找小鐵釘，你看，我自己坐著的，就是盛鐵釘的小桶啊。孩子，你還是明天再來吧！」他沒等小黑炭再開口，又閉上眼睛養神了。

有人說吉姆叔是商人中首創自助商店的發明人，從他以後，這種自助方式就普遍流行開了。他不喜歡現金交易，通常，在他想起賬單的時候，一次就寄出好多張。每逢誰家的孩子送錢來結賬，他總會好心地送一袋糖果，或是一大杯好甜好甜的飲料——吉姆叔管它叫做洗胃水，所以孩子們都喜歡去他的店裡。

我對吉姆叔店裡放東西的地方很熟悉，所以就把自己需要的東西撿好裝進紙袋，然後記上賬，順手拿一塊粉色條紋的薄荷糖。走出店外，吉姆叔閉著眼睛，喃喃地跟我說聲再見。

我穿過三條大街，快到家的時候，爺爺已經駕駛著老福特車來迎了。他說：「快跳上車來，她們只顧打掃清潔，以為我還在樓上呢。我寫了一張小紙條釘在客廳裡的燈罩上，給她們來個溜之大吉，快走吧！」

我們爺兒倆個興高采烈地穿過蚌殼路，駛向凱士威灘。快到河邊的時候，已經聞得見鯡魚工廠飄出一陣陣熟魚的味兒。車在熱氣薰人的沼澤中行駛，沿路只見紅翼的山烏，歇在水草搖曳的葉尖上。遠處魚鷹來回飛翔，尋找食物。陽光似乎更顯得耀眼了。

爺爺笑嘻嘻地問我：「吉姆怎麼樣啦？」

「還是老樣子，每次只要看他一眼，就覺得自己滿身是勁了，那會兒我好想工作呢！」

車停在橋頭，等候渡橋合攏後再過河。也許是因為我們沒有什麼非趕不可的急事……我發現爺爺又悄悄地拉下帽簷，遮住了眼睛，他亂蓬蓬的鬍子，隨風輕輕飄拂。

現在，每逢我坐在院中安樂椅上，閉上眼睛，不聲也不響，許多人都大惑不解。其實，我並不是真的在偷懶，而是身體力行爺爺說的養生方法，思索他「休養生息，展望未來」的哲學呢。

11 謙遜

六月，真是一年中的好季節。學校已經放假，天氣還沒太熱。清晨，露珠兒晶瑩，大地一片青翠，芳香甜美。夜晚，蚊蟲還沒開始騷擾，氣候涼颼颼地，還要蓋牀薄毛毯呢。六月天最愜意的事，是學校的一切拘束已經遠去，九月又這麼遙遠，日子多得數還數不清呢。

夏天是屬於孩子們的季節。成人雖然也去鄉村俱樂部玩兒，遠去海濱度假，但是夏季真正只屬於孩子們。它是曬紅皮膚、長痱子、遍地野葛的季節。是光腳丫、整天釣魚、打壘球的季節。也是螢火蟲、怪鴟、棒球的季節。

依我看來，夏天有那麼多被多數人認為玩得太過火的有趣事兒。有各種各樣吃得人肚子痛的水果——桃子、梨、野草莓；各種漿果——覆盆子、楊梅等。紫色或紅黃色又圓又大的李子、無花果，從冰涼的井水中，剛撈出來的綠色或虎斑紋的冰冰涼涼的大西瓜，由著你埋頭大嚼，幾乎把瓜皮都啃通啦。

夏末時候，微風送來一縷縷煙味。這時，秋已將臨，又是葡萄季節——有顆粒大，果實飽滿，水份極多的紫葡萄，有甜得膩人的白葡萄，有微帶酸味，像高爾夫球那麼大小的黑葡萄。

六月天，鎮上的主日學也隨著普通學校同時放假，這在我，真是正中下懷。我從主日學學到的全部本領，是溜到地下室去擲骰子。為了我們這種荒唐行為，害得那位長有一頭沙色頭髮的英國人（一位外國佬）詹姆斯先生，絞盡腦汁，來馴服我們這群小魔鬼。最後，他為了整頓我們的不道德行為，就以牙還牙地，非法使用一副假骰子。把我們全體輸得一敗塗地，大夥兒被整得慘透了。他真像專門管理借據的記賬員那樣鐵石心腸，毫不姑息地把這筆非法弄來的錢，全都捐獻給奉獻箱，作為春季青年團契的活動基金。我記得自己當時還很心甘情願呢，認為輸掉的跟奉獻的也差不多。並且自鳴得意地，覺得自己對宗教很虔誠。

那天吃完早餐，爺爺把我叫到一邊來。

這時候，正是我覺得如果再不做點什麼驚人冒險的大事，自己就快爆炸時。最少也要從馬戲團溜出來的野獸嘴裡，救出一名仙女啦，或是衝進起火的大廈，搶救出一個孩子啦之類的事。反正什麼事都行，如果只是從熱得直冒氣泡的柏油路上，挖幾團黑油球，並不夠勁。偷吃酸澀的青梅，或是拿小彈弓偷打貓鳥也不過癮，……那種天氣，好得真使人著迷，使人精力充沛。微風中，食米鳥[1]在波浪起伏的葉間歡躍。金鶯鳥叮鈴鈴的歌聲，有如富豪們撒出了百萬枚叮叮噹噹的金幣。那株樹葉肥大，枝椏間有個樹屋的野櫻桃樹上，掛著一串串烏黑發亮，甜得膩人的野櫻桃！

爺爺斜睨著眼睛，用菸斗柄指指我說：「我天天聽見別人談起你做的那些好事，每隔一週，就逃一次主日學，你們這群小壞蛋就到聖詹姆斯教堂地下室去擲骰子。我認為你罪有應得，該好好受頓教訓。本來我打算讓學校來處理這件事，現在，看情形由我來教教你作人應該謙遜的道理了。」

我心裡嘀咕：這下可完了，一定要慘被修理，也許逼著要我去做一件連我自己也弄不清為什麼不肯做的事。每逢我太不守規矩，把爺爺氣狠了，他整人的花樣才多呢。

我提心吊膽地問：「您打算怎麼辦？」

「釣魚！」他好高興地說：「只不過去釣釣魚！」

1 食米鳥（bobolinks）一種美洲歌鳥，與畫眉鳥同屬。

想想看，有誰為了要懲罰一個行為無法無天的小男孩，而帶他去釣魚呢！這其中一定有些什麼詭計；但是，我已經跟爺爺學乖了，所以也裝作非常快樂的樣兒，問他：「釣什麼魚呢？」

爺爺說：「淡水魚，也許能釣到一條大鱸魚，最少也要釣些鯛魚。我們開車到大河邊，那兒我有熟人，可以租條船。我這就去拿釣竿，你到枯樹根下翻翻，看你是否有本領找到一洋鐵罐的蚯蚓。」

我慢吞吞地走向牛欄，那後面就有一處養豬的低窪沼澤，豬群常在那兒拱起鼻子翻土。鵪鶉也飛去飲水。我只挖掘了幾株老樹根，就把那隻容量一品脫的洋鐵罐裝滿肥嫩的蚯蚓。我在罐裡先裝了些鬆軟的濕泥，蚯蚓好快樂地在罐裡鑽來鑽去，回家時候，爺爺已經裝好兩根我從來沒見過的，好輕巧的竹製魚竿，上面還有一隻小小的釣線軸。

我問爺爺：「這是打哪兒來的？」

他說：「喔！老早就有了，我有很多你不知道的東西呢。我可不是那種肯對一個自以為了不起的毛孩子隨便吐露祕密的人，我沒談起的祕密多著呢！這兩根魚竿就是祕密之一。住海濱的人去釣淡水魚，人家會笑娘娘腔的。不批評娘娘腔，也會說這傢伙大言不慚（po’barker）……」

所謂「大言不慚」，是鎮上取笑那種只靠一張嘴巴，別的什麼也沒有的廢料。因為他太無能了，只好釣鱸魚和鯰魚來養活家人。

我發動引擎，老福特車立刻轟隆轟隆，慢慢地前行。每次坐上這輛老爺車，我都忍不住要笑。因為爺爺認為：只有猴子，才對付得了這種老式T型福特車。他說：「雙手抓緊駕駛盤，雙腳踩著煞車和油門，還得用尾巴擋住車門，不讓它半途中忽然打開。」其實，這輛老爺車的性能並不壞，它幾乎像軍用坦克那樣，到處都能去。當然，它發出的響聲，和爬坡的神情，也像坦克一樣。而且從不曾發生過拋錨的事。

車行大約十五哩，到達大河時候，已經是下午四點多鐘了。大河原來不是這個名字，但是鎮上人都習慣了管它叫大河。事實上，它只是一條毗連開普菲爾河[2]的小河。只有一座船塢、一條碼頭和稀稀落落幾條小船。

爺爺花了五毛錢，租了一條船，他向我點頭示意，叫我划槳。河裡水流緩慢，我向上游划行。水面飄浮著一片片棕色落葉，染得水色黃黃的。小船兩邊，水聲潺潺，船頭翻起

2 開普菲爾河（Cape Fear River），美國北卡羅萊納州中部和東南部河流。由迪普（Deep）河和霍（Haw）河匯成，大致向南流，在紹斯波特（Southport）注入大西洋。

一陣陣細碎的水泡，漾開一圈又一圈的漣漪。船在移動聲裡，沿著長滿綠色苔蘚的石塊和暗碼，慢慢前行。這時，爺爺忙著準備釣竿，我注意他在一根魚竿上掛好魚鉤和浮標；另一根魚竿繫上一隻木製的紅白相間，彩色鮮明的魚餌，和一條肥肉。

小船沿著河灣划行，爺爺叫我把小船停泊在堤岸附近。這兒河水好深，好靜，好清澈；水面露出一朵百合花苞，藤蔓牽連的水草。他把那根繫著魚鉤和浮標的魚竿遞給我。

爺爺說：「孩子！釣魚是靜默的運動。我們不要說話，話太多了會把魚給嚇走，而且也影響心情。我只希望你靜靜地坐在那，在你等待魚上鉤的時候，希望你聽聽、看看、想想。想想天堂和地獄，想想將來到底還有多久。看看你四周的環境，千萬別輕看這一切，別把它們不當回事。仔細觀察你所看見的每一樣東西，凝神傾聽你所聽見的每一種聲音。試著把你自己當作剛從另一個世界新來的人，從頭好好想想這兒的一切，想想它們的來龍去脈。好，現在我們開始釣魚！」

我把肥嫩的蚯蚓穿上魚鉤，扔出釣絲，還不到一分鐘，就釣到一條好肥大的鯛魚，我把魚拉上船來……我所釣到的鯛魚，每條最大不過半磅左右，但是牠們餓得就像從來沒見過蚯蚓，又像是碰見了心愛糖果的小孩兒，迫不及待地，忙著把藏在蚯蚓腹中的魚鉤往下吞……爺爺還在東尋西找，有時候在百合花叢附近放下釣竿。有時也在老樹根和石塊堆裡，抖擻釣絲，可是什麼也沒釣到。

我釣到兩打多鯛魚後，就換去魚鈎，學爺爺的樣子釣鱸魚。起初雖然有點不順手，但麻煩並不大，我已經釣過不少次海魚，也學會了撒網。而且小男孩兒對於學書本以外的學問，總是不會太難的。

這時，我的魚鈎上也是空空的，好多次扔出魚鈎，收回釣絲，靜靜地等候，再把釣絲放長些，魚餌「砰！」的一聲落在水面，肉條隨著釣絲在水中來回漂動，就像一個勁兒踢著後腿的青蛙。

既然爺爺不跟我談天，也不許我說話，我就只好聽聽、看看、想想了。我看看四周的景色，似乎覺得自己是世界上最孤單的小男孩兒……不知道有誰體驗過：南方的淡水沼澤裡，黃昏時候，夕陽西下，蟲鳥夜喧的情景？溫熱的白日已逝，氣候漸漸轉涼的時候，那種淒涼氣氛所給予人的感覺？那裡面的一切景物？

我凝視水面，清澈的河水，被落葉染成了棕黃色。雙手捧起水來嘗嘗，河水也有落葉的清香味兒。再細看水中，蘊藏著無數的生物——跳跳蹦蹦的小蟲。一雙小爬蟲身後留下一絲細細的水痕，就像游泳的水貂。魚兒游來游去，仰頭吞食剛開始孵化的蠅卵。一隻大牛蛙閣閣高呼，縱身一跳，水花四濺。對岸一條水蛇，悄默聲兒地，從濕泥中蜿蜒溜進水裡。

沼澤河這兒可真寂寞，孤零零地，真使人想哭……忽然間，好像全世界所有悲愴的音調都集中到這兒來了：斑鳩咕咕…咕咕…地哀號著飛向沼澤對岸。另一隻斑鳩跟牠淒涼呼應，那聲音就像兩個互訴失侶哀痛的寡婦，哭哭啼啼地。

在無邊寂靜的沼澤裡，響起一曲大自然的交響樂：鷺鷥低呼，蒼鷺呷呷，魚狗聲嘶啞，鹿兒呦鳴，鳥兒啁啾，烏鴉呱呱。沼澤深處，有山貓追捕白兔時的咆哮和尖叫。松鼠在吱喳呼應。樹葉兒簌簌作響，樹梢不時有果實墜落，矮樹叢中，那些隱身草叢的動物，引起陣陣神祕的騷動。來河邊喝水的浣熊，像一位講究的貴婦那樣，優閒地洗滌牠小小的腳爪。

太陽已經西沈，樹林中披掛著西班牙苔蘚的巨大橡樹，蘚鬚垂到水面，隨風飄拂，看來真像兇惡的大怪物。柏樹的枝枝葉葉，形成各種奇形怪狀的魔影。河邊羊齒草叢生，像小女孩纖秀的髮絲，和那種不知名的闊葉植物，交織成一大張美麗無比的翡翠色絨毯。草叢裡的花朵也探出小小的頭兒來。

剎那間，夜幕低垂，暗影四墜。遠處，蒼涼的牛鈴聲，叮噹作響。依稀聽出趕牛黑人的深沈、渾厚，又有些驚惶的歌聲。最使他害怕的，該是從他提著的一盞黑色洋燈下，那搖曳的燈光，反射出他自己的巨大身影……這時候，蟬兒、蟋蟀，萬蟲齊鳴，演奏成一曲黃昏交響樂。

這一切景物，深印我的腦海中：樹木、綠草、苔蘚、蟲類、鳥類、羊齒草、花梨、黃昏時的落日、蜂擁飛翔的蒼蠅、……夜晚已經悄悄來臨，我曾經看見天空上第一顆閃爍的星光，沼澤的夜鳴聲更加喧囂，夜已漸深，沼澤裡升起朦朧的濃霧，使人徹骨生寒。我沈迷在這無數細碎顫動生命的進行韻律中，忘卻了自己的存在。那條大鱸魚來吞食魚餌時候，我也愣愣地由著牠從容逃走。

天擦黑的時候，鱸魚們爭著吃餌，爺爺和我大約釣了十條——魚並不太大，但是用這種輕巧的魚竿，能釣到兩磅重的闊嘴鱸魚，收穫已經很不錯了。天色全黑的時候，魚群已經散盡，我把小船划回河中央，讓它隨波飄回到岸邊。爺爺忙著捲緊釣絲，把魚鉤收回漁具箱裡，我隨時小心維護著船，不使它碰上暗礁。爺爺安詳地抽著菸斗，他不聲不響地，什麼話也沒說。

我們上岸的時候，天已經黑透了。雲端露出明亮的星光，秀麗的月牙兒，懸掛在樹梢。青蛙、蟲兒、夜鳥和野獸聲爭鳴著。我靜靜地，思索永生，思索永遠無盡究竟是多久。思索為什麼有些人要惹出許多麻煩，思索浣熊和蝴蝶是從什麼地方來的，思索四季、風雨、樹上的苔蘚、青蛙、魚類、樹狸、花梨、羊齒草、月亮、太陽、星辰……是誰創造的，還有男孩子，特別是頑皮的男孩子，是怎麼回事。

兩個人沈默地走了好幾哩路，爺爺始終沒有說什麼。等到上了車，爺爺頭也沒有回，就問：「你還一直沒開口呢，覺得怎麼樣？」

「我覺得像是去了一趟教堂……也覺得像是弄懂了——您說的那句話。」

爺爺溫和地問：「是謙遜嗎？」

「是的，爺爺！」我說，「我感覺自己好渺小，是個微不足道的人，而且還有一點點害怕呢。」

「孩子！你已經開始領悟了，」爺爺說：「你已經開始領悟啦。」

在我們鎮上，有一項不成文的規定，星期日誰也別想有什麼娛樂。只能待在家裡，吃一頓豐富的午餐，肚皮脹得人一下午都覺得暈頭轉向，無精打采地。爺爺對這種事竭力反對，他說他已經念過聖經，承認他自己非常反對在安息日工作。但是他認為，這一天如果誰願意做點自己喜愛的事，來代替安息，也未嘗不可。只要不做不正當的事，或是傷害別人感情的事就行了。

那時候，擁有私家車的人並不多。其中有一樣最不合道理的風俗，是要用T型福特車或旅行車載著全家大小出去兜風。像這種最乏味的「週日下午旅行」對男孩兒們來說，簡直是種酷刑，他們被塞在成人中間，聞著老太太們身上那股——唯有星期天才捨得穿戴的黑綢衣服和黑玉念珠的樟腦丸怪味兒。

所以每逢這個時候，我們爺兒倆就悄悄地溜出去釣魚。

爺爺說：「魚才不管星期天、星期三呢，哪一天對魚都是一樣。再說，我們又不是釣魚出賣，要是那樣，就是觸犯了安息日的誡條了。我認為，像我們這樣過安息日，是完全依照正式規矩來的。釣魚並不比大夥兒擠在一輛車裡顛來顛去，或是花費一下午的時間，去玩那種人人熱衷的高爾夫球更壞。而且也要比愣愣坐在家裡，勉強自己不許閉上眼睛好些。」

我們在星期天溜出去釣魚的事，很少碰到麻煩，因為我們很守本份。如果有人要用老福特車，爺爺跟我就散步到河邊，挖掘些招潮蟹，安安靜靜地坐在碼頭上，等候大羊頭魚從爬滿螺螄的腐朽橋樁附近的魚洞中游出來。每次釣到的蟾蜍魚總比羊頭魚多，有時也有一兩條小黑魚來湊熱鬧。有時候，我們把放在海濱的小船划到半里外，靠近老沈船附近，找一個我們熟知的魚洞，途中順便在沼澤裡網些小蝦作魚餌。那兒總有成群的哇哇魚，下午有時候也可以釣幾條石首魚。有時我們只帶一張捕蟹網和一小塊陳年鹹肉，到防波堤外捉螃蟹。或者天黑以後，趁著退潮時候，撐出小船，帶著風燈和三叉的魚叉，去刺捉古怪的比目魚。倘若汽車閒著，等到天一擦黑，天氣涼快了，我們也許開車到幾哩外的溪水河邊，試著去釣些闊嘴的鱸魚。

自己覺得一夏天還沒作什麼呢，九月已經在不知不覺間悄悄來臨。海魚群開始漸漸地湧到，颳過第一陣北風後，沼澤長潮，又可以獵取毫不費事的秧雞了。這時候，學校和穿鞋的苦刑又開始了。不多久，濃霜染紅了秋柿，夜晚林中，獵犬又開始忙碌奔跑，打鵪鶉和聖誕節眼看就在目前啦。

只是，一直到今天，每聽見那一曲《夏日》（Summertime）的歌聲，心頭立刻浮上爺爺的身影……像爺爺那樣的高齡，無論他怎麼說，夏天是屬於孩子們的，成人只有站在一旁瞧著的份兒，我知道，在爺爺這一生的大部份歲月中，他的童心未泯，一直認為自己不過是個長大了的老小孩而已。

＊

像賈麗梅老師這樣的女性的確很少，她才十九歲，而她教的學生中，有些來自偏僻鄉村的大男生比她還大一歲，剛上小學一年級，念得還挺有勁兒的，

我們的一切花招賈麗梅老師幾乎都會，而且做得比我們更好，她擔任足球隊教練，因為穿著長褲，在練球休息時間，教導一個名叫克萊德什麼的大塊頭男生，如何抱緊和絆倒拿球奔跑的對方球員。這是一種很高的技巧，她示範教學的時候，撞得克萊德牙齒格格直響……曾經一度引起校長的反感。在棒球隊裡，她無論擔任哪一個位置的球員，都是出色的好手。她投的球，出手很重，扔得又高又直，一點不像大多數女孩子那樣，扔得歪歪扭扭地。

她從不向家長們打那種說你在學校中行為如何惡劣的小報告，從不去校長室告密，做那種同學們經常放在嘴邊的：「誰被喊到校長室去了。」之類的事，而推卸自己應該負起的管教責任；因此我們誰也沒被喊到校長室去過，甚至有個傻大個兒，故意毛手毛腳，想捉弄她，她也不告校長。她認為自己有麻煩應該自己設法解決；所以她左右開弓，結結實實地打了他兩記嘴巴，以後就沒發生過任何麻煩。我似乎還記得她說過，她小時候是和五個紅頭髮的兄弟，在一起受同樣的教育長大的。

班上舉行親吻遊戲[3]，以及玩郵政局或轉瓶子等遊戲的時候，在各種派對中，追隨在賈

麗梅老師身邊的男女生總有一大堆。

她好像天生就懂得如何管理男女孩子們，那時，她在學習飛行課程，每逢她練習飛行時候，經常要帶一兩個同學飛行半小時，真是過癮極了。

每天，她要為我們整整朗誦一小時，從不念那種哄小孩兒的娃娃書，而是朗誦馬克・吐溫和吉卜林[4]的作品，報紙雜誌上選出來的優良現代作品。我印象最深的是，當賈麗梅老師朗誦的時候，班上沒有一個人扔紙飛機或小紙團。她天生就有朗誦的天才，能吸引同學們的全部注意力。她朗誦莎士比亞時候，那腔調聽來就像是說西部武打故事那樣有趣。即使直到今天，每逢憶起初次聽她念那一篇查理斯・蘭姆[5]寫的有關烤豬的文章，照樣還會引起我饞涎欲滴的感覺，我很懂得烤豬肉的脆皮滋味，小時候，我幾乎就是吃這個長大的。

除家人以外，賈麗梅老師是第一位我認真交往的成人朋友。當然，有些和爺爺在一起打獵和釣魚的朋友，久而久之，也就成為我的老朋友了；但是在我心裡並沒怎樣把他們當做成人看待。另外，漁夫和黑人農夫們，也有很多是我的成人朋友；但是老師之類的人和他們不同。那些人天生都是仇敵，不會變成朋友的。這種先入為主的敵意，直到有事實證明後才能消弭呢。

但是真正使我對賈麗梅老師心折的是，那天早晨大約十點多鐘，學校正在上課時候，爺爺駕車到學校來找我；賈麗梅老師走出教室，看看這位老先生到底有什麼事，接著她又走回教室，翹起指頭指指我，我跟她走到外面走廊上，見爺爺正坐在休息室裡，雙手不安地把帽簷兒轉來轉去。

賈麗梅老師說：「你爺爺剛告訴我一件很要緊的事，他剛接到朋友託人帶來的口信，今天是獵斑鳩季節開始的第一天，在布侖茲維郡[6]那邊發現大群斑鳩。你爺爺跟我說情，他說，如果今天我肯放假讓你和他一起參加打獵，對就你整個的教育進度來說，並沒有什麼妨礙。他邀請我明兒去吃晚飯，嘗嘗斑鳩的鮮味。我想，你還是快去吧，明天下午，我需要人幫忙改兩小時的作業簿，到時候你就來，你覺得怎麼樣？」

那幾乎是我生平第一次想親親這位老師的額頭……我連聲道謝地跟賈麗梅老師行過禮，像一列開足馬力的火車，一路呼嘯著跑出走廊。

---

3 男女生圍成一大圈，留一人在中央，這個人碰一碰圈中任何一位異性，被碰的人起來追逐，如捉到碰人的人時候，即親親額頭，是一種流行在鄉村的遊戲。

4 吉卜林（Rudyard Kipling, 1865-1936），生於印度的英國作家及詩人，英國第一位諾貝爾文學獎得主。他以頌揚大英帝國主義，創作描述駐紮在印度和緬甸的英國士兵的故事和詩，撰寫兒童故事而聞名。

5 查理斯・蘭姆（Charles Lamb, 1775-1834）英國隨筆作家和評論家。筆名伊利亞（Elia），以《伊利亞隨筆集》聞名。

6 布侖茲維郡（Brunswick County），北卡羅萊納州最南部的一個郡。

爺爺笑吟吟地說：「真是個活潑小姑娘，假如我能再年輕四十來歲，一定選她做太太，她很講道理。你知道，一位紅頭髮而又講道理的女性好少哇！快走吧，我們去打斑鳩！」

爺爺帶著獵槍和米基——一條珍貴的短腿長毛大耳下垂的小獵犬。我一直都沒提過牠，米基的家世很好，身材近似西班牙種的小獵犬。是一條全能的獵犬，皮毛的顏色，跟賈麗梅老師的頭髮一樣，頭部平平地，有張方形大嘴，不像現代所謂的「短腿長毛大耳下垂的小獵犬」那樣，一雙鼓鼓的眼睛、尖頭頂、一副娘娘腔，毫無獵犬常識的笨瓜頭。但是在從前，這種好獵犬敢跟熊摔跤，能獵取任何飛禽走獸和爬蟲。

我們的車子從杜倫特先生的舊渡船上過河，直朝著那一大片種著玉米、棉花和菸葉的魏立特農場駛去，車行在這條高低不平的黏土路上，是很花費時間的，但是打獵是在下午，除非老爺車想在半路拋錨，否則，我們的時間還很充裕呢。車子一路顛簸前行，爺爺還是依照他的老習慣，每逢開始打一種新獵物的時候，總要教訓我幾句。

爺爺說：「斑鳩是世界上最難也是最容易獵取的鳥兒，告訴你吧，剛開始打獵，打不中的一定比打中的多，倘若你打完一盒子彈，一隻斑鳩也沒打到，我也不會覺得驚奇。一隻被驚起的斑鳩，跟世界上任何鳥類一樣，飛得又快，花樣又多，牠會像燕子那樣，突然向下俯衝，你剛扣動扳機，牠已經改變飛行的方向了，而且斑鳩身上的羽毛，又鬆又軟，比羽毛褥墊還厚些，當牠起飛時候，即使一槍打中牠的尾巴，頂多從牠身上掉下一磅羽毛，牠自己依舊向前照飛不誤。

「就算拿出人類所有的彈道學來估計，在強風時候，田裡的斑鳩，被趕著飛過你面前，誰也沒辦法計算出應該把牠引領多遠。人們都是在斑鳩飛離自己面前一秒鐘以後，才會連續發出幾聲槍響，有時候，牠早已經離你有四分之一哩遠了。如果牠再轉換方向，你的困難就加倍。我可以教你一樣錦囊妙計，就在牠前面距離約二十呎遠的地方瞄準，扣動扳機，舉槍向上空掃射一圈，心裡還要虔誠祈禱，也許打下點什麼來。」爺爺說。

我們到達農場的時候，只見那一大片掃得十分整潔的沙泥廣場四周，楝樹樹蔭下，聚集有二十多個獵人，大夥兒抽菸斗，嚼菸草，唾沫橫飛地談論斑鳩的事兒。他們拿在手裡的獵槍，多半是舊得長了鏽的舊銃槍，還有一包包用鐵絲紮緊的火藥。到處洋溢著這種場合中慣有的熱鬧氣氛，和廣場上那種我從未聞過的輾玉米味兒。

他們都熱烈地跟爺爺打招呼，又逗引我，說什麼「耐德！你確信跟這個小傢伙在一起打獵會安全嗎？」「他會不會把所有的斑鳩都打完，連一隻都不給我們留下？他帶的那隻鳥槍看來很棒啊！」說著，他們雙手直拍穿藍色長褲的雙腿，放聲大笑，獵斑鳩季節開始的頭一天，有一種社交性的聚會，就像籌募房屋建築基金、榨甘蔗，或是婦女們集合在一起縫棉被的聚會那樣。

爺爺一隻手放在我頸後，他說：「別擔心這個小傢伙，等他懂得了竅門兒，就夠你們瞧的啦。現在大夥兒都到齊了，還等什麼呢？快動手吧！」

大夥兒慢慢走進收割後的玉米田裡，這時候，大約是下午四點鐘，那片寬敞的玉米田足有一哩寬，二哩長，我帶著那枝十六毫米口徑的獵槍、兩盒子彈。爺爺說，我是需要這麼多子彈才行呢。小獵犬米基跟在我們身後，一路尋找斑鳩的蹤跡，牠好像很清楚自己應該負的任務似的。

我們走到玉米田最遠的角落裡，爺爺指指那株樹下長滿狗尾草的老山胡桃樹說：「那兒像是有一群斑鳩，今兒我不想打獵，我去幫助亨利去驅逐斑鳩，留米基跟你在一起，只要你能打得到，只管叫牠去幫你撿回來。」爺爺說著，就一路打著哈哈，穿過田野，去找亨利去了。

大夥兒都沿著玉米田四周散開，有的藏身樹下，有的躲在草叢裡，有六個人忙著驅逐斑鳩。沒有多久，只見斑鳩群呼嘯起飛，起初只是慌亂地，一個勁兒往上衝。升空後，才成群飛走，砰⋯砰⋯的槍聲，此起彼落，有時也看見一隻羽毛鬆鬆地皺成一團的斑鳩，疾如飛箭地，像塊磚頭似的直摔下來，有的作斜飛，有的拍動雙翼，繞了一大圈以後，再慢慢滑溜下來。

黃昏時候，玫瑰色的天空，夕陽露出燦爛的光芒，有幾隻斑鳩飛到我這邊來了，我心裡原是打算要計算好足夠距離的，但是牠們飛得太快，我只好用力扣動扳機，槍聲響了好大一陣，什麼也沒打下來。

這時，田野四周，槍聲密集，斑鳩驚慌地前後來回亂飛，飛得越高，速度越快，俯衝越急，跌落的越多，轉向的、打不中的更是不可勝數。我舉槍射擊，射擊，再射擊，直到槍膛發熱，小獵犬米基皺緊眉頭望望我。

我打落兩隻斑鳩，都是對直射擊，並沒計算應有的距離。當我再伸手去彈盒中摸索的時候，發現第一盒已經打光了，我一共射擊二十五粒子彈，才打中兩隻斑鳩，可能還有兩隻受傷的，待會兒或許米基能替我找回來。

再把第二盒子彈射出十粒後，地上共有四隻斑鳩了，一隻是直接飛向我這邊來打中的，另一隻是在飛離四分之一哩的地方，打中的。剎那之間，我靈機一動，覺得應該利用距離的角度，那一定管用的。於是，我就從距離二十呎到二十五呎的地方，瞄準了從對面飛來的斑鳩，槍聲一響，斑鳩就像冰雹似的，紛紛下墜，忙得米基吐出嘴裡的羽毛，用獵犬話嘰嘰咕咕地，咒罵這份繁重的工作。在我射擊到第二十五粒子彈的時候，樹蔭下已經躺著十四隻斑鳩了。我的臂部肌肉被槍膛震得又紅、又青、又紫。

我心裡好高興呀，最後這十五粒子彈竟打中十隻斑鳩，其中有幾隻是我連射兩槍才打中的。

我把斑鳩塞進舊帆布獵裝的口袋裡，撿起鳥槍，穿過田野，天氣有點涼颼颼地，通紅的太陽就要下山了。我發現，柿子還有一兩個月就熟透了，到時候，又好開始獵鵪鶉啦。

爺爺坐在汽車的踏板上——那個時候，老福特車上還帶有踏板的——雙手環抱胸前，我走過去，掏空獵裝的口袋，地上堆了一大堆斑鳩，爺爺得意揚揚地看了看他的老友們，他們都微笑著點點頭。有個人還說笑話：「如果小傢伙一隻也沒打到，我還不會像現在這麼驚奇呢。」

老爺車顛顛簸簸地往回走，爺爺說：「正如我說過的，這種打獵是世界上最難的，也是最容易的，只要找到了訣竅，就像探囊取物一樣簡單。當然，想獲得這種竅門兒得花費不少子彈，到時候你才不得不俯首承認，打獵時需要有準確的距離。後來的那些斑鳩，來得那麼輕易，你自己都禁不住要懷疑，為什麼先前打不中的竟有這麼多，直到下次打斑鳩的時候，想起來還會覺得奇怪呢。」

回家時候，爺爺還說：「但是我認為，只要打中一隻斑鳩以後，就不會有什麼問題了，簡直就如手到擒來一般……你可得想著在晚飯前就把斑鳩收拾乾淨啊！」

第二天晚上，賈麗梅老師來我們家晚餐，她獨自吃了三隻，還說，她從來沒吃過這麼美味的斑鳩，主要是因為牠們身上槍眼兒少的緣故。

我認為賈麗梅老師真是個可人兒，恐怕連她自己都不知道她有多麼可愛呢。

12 爺爺的規矩

我總覺得，爺爺有些地方很古板，對許多別人可能認為無所謂的小事，他卻非常拘泥小節。他根據自己的想法，定下許多整套的規律和法令，這些都是他認為很合道理的事。對於爺爺所定的規矩，只有兩個辦法：要不就完全依照他的規矩行事，要不就完全不予理會。但是，我天生就是爺爺的信徒。

有一次爺爺告訴我說：「我已經活了這麼一大把年歲，像我這樣，已經老得學不來那一大些新花樣了。我所見所聞的事情不算少，但是從不做不合道理的事。也許這種道理別人會覺得不合適，但是對我很合適，因為這些全是我親自體驗得來的，而且沒有一樣錯誤不是重複犯過兩次的。像我這種人，也許正是你們所謂的：『可以攻錯的他山之石！』」

爺爺有許多特別讓他痛恨的事，比如說，他最無法忍受大聲講話的人。他說，一個人如果非要大聲嚷叫，才能強調自己的重要性，這種人的腦袋裡，除去風聲回響以外，定是空無一物。他厭惡在森林裡吵吵嚷嚷的人，尤其是那些老是吆喝獵物的。他說，這種人不僅吵得獵犬昏頭轉向，他自己照樣也被吵得神智不清，別人也被他吵得神經緊張。

爺爺雖然喜歡嘮叨，但是他喜歡談的話，到最後總有些結論，他最瞧不起閒著沒事兒胡扯，那些無事可說，而又整天嘴不停的人。他又討厭別人打斷他的話題，他常說：「在這個世界上，許多有價值的片斷思想，就是被那些愛插嘴的性急鬼笨瓜頭打斷了的。」

爺爺痛恨那種他所謂的盛氣凌人的人，這種人不論老少他都不喜歡。他也沒空跟一個過份精明的人交朋友，他的朋友們都很單純，對一切事情，都是知之為知之，不知為不知的。

他不喜歡在餐桌上爭辯，或是談論困難的事情，他說這類事會引起他的消化不良。自我有記憶開始，記得最清楚的事，是爺爺告訴我的話：「在餐桌上，孩子們應該安安靜靜地，不該發出任何喧嚷的聲音。」成人們多半對這一點都表示同意。

爺爺謹守禮貌，他認為沒有禮貌的人無可原諒。他說，口頭上常說「先生」「請」和「謝謝你，夫人！」這類的話，完全惠而不實，但是從這種日常普通的良好態度中，能衡量出一個人的品格，因為只有笨瓜才會有那種不必要的粗魯的態度。

這件事已經發生了好多年了，但是每次想起，仍然歷歷如繪。記得那一天，我們跟一個被爺爺叫「掉進水裡的威利」的人發生爭執。這位威利是個有錢的北方佬，駕駛著一艘遠洋遊艇進入港口。他頭戴遊艇帽，身穿藍色雙排釦上衣、白長褲、白皮鞋。跟他同來的，還有另一位男士和三位女士。從他們操縱飄揚在遊艇上的尾帆的情形看來，他們大約是經常在海上遊蕩的。由於日曬和威士忌酒的緣故，這位「掉進水裡的威利」老兄，面孔就像紅得發紫的甜菜根。

這場糾紛開頭是怎樣引起的，我已經記不大清楚了。好像是威利把遊艇堂而皇之的，隨隨便便就停泊在海員公會的私用碼頭上，因為距離太近，所以遊艇不停地撞擊領港船。爺爺一向對海員公會、碼頭和領港船這些地方是很關心的。爺爺先是很客氣地和這位威利商量，麻煩他把這艘遊艇停泊到別的公用碼頭上，或者請他把船錨稍微拋遠些，免得兩條船靠得太近，容易撞壞了。……爺爺的態度溫和，請求也很合理，但是這位威利老兄可沒這麼好的修養。他氣勢洶洶地跳上碼頭，揮拳攘臂大聲嚷叫，就像一枚炸彈。他說：「用不著你這個沒見過世面的鄉巴佬，在女士們面前混充好漢，來告訴我如何停船的事，假如你再多管閒事，我就把這個小鎮給買下來……」

爺爺仍舊語氣溫和，一口一聲的「先生」啊，「請」啊，把自己的要求重說了一遍。這位威利老兄破口大罵：「你這個老渾蛋，還嚕囌個什麼！」在我們南方，像這種粗魯的語氣，毫不費事地就會引起一場爭端的，「我要好好地……」

不管他想要怎麼樣，他的話只能說到這裡，因為比他足足年長二、三十歲的爺爺，已伸出胳臂，對準他的下巴就是一拳。威利踉踉蹌蹌往後退，一翻身就跌進水裡去了。那頂鑲金邊的小帽隨水飄流，威利胡喊亂叫地在水中掙扎，幾乎被淹個半死。

爺爺跳上領港船，抓了一隻船鉤，放下水去，先鉤住威利的法蘭絨腰帶，把他像條大魚似的拖上船來。威利好容易喘過一口氣來，又吐了好多水，爺爺看都不看他一眼。

爺爺大踏步走回碼頭，躬身對那三位女士說：「對不起，女士們，請原諒。我發現這位先生在諸位面前說話太放肆，所以不得不教訓他一次，請接受我的道歉。」他又轉身對另一位男士說：「先生，這可是我最後一次的請求，請把船開走！」

我們離開碼頭的時候那兩個城裡的滑頭傢伙，果然把遊艇開走了。

爺爺回家的時候一路都在嘀咕，他是最輕視動武的，可是有時禮貌不發生效力，講理也講不通的時候，對付這種不講理的傢伙，就不得不以牙還牙了。

他說：「如果你知道自己是對的，別人也知道你的對方錯了，這時候，再沒比對準他的鼻尖，揍他一拳，更能迅速解決糾紛的了，只是這樣的確不夠莊重就是啦。」

爺爺最注重在森林裡的良好舉止和態度，我已經說過爺爺如何清潔營地四周環境，埋掉垃圾，洗淨小船，獵槍和漁具要隨時保持清潔油潤。同時，他也不願跟一個貪得無厭或毫無風度的人，一起打獵或釣魚。

平常，他總是和喬在一起打鵪鶉，喬平時很容易跟人相處，但是，只要他一走進森林，放開獵犬以後，喬就好像換了個人，變得貪心無厭起來。他走路極快，打獵時候，總是亦步亦趨地緊跟在獵犬前後，槍打得也快，鵪鶉剛一起飛，明明是在你範圍以內的，只要你想稍稍等候，讓鵪鶉飛得更近一點；但是，當你剛剛扣動扳機，喬的獵槍「砰」的一響，鵪鶉就應聲摔落。喬的槍法好準哪！

爺爺跟喬打獵時，我跟著他們去過幾次，當時我沒有射擊，因為爺爺每次獵鵪鶉，絕對不許有兩枝以上的實彈鳥槍同時射擊。雖然我沒真正參加，只是站在旁邊看看，就覺得喬已經使我緊張得像是遇到森林火災的狐狸似的。他把獵物也弄得很緊張，因為喬老是緊緊地跟在牠們身後，所以獵犬沒有多少時間順順當當地驚起鵪鶉，每次只要狗一躥進鳥群，鵪鶉就驚惶四飛，喬就一定會在這群驚慌亂飛的鵪鶉中間。

每次找到鵪鶉群，喬還是照樣不守規矩，就算他們事先已經商量好輪流射擊那些零散的鵪鶉，若是你看到自己的鵪鶉，在你還沒有舉槍以前已經摔了下來，也不必驚奇；因為喬會說：「喔！我不知道已經該輪到你啦。」或者說：「我還以為你的鵪鶉飛到棕櫚樹的扇形葉那邊去了呢。」

爺爺的槍法也十分準確，但是他帶回的鵪鶉數目，永遠不及喬的一半。我注意過有很多次，每逢他們的次序一被弄亂，兩個人同時射擊一隻鵪鶉時，喬就會從獵犬嘴裡把鵪鶉拿出來，放進自己的獵裝口袋裡——就算應該輪到爺爺射擊的時候，他也是這樣。等他們準備回家時候，如果喬有十五隻鳥兒，爺爺只有六隻，喬也不聲不響地，留住他那一份，絕口不提公平分攤的事。

後來，爺爺就不再跟喬一起打獵了，他說，那樣會破壞整個打獵的情趣。他說：「打獵並不是競爭，不是算計著要去贏得任何獎品。打獵只是欣賞獵犬工作，是輕鬆閒散的事兒，射擊也應該適時罷手，悠閒地散散步，好好享受這一天。像我這種年歲，還得像賽跑似的搶先，那才真叫見鬼呢，與其那樣，我可寧願再也不打獵了。假如有人比我更想要那隻鵪鶉，當然可以送給他，可是我可不要這樣兒的獵伴，因為我受不了他那份緊張勁兒。」

所以爺爺就經常跟我一起去打獵，我們打中的鵪鶉，差不多有喬打的那麼多，但都是按照一般規矩射擊的，就如爺爺所說的按照外交禮節行事。射擊時，我們很鎮定、很輕鬆，每逢獵犬找到鵪鶉群，我跟爺爺就左右分開，即使鵪鶉全部都飛到我這邊來，他也從不肯打一槍。假如都飛到他那邊，我也照樣按兵不動。心裡只希望有隻快下蛋的鵪鶉，走不動了，跳到我面前來，我才敢動手，而這種運氣通常都會碰得著的。

對付零散的鵪鶉，我們輪流或按照飛行的方向射擊。比如該輪到我的時候，即使同時飛起兩隻，爺爺也不肯動手，除非一齊跳出六隻，其中有兩隻向右轉了個大彎兒，距離我站的地方有一八〇度遠，他才肯出手射擊。

說實在的，有好多鵪鶉從我們身邊飛走了，但是被擊中的數量也很可觀。而且心裡很鎮靜，知道沒人跟你競爭，清楚自己前後左右沒有什麼死活不顧的快槍手。這樣，心裡自然很安詳，願意等待鵪鶉直接朝你這邊飛過來才開槍，再不需要匆忙射擊，弄得不是讓鳥逃脫，就是用力過猛，把原來好好的鵪鶉打得粉身碎骨，好可憐哪！

獵犬似乎也跟我們有同感，牠們的反應，使人難以置信。爺爺的話一點沒錯，他說，一個緊張的獵人，會把最好的獵犬弄得緊張萬分。其實，只要給獵犬一點充裕的時間，牠就能嗅出應該從什麼地方開始追逐或驚起鵪鶉，牠能很輕鬆地找到一隻快下蛋的鵪鶉。我發現，如果我們打得太匆忙，擊中的鵪鶉一定不如飛走的多，因為那些鵪鶉躲藏的地方，是怎樣也想不到的。

每逢我們從一群鵪鶉裡打中幾隻後，獵犬就忙著一一撿回來，這時，爺爺經常總是坐在樹蔭下，優閒地點著菸斗，再把狗喚回來。他說：「讓狗也休息休息。這些零散的鵪鶉，大約要再待十分鐘左右，才會走動，到時候自然會留下足夠的氣味，獵犬正好去追蹤。剛飛下地來的鵪鶉根本沒有多大氣味，一定要讓牠們活動活動才行呢！」

說真話，從這些小地方我也學到好多見識。比如說，假使發現零散鵪鶉棲止的地方，要是立刻過去追趕，就會把狗已經找到的鵪鶉驚走了，尤其是藏在濃密草叢深處，不容易發現的那一些。而且很多時候，這些零散的鵪鶉會重新聚合成一大群或兩小群後再起飛。又因為牠們每逢散開後，都是分頭各自去躲藏，一有響動，就會四散亂飛，在這種情況下想射擊，所得的結果也很有限。所以只要耐心稍等片刻，先別去驚動，待會兒鵪鶉自會另行尋找較好的藏身處，因而留下濃烈的氣味，獵犬找到的機會多，你也就可以稱心滿意地射擊一陣。

當然等候的時間並不太久，只需要十至十五分鐘，再去驚起鵪鶉，獵犬也就這兒一隻，那兒一隻，三三兩兩地替你看牢，即使響起槍聲，這些有獵犬守著的鵪鶉，也無法飛動。像爺爺這種射擊零散鵪鶉的方法，我們原可有許多次機會，把鵪鶉群一網打盡，但是爺爺從不肯這麼做，他堅持自己的射擊原則，每一群最多打三四隻。

有一年冬天，我們打夠了數以後——我們每次帶回家的鵪鶉，一直嚴格遵守限制，並且每到一年終了，再填表向狩獵部報告總數——計算了一下，我們爺兒倆射獵的平均數量，每天每人是八隻，包括颳風，下雨、下雪，狗鼻子不靈，以及運氣不佳的日子在內。這也就是說，我們每次外出打獵，每人一定要打夠政府規定的限量——十五隻——才能達到這樣的平均標準。

事實上，打獵時候最要緊的一點，是我們在一起共同享有無數的歡樂時光；因為每次若希望射夠限量，我們就需要花費整整一下午的時間，爺兒倆相守在一起，輕鬆優閒地漫步林間，一邊打獵，一邊盡量欣賞林中一切景色。如果下午三點鐘去打獵，四點半鐘就匆匆忙忙地坐著老福特車趕回家，把一天中剩下的那一段最美好的打獵時間白白浪費掉，這種打獵才是乏味呢。

近年來，我已經清楚體會，完全了解像喬那一類型的人，只為急欲貪得那幾隻小小的鵪鶉，而錯過了打獵最重要的部份。爺爺說，打獵並不在於獵裝口袋裡能裝多少東西回家，而是在於那一份物外的情趣，只要是從開始就期望不多，那麼多少有一點點也就會滿足了。

他說：「否則，還不如去弄一隻誘捕鵪鶉的籠子，要不，乾脆花一兩塊錢，跟那些不顧季節，只為餬口而胡亂射擊的獵肉人，去買一大堆鵪鶉來，豈不更省事？一個人實在不值得為鵪鶉身上那一點點肉，把自己變成像『掉進水裡的威利』罵的沒見過世面的鄉巴佬，那是很划不來的。我寧願少帶幾隻鵪鶉回家，多在森林裡享受些美好的時光。」

爺爺的確與眾不同，真希望現代的人們多一些像他那樣的，也許人間的鳥兒會多些。

13 快樂的十月

那個時候，飲酒是犯法的事，我雖然無法品嘗十月的名產——棕色麥酒的——滋味；但是十月仍然有太多使人關心的事。我並不是說上學校，又穿著鞋襪這類的事；因為每逢十月，就得習慣每天忍受六小時的穿鞋苦刑，後來慢慢習慣了，腳也就不太痛啦。十月，對我說來真是意義重大，它表示又該是產蠔的旺季，樹葉多已凋零，可以獵取松鼠了。海裡的大魚也開始溯流而上，成群湧到。初霜已降，黃昏的時候，又該生舒適的爐火了。只要一進十月，鵪鶉季節就已經開始，感恩節剛剛過去，聖誕節也就跟著來臨。

那個週末，想是天公忘了落雨，陽光好晴朗呀！談起下雨，真讓人叫絕，上學校的那五天，天天都是大太陽，好容易等到週末，不要再上學呀什麼的，小男孩兒們滿懷希望地，想好好利用這一天，做點有趣的事兒，經常總會碰到傾盆大雨的。

這個週末，看來靠得住是個好天氣。早起時，紅紅的旭日，漸漸變成金黃色，棕色的草地上，凝結著一層薄薄的白霜，微風輕語，樹枝搖曳。爺爺把老福特車停在那裡，我們走上那條鋪著橫排木的鄉村小路，去那邊山胡桃樹林中。兩個人都帶著二二毫米口徑的來福槍，隨行的是那條尾巴一會翹向半空，一會兒緊貼肩胛骨中央，毛色暗黃，尖狐狸臉的傑克。誰也不介意牠那副大嗓門；因為傑克有一樣專長，的確比全世界任何獵犬都出色，那就是假如有隻松鼠在樹上或地面，正悄悄忙著尋找堅果的時候，牠立刻就知道，用牠特有的尖嗓門，像個長舌的女人那樣，忙不迭地要通知你。

爺爺說：「我們還是先把這個出色的壞蛋繫在這兒樹下吧，因為所有的松鼠現在都在樹上，暫時還不需要這位專家的協助，等松鼠跳下地來再去找牠。反正樹葉都快掉光了，我們可以看得見松鼠的動靜的。」

我們走進山胡桃林裡，那兒安靜得真像是義塚地。

爺爺附在我耳邊低聲說：「這樣的早晨，獵松鼠最理想，如果颳風的時候來這兒，簡直是浪費時間；因為松鼠怕風，根本不出來，也不大吃東西。現在快別出聲，我們悄默聲兒地到那邊那棵大山胡桃樹下去，看看有什麼動靜！噓……」。

我們坐在樹下，爺爺在一邊，我在另一邊，滿樹林都是唧唧喳喳的松鼠聲，離得好近。松鼠的談話聲最容易模仿，只要斜捲起舌頭，舌尖頂住上顎，吱喳一響，好像啊！

說真話，這一早晨樹林裡的松鼠們活動真多，到處是唧喳的談話聲，嗑堅果時候的滴答聲，有隻大松鼠在樹葉和枝椏間來回跳躍，震得樹葉簌簌直響。我的背後也聽得有唧唧……滴答……的聲音，我知道，那是爺爺在表演特技，他扳動槍機上的安全扣，滴答一響，就跟松鼠啃堅果的聲音一模一樣。不一會兒，我前面的樹枝，輕輕地搖動，有隻松鼠跳到右邊去了，像一尊塑像似的，坐著一動不動。這時，樹枝開始猛烈搖動，枝椏間伸出一隻茸茸的頭兒來，那是隻銀灰色的狐松鼠。

牠搖晃尾巴，緊貼樹身，沿著樹幹溜了過去，我不聲不響，由著牠一直向前溜。直到背部朝著我這邊，趁著牠偷偷窺看對面的時候，我才低舉來福槍，瞄準牠的肩背中央，打了一槍，槍身一震，松鼠先生就「砰」的一聲，像石塊似的栽下來，只掙扎了一兩下就不動了。看著牠肩部中央的來福槍彈洞，會使人靜下來想想，真該放過這隻老松鼠的……但是從這傢伙躺著的面積來看，足有雄貓那麼大，上半身純黑，尾巴是漂亮的銀灰色，幾乎要比貓松鼠大三倍。

沒有多久，聽見背後一陣沙沙的聲音。爺爺的槍聲一響，立刻有東西摔了下來，我心裡想，爺爺的眼力還是滿管用的。

由於爺爺模仿的松鼠聲太逼真了，山胡桃林中的松鼠們，都聞聲趕過來。牠們就像貓，我們像是帶著貓最喜愛的貓薄荷[1]那樣，深深地吸引著牠們。我的槍先是「滴答」一響，接著就「砰」的一聲，松鼠「咚」地摔落地上，獵到的多半是貓松鼠，只有兩條狐松鼠，一隻是銀灰色，一隻顏色稍黑。爺爺的槍聲也一直不停，不到一小時，我們已經打中了一打多松鼠。爺爺掏出火柴，在皮鞋底上一擦，把菸斗點著。

「把松鼠撿起來走吧，這兒已經不歡迎我們了。」爺爺說著又問我：「你打了幾隻？」

我告訴他：「七隻。三隻狐松鼠，四隻貓松鼠。你呢？」

爺爺：「八隻。只有一隻狐松鼠，另外一隻拿石頭也能打得到的竟然沒打中。假如我手邊能找到一塊石頭，我才不用這枝老爺槍呢。」

我安慰他說：「我也有三隻沒打中，其中有一隻，我竟異想天開地正在牠跑跳時候射擊一槍；另外兩隻，我以為可以用手把牠們捉住啦。松鼠平躺著或是蹲著的時候，真是很誘人的標靶呢！」

我們從家裡帶來兩條麻袋，我先把我打中的松鼠放進袋裡，再到爺爺那邊去。他已經

1 薄荷屬，因貓喜愛此種香味，故名。

把松鼠堆整齊了，我再把他打中的這一堆塞進麻袋裡，一條塞滿十五隻松鼠的麻袋，看來真惹眼，我舉起麻袋掂掂重量。

爺爺說：「給我，讓我把它掛在矮樹杈椏上，你去放開傑克，別讓牠太過頹喪了。就像逗弄小孩兒一樣，不能逗得太過火。牠早就聽見槍響了，這會兒，說不定牠要急成什麼模樣呢。我們還得去多打些，我答應過要分一半給鄰居的。你知道，今年的棉花田都遭到棉子象鼻蟲害，阿布納那一大家人，最少要有十四張小嘴巴等著要餵飽呢。」

我笑了，有時候，爺爺的確很可愛，不得不讓人從心底喜愛他。阿布納黑得就像撲克牌上的黑桃A，嘴巴大得像煤鏟，他在倉庫附近種了不少的地，他家的鵪鶉比附近誰家都多，我跟爺爺常去他們家附近打獵。

一打肥嫩的松鼠，足可做他們全家人一餐主菜啦，另外，還可以好好地燉一鍋松鼠頭。我知道爺爺的老規矩，我們打過這一次松鼠以後，再想打就得等到明年啦。

那時候，也許打松鼠是有限制的（我有些記不清了），我們打松鼠的次數並不太多，但是去一次總要滿載而歸。

我把獵槍擱在帽子上，跑去解開傑克，牠垂頭喪氣地，嘴角上還帶著泡沫，有些緊張不安。我牽著牠走進樹林中，牠一個勁兒飛奔，幾乎把我絆倒了。

爺爺說：「快把牠放開，我們要走得遠一點，到橡樹和栗樹那兒的高地去，現在松鼠們全都跳下地來，這可是傑克該做的活兒。」

傑克直向右邊躥去，很快就聽見牠「松鼠已經上樹啦」的信號，聲音那麼高大，使人覺得牠趕上樹去的是一隻豹子或是熊啊什麼的。牠「站」在一株橡樹下——其實「站」還不能形容牠那種神情，簡直是在跳活潑輕快的愛爾蘭舞蹈——尖尖的狐狸臉，仰望上空，得意忘形地狂聲大叫。

爺爺說：「你走那一邊，我走這一邊，馬上我們就會把牠弄到手的。」

射擊已經被趕上樹的松鼠，最是簡單省事，問題是在只要知道如何找到牠們就行了。一棵樹下既然有兩個人，松鼠又喜歡緊貼樹幹，蹲在樹枝椏上，或是在樹枝上伸出頭來，牠只要發現這一邊有槍手，立刻就會逃到另一邊去，而躲在牠背後的人，正好趁機射擊。沒有多久，就看見松鼠小心翼翼地把頭兒緊貼樹幹，灰色身體也緊跟著退到我這邊來。槍聲一響，松鼠應聲摔落。傑克奔過去，啣起松鼠的脊背，使勁一陣搖晃，等牠斷氣後，再把牠扔在地上，自鳴得意地尖叫了幾聲，又跑開了。

這樣一直繼續打到十一點鐘，傑克替我們啣來兩打多松鼠，其中除六七隻狐松鼠以外，多半是貓松鼠，我們把另一隻麻袋也塞得滿滿地。兩隻麻袋松鼠的重量可真不輕，爺爺找了一根大棍，穿起麻袋，兩個人合力抬著往回走。

到了阿布納家的前院裡，爺爺把頭一袋放在掃得十分乾淨的白沙廣場上。阿布納的肥胖黑臉上，咧開他那張足有半個西瓜那樣大的血紅大嘴，傻呵呵地直笑。

阿布納說：「喔！這一袋松鼠可真不少哇，另外那一袋是什麼？」

爺爺說：「這也是松鼠，這裡面十五隻是送你的。」

阿布納好高興：「主人！您真是好鄰居，今兒我們可有肉吃了。小傢伙們又這麼多，我好像每天都要發現一張不認識的小小新面孔似的，醃豬肉的價錢好貴，真是謝謝您。依我看來，您的這一袋松鼠要兩個人才能弄得乾淨，我把兩個大孩子叫來，馬上叫他們動手，一會兒就弄好了。喂！孩子們，快出來看看兩位客人！」

小屋裡立刻擁出一群大大小小、高高矮矮的孩子們。

阿布納吩咐說：「威爾遜！你去拿刀。哈定！你去告訴媽，就說我要她生火，用殺豬鍋燒一鍋開水。」他又笑著喊爺爺：「主人！趁著孩子們這會兒去收拾松鼠的時候，你們為什麼不請到樹蔭下休息一會兒，如果不嫌簡慢，請嘗嘗我上個星期剛開罈的飲料，小主人也許想喝點甜葡萄酒潤潤嗓子。你們說好不好？」

爺爺說，這個主意再好也沒有啦。說著，我們就漫步到樹蔭下歇著。阿布納抱著兩隻半加侖裝的馬森牌酒瓶，一瓶裝滿剛從井裡冰得涼涼的甜葡萄酒，另一瓶是棕色麥酒，酒味一定很醇，因為爺爺喝了一大口以後，就閉上眼睛，扭動著身體，用手背擦擦鬍子。

爺爺問：「阿布納！今年的鳥群怎麼樣？」

他回答：「這輩子也沒見過這麼多的松雞。有一天，城裡有人來，想付錢給我，說他們要在這兒打獵，我告訴他，我要把這些鳥兒留給我的白人朋友呢。」

爺爺得意地瞧瞧我，還跟我擠眉弄眼兒地。沒有等待多久，那二十多隻松鼠已經剝去皮毛和臟腑，洗得乾乾淨淨，麻袋裡裝的全是粉紅色的鮮松鼠肉了。

爺爺說：「阿布納，真是多謝你，我們該回家啦，再見！」

阿布納和孩子們都揮揮手，向我們道別。

爺爺慢慢地把車子開過廣場，他轉過身來，又向我擠擠眼，笑著說：「你聽見阿布納的話了，這就是禮尚往來，也就是人情味！」

我想，人們可能認為我過於注重食物，准是好吃鬼，因為我總是寫有關這方面的事情，我也不得不承認這是真的。我認為，小孩兒們多半是為肚皮活著的。而且爺爺也說過，不論是誰，在星期天午餐桌上不開懷大嚼，直吃得午後沈沈熟睡的人，他都不敢信任。

那時候，我們並不興這一套：一個圍著花圍裙，頭戴白廚師帽的男主人，在戶外使用像現在這麼考究的烤肉裝備。那時烹調多半是在屋裡，一座燃燒木柴的火爐，通常有一個黑婦人掌廚，她在廚房裡從不喜歡別人去打擾。男人不願意管理廚房裡的事兒——最少鎮上的男士們從不公開表演他們的烹調本領——但是，偶爾客串廚師的欲望，仍然潛藏在這些滿面于思的彪形大漢的心裡，所以一年一度的聖誕季節，一個男士倘若不是面孔紅得像桃子（這是南方人用來形容爛醉如泥的含蓄說法），就會到森林或水邊去打獵、釣魚；每逢這種時候，離家到郊外去生活幾天，是很光榮的事兒。

在南方，我的家鄉至今還流行這種古老傳統，只是花樣可比從前多多了，我這會兒談起的，還是從前流行的舊式烤蠔野宴。過節的時候，烤蠔就像聖誕樹、冬青樹果、槲寄生樹枝等等，同樣是節日不可或缺的一部份。野宴時候多由男士擔任廚師，因為主婦們都忙著和麵做菓子餅，她們頂多站在一旁，輕輕地跺跺腳，嘀咕著：唉！男人總歸是男人……。

首先，男士們把小船划到蠔場，用長鉗夾取大量生蠔和蛤蚌。剛採的鮮蠔個兒很大——像洗衣肥皂那樣——有條紋的灰色外殼，沿著層層皺褶的邊緣，隱隱現出一圈白色來。蛤蚌大得像網球，紫黑色的外殼，裡面是一團深黃色的球形肉。蠔和蛤蚌的外殼上，起初都塗滿污泥，但是經過河水漂洗後，真像明亮的珠寶。

這些被採來的「海之果」，是放在粗木桌下層特製的蠔棚裡——那是一種斜形支架——坐椅就是就地取材，露營小凳或是裝東西的木箱都可以利用。點著一盞煤油燈——我還忘了交代，烤蠔從不在白天舉行，也許是因為白天喝醉酒不太雅觀的緣故。想來這真是我們的假日創始人一項善舉，因為他早已經考慮到烤蠔和玉米酒是無法分開的啦。

一位真正有本領的第一流蠔廚，懂得先擦淨蠔殼上的濕苔，再用剛採集的新鮮海藻將蠔包好。若以現代的烤肉裝備來比較，那時的烤爐實在太簡單了，所謂烤爐，只是一座三面圍繞石塊或是水泥，空著一面作爐門，上面放一塊厚白鐵或鍍鋅的生鐵片，鐵片下面生了一堆不太猛烈的文火。等到包著鮮海藻的生蠔，燻烤出水蒸氣，殼裡的韌帶鬆開，就用蠔刀輕輕地從殼中央剖開，而且，並不傷及瓣膜。烤蠔野宴通常都是在海水沼澤地區舉行，微風吹來陣陣沼澤味，姚金孃和松枝的清香，烤蠔發出的水蒸氣氣味等混合成的那股特殊的香味，至今想來，仍然教我垂涎。

野宴開始前，先得決定做什麼湯——蛤蚌肉羹還是清燉甲魚湯[2]；因為這兩樣美味，不能同時享有，也許因為取材方便，通常都是選蛤蚌肉羹。這道湯的做法很簡單，它不需要加牛奶或番茄，只用蛤蚌汁、蛤蚌肉、愛爾蘭洋芋丁、瘦牛肉、蔥、鹽和胡椒，一齊放在鍋裡，慢慢用文火煨燉，煮沸的時候，鍋裡響起咕嘟嘟，咕嘟嘟……優美動人的旋律。這時候，一定得竭力控制自己，才能留著肚子大啖烤蠔。做肉羹是太太們的事，因為當時男士們都已經抱著半加侖的大酒瓶——瓶裡裝的是一種俗稱「騾子」的白酒——忙著欣賞鮮美的烤蠔呢。

在這種野宴中，蠔當然仍是主食，肉羹只是盛宴前的開胃品。不論現代吃蠔的方法有多少，在我只有一種吃法。就如爺爺常愛說的一句老話：「如果我所知道的不如你，當然要尊重你的意見，但是有關這件事，我可說是行家呀！」

野宴的時候，首先要準備一大桶生蠔，一隻隻包上鮮海藻，放在溫火上，等水蒸氣繚繞上升，蠔就已經烤好了。這時候，粗松木桌上有碗融化了的熱奶油，一個唱片那麼大的空盤子，盤上放著幾個細頸瓶子裝得滿滿的調味品——胡椒、醋、浸得起皺又熱又辣的小紅辣椒——大盤的強尼餅[3]、玉米硬餅[4]、油炸玉米糰[5]。飲料是那種比啤酒強烈的比娥酒[6]。站在你身邊的一名小黑炭，手裡拿著蠔刀，等你發出「動手」的信號，他立刻就忙著剖蠔；如果是個具有控制力或高度決斷力的人，就該先讓他替你剖開一打，免得剖開後，不能馬上吃完，冷烤蠔的滋味就大為遜色了。

吃的時候，先把熱呼呼的烤蠔，放在滾熱的奶油裡浸一浸，再澆上調味品，等著吃完一打蠔肉，再就著蠔汁、奶油、海藻泥——可別小看這一撮海藻泥，它的鮮美滋味，是別的任何食物都無法相比的——大嚼油煎強尼餅、玉米餅、油炸玉米糰……吃完這一些，一邊舐著油幌幌的手指頭，又瞧著小黑炭，看他是否已經替你剖開第二打了……要想體會這份兒享受，必得熟悉微風中，橡樹隨風搖曳……的卡羅萊納州沼澤風光，才能深知其中奧妙。

爺爺總是說：「人類的腸胃，像無底洞似的，烤蠔是永遠吃不夠。」我的最高記錄是四打，每粒蠔肉都有大塊兒的棒棒糖那樣大。

剖蠔這種事兒不是自己不會，但是那樣一來，就破壞整個進行過程中的那股堂皇氣派。因為在烤蠔野宴中，小黑炭和蒸發的海藻味兒，還有遠處貓頭鷹的淒號、浪花澎湃和海邊白色沙灘的水腥味兒，遠達海邊的沙丘上，和那陣陣沙沙的蘆葦聲等等，同樣是缺一

2 甲魚，就是鱉，通常在用食物上會用甲魚這個字眼代替較不好聽的鱉。
3 強尼餅（johnnycake），一種用未發酵玉米粉做的薄煎餅，是美國新英格蘭居民常吃的食物。
4 玉米硬餅（corndodger），用玉米粉做的圓形小餅，通常是烤的或是油炸的。
5 油炸玉米糰（hushpuppy），美國南方的一種油炸食物，混合玉米粉、麵粉、鹽、蛋、發粉、牛奶，有時甚至加入一些洋蔥，做成麵糰，下鍋油炸。
6 比娥酒（bevo），一種嘗起來像啤酒，但比啤酒更刺激的酒精混合物。

不可的。

事實上，另外還有兩點原因：第一、自己剖蠔會影響胃口；第二、剝奪了小黑炭在夜晚賺取工資的機會。剖蠔是種工作，當然要付給這位小助手一點酬勞，花費的錢很少，頂多不過五毛錢，但是對人對己，都是一種快樂。小黑炭按蠔殼的數量來計算收費標準，像我這樣胃納量的顧客，是從不會使小黑炭失望的。

這場盛大的野宴，富有詩意美感，和雅人雅集的堂皇氣氛。通紅的火光，和廚師紅油油的面孔，交相輝映。小黑炭油光黑亮的臉上，白眼球在閃閃發光。吃蠔的人們，唇邊和指頭上的油脂，簡陋的小棚裡，燈光搖晃，映出人們被放大後的奇異身影，和隨風搖動的、瘦骨嶙嶙的怪異樹影。沿路都是壓碎的、閃閃發光的蠔殼，和堆積在路旁的一堆堆白色蚌殼。

這是節期中男女共同享受的戶外野宴活動的全景。

如果男士們外出露營兩三天，去林中打獵，那種森林獵餐的氣氛，更顯得親切豪放，不拘形式。當時富人們獵鹿或打野鴨，還帶著一名廚師同行。那時候，卡羅萊納州的黑人，有一種叫「獵廚」的專門職業，現在這種獵廚，恐怕已成過去了，真是可惜。從事這種工作的人，要品性良好，換句話說，要是找藉口跑進森林閒蕩，偷聽狩獵人彼此閒聊的話，是不夠資格擔任這項工作的。倘若是經常毫無節制的，或是喜好喝酒，不可靠的人物，也無法擔任私人廚師工作。

我認識好幾位獵廚，其中手藝最出色的一個，是一個因受朋友牽累，後來被假釋的殺人犯，有時幫我們家工作，我已經記不清他的姓名，但是他在森林裡的本領的確驚人。他做飯時，只要堆砌幾塊石頭，放上一隻鐵烤架，砍一大捆橡樹細枝，以及可以增加香味的硬山胡桃木。等他把香味四溢的鹿排從烤架上拿下來，真使人饞涎欲滴。鹿肉原是很難烹飪的肉類，別的人烤鹿排，要花好多時間，忙著放這放那，說是那樣才能保持原味，又加上什麼肉凍啊，各種酒類呀，使它保持油潤，名堂好多。這位獵廚只要把鹿肉扔在木炭上，待會兒再拉出來，熱氣騰騰地放進盤子裡，那香味引得人迫不及待地想去嘗，也顧不得燙傷舌頭了。每天晚上，我總是吃得脹鼓鼓地去睡覺，剛一躺下，又惦記明天早晨他做的早餐啦。

早餐經常有各種不同的煎蛋，他經常帶著一隻長柄短腳的淺鐵鍋，他認為總不能把所有的東西都煎來吃，而且狗該吃些煮的食物，所以鍋裡常常有些滷鹿肝和幾片煎麵包。誰在打獵時肚子餓了，可以吃醬鼲肉[7]當點心。他最會做玉米餅——只用玉米粉、鹽和水，做成一塊塊的，放在炭灰裡烤著，吃的時候只要把灰刮乾淨，就成了那種一口一塊的美味小餅，那味兒真使人心醉神迷。若是把它泡進火腿肉湯中，或是就著現成的肉湯菜飯吃，更是風味絕佳。

我原來最不喜歡吃蛋，不管是哪種做法的，即使餐館裡的蛋，我也沒胃口。但是在森林裡，雞蛋被火腿油煎得嗤嗤直響，蛋白漸漸凝成像是漂亮的比利時花邊，顏色金黃，吃時十分可口。假如再就著煎鹹肉和細膩的家常麵餅一道吃，那就更過癮啦。這些香噴噴的油煎食物，吃得太多了，也許不太容易消化，但是在森林的忙碌生活中，這一點大可不必憂慮。

很多人不吃肉，因為牠看來太像老鼠的肉。但是這位獵廚能把鼶肉做成一道珍饈，放一點蔥和少許胡蘿蔔，我想，就算在法國巴黎，也沒有哪種菜肴能比得上它的。獵廚做的這種燉鼶肉不肥不瘦，恰到好處。

想起森林獵餐，除去糖、鹽、咖啡之類東西，主要的食物還是麥芽糖漿和蜜糖。每次豆子燉鹹肉，只要作料中加上這種糖漿，吃到嘴裡，真不相信只是用豬肉和豆子燉出來的。我們每餐食物幾乎都使用這種極甜的糖漿煮咖啡，或做熱餅上的澆頭，或燉豆子，有些甚至把它調進番茄醬裡，拌通心粉吃。

獵餐中，最特出而平時吃不到的食物有把野鴨或大魚周身塗滿稀泥，放在溫火中慢慢烤，直到羽毛或魚鱗隨著乾泥巴一起脫落，滋味好鮮美呀。再就是用鮮綠的松枝生火烤鮮鹿肝，沒吃過的人，無法想像它的滋味。而且直到今天，也沒人能想出辦法，把那種帶著落葉清香的溪水運出來販賣，用它來煮出的咖啡，的確可以多一股特殊的香味。

當然，這一切都是很久以前的往事，雖然回憶通常能將往事美化，但是年輕力壯，還沒沾染煙酒的惡習，再加上富有刺激性的戶外生活，這些也是美麗回憶的主要因素。唯有一點很難以了解，就是每逢我現在再吃到這一切東西的時候，不僅滋味鮮美如昔，而且有過之而無不及。

爺爺經常嘮叨的一些話，這時候已經慢慢滲進我的腦海，並且首次真正形成為我的觀念，事實上，爺爺經常是「身教重於言教」的。觀念的形成，需要經過多年時間的孕育，才能漸漸醞釀成熟，直到忽然有一天，它會像秋天的玫瑰，燦然盛開。比如說，從一直堅守狩獵的標準，同時可以學習許多別的東西：像友誼、合作這一類的東西，即使是百萬富豪也難買得到呢。

7 鼩，即為負鼠。

男孩兒們多數像野蠻人那樣殘忍，我也是。六歲那一年，我得到第一枝汽槍。那時死在我槍下的知更鳥、藍樫鳥、貓鳥、布穀鳥等不計其數。不管是英國麻雀還是鄰居的貓，我幾乎什麼東西都要打，倘若更沒有更好玩的事兒可作的時候，就跟堂弟勞義到森林裡假扮印第安人，各自埋伏起來，互相胡亂射擊。當時竟然誰都沒被打瞎一隻眼睛，或是變作殘廢，真是奇蹟。

緊挨我們家附近一株木蘭樹上，有隻不知死活的大個兒反舌鳥，在月光下，牠經常要歌唱到深夜，音韻嘹喨，就像是週末夜晚發了工資的漁夫那樣，吵得四鄰不安。牠是奶奶最心愛的寵兒。有一天，我自然而然地扳動槍機，結束了反舌鳥的歌唱聲音。爺爺不由分說，脫掉我的長褲，結結實實地揍了我一頓，我因為很少挨揍，所以印象特別深刻。

等我哭喊聲停止，爺爺才告訴我：「打獵，是人類發明的最高貴的運動，聖經上就記載有許多強有力的獵人。穴居人在他們的洞穴中，到處都刻著打獵的壁畫，這是他們的祖先在挖掘洞穴時就刻好了的。倘若打獵是為肉食，或是把它當作一種良好的運動，或是想獵一樣值得自傲的東西，永遠記得那一天的每一樣詳細情節：如何找到獵物？如何射擊？像這一類的打獵，原是好事。」

「但是最使我瞧不起的，是那種嗜殺的人，那些殘酷的笨瓜頭，整天拿著槍，砰砰地，看見什麼就打什麼。如果一個人僅僅因為喜愛『死亡』，想從死亡中取樂，這種人內心裡一定有些地方已經腐朽了，這可從他日後生活的所作所為中得到證明。我了解所有的男孩子，剛開始都要經過這種階段——胡亂雕刻桌子，打破玻璃窗，打死反舌鳥等等，但是我希望你已經度過了這個時期，否則我會揭下你的皮來。」

「今兒晚上上牀時候，我要你多想想：反舌鳥的歌聲這麼美，你奶奶這麼喜愛牠。再想想你怎麼狠得下心，把牠打得這麼稀巴爛，連貓都不肯看一眼了。再稍微想想，聖誕老人送你這麼好的汽槍，原是讓你學習射擊的，你不知道好好利用，我想，他現在就希望你把槍還給他。」

說著，爺爺就拿起這枝小汽槍在膝蓋上一撞，立刻把折斷的汽槍，扔進草叢裡，和死去的反舌鳥作伴去了。這是爺爺給我上的第一課。

從那以後很久，我才得到生平第一枝鳥槍，爺爺帶我出去學習射擊鵪鶉，他費了好多時間，念叨那些不許胡亂射擊的話。譬如：一群鵪鶉應該射擊幾隻，要留幾隻準備明後年射擊之類。可是就像大多數小孩兒們的想法一樣，我也認為每次既然已經把鵪鶉驚散開，只要獵犬能找得到，當然射擊時候要多多益善啦。

我打中的鵪鶉可真不少，因為這些鵪鶉跟爺爺已經是多年的老朋友了；因為爺爺訓練獵犬看住鵪鶉，鵪鶉也就知道，每逢牠想跳走的時候，會有誰把牠抓回去。這時，我可不想再讓爺爺把我二二毫米口徑的鳥槍，也像小汽槍那樣被折斷扔掉，同時也因為每次在森林裡，爺爺總是跟我形影不離，就算我想欺騙他，也沒機會。

跟爺爺在一起打了好多年獵以後，我突然覺悟，幾乎全縣的打獵權都被我們獨佔了，因為我已經發現，每次打獵的地方都是「禁獵區」，而爺爺就能得到業主的許可。我們出去打獵時候，總要和農夫們——不論黑人、白人——聊聊天，在農家的後院裡，總能喝一壺剛從井裡汲取上來的甜井水。等我們打累了歸來，不論走到誰家門口，都可以走進屋裡，在爐火上烤烤凍得快要裂開的雙手，喝杯甜葡萄酒。在我們駕車回家前，還得拿著一捧小甜餅或油煎圈餅之類的點心。

黑人和白人都是這樣款待我們，那些黑人多半都是地主，不是佃農，他們極以擁有土地為榮，我已經記不清進出多少個像這樣的農家：一幢泥磚小屋或是簡陋木屋，屋裡生上一盆旺火，燃料是撿來的松果，滿屋都洋溢著松果的清香。院裡全是大小高矮不同的小黑炭、黃色的獵犬，老婦人經常在院子裡那口鐵鍋旁邊忙這忙那——燙豬、洗衣服——永遠那麼勤快、那麼忙碌。屋裡一直保持著那樣整潔，牆塗上琳瑯滿目地貼著從報紙、日曆上剪下來的彩色圖片，有的就糊著舊報紙。屋外的白沙泥廣場上，也是掃得乾乾淨淨，一塵不染。

我生平第一次嘗到燉松鼠頭的美味，就是在黑人農家裡，另外，至今我還喜愛他們那種炸得又鬆又脆的肉排。他們燉的兔肉，我認為比那些花樣繁多的法國菜味道還要好。對年長的黑人，我稱呼他們大叔大嬸；年輕的一輩，就直呼他們的名字。他們稱呼爺爺「主人」，叫我「小主人」，有時也叫我「鮑比先生」。在這種場合，我們之間，既沒有主僕之分，也沒有卑躬屈節；因為爺爺總是嘻天哈地，說說笑話，他們也喜歡跟我開開玩笑，說我將要被水壺哇、童子軍斧頭哇，和這枝跟我身材一般高的鳥槍壓垮啦。

頭髮灰白，彎腰駝背的老佛羅倫斯嬸嬸，有時還說：「主人！有天城裡來了個陌生人，帶著一群獵鳥狗，開車到這兒來，問我這兒有沒有鵪鶉？我說：『沒有，自從去年春天幾場大雨以後，一隻也沒見過，鵪鶉都被淹死了，而且，這裡是禁獵區，森林裡禿鷹好多喲！』我知道你們不喜歡那些過路的陌生人，來到這兒胡亂射擊你們的鵪鶉，所以我把他們都給轟跑啦。」

佛羅倫斯嬸嬸的小小農場附近，連接公地的地方，全是整群的鵪鶉。她乾脆圍上一圈籬笆，把鵪鶉圍在裡面，誰要想入這一大片森林租用地，到沼澤去，僅有這一條通路——穿過她的前院——可以過去。她守得可嚴呢，每逢有陌生人來的時候，兇猛的獵犬就會狂吠著緊圍上來。

有時，我們順路去探望大高個兒阿布納（身高六英呎四英吋），他有一大群孩子。這會兒阿布納就會咧開嘴大巴，笑呵呵地說：「主人！別去老教堂那邊找鵪鶉，因為那兒有十多隻狐狸，把你們的鵪鶉和我養的雞，都偷吃了好多。我已經挖好陷阱，上面鋪著一層厚厚的松針，可別讓獵犬不小心掉進陷阱裡去。

「有一天，我到老墳場那邊去砍柴，就在墳場和鋸屑堆之間，發現一大群從未見過的新生鵪鶉，準是那邊正在砍伐木材，牠們受不了騷擾，才挪到我們這兒來住的。等著我把這點活兒趕完了，我帶你去找找那個地方。」

無論是去諾克斯警長的大農場，或是去替我們洗衣服的米列嬸嬸的農場去打獵，我們從不曾浪費時間去找鵪鶉，因為鵪鶉群不在這兒，就會在那兒，一定會打得到的。年復一年，我們有永遠打不完的鵪鶉——豌豆田、沼澤裡、森林中，到處都是，有時候去森林裡啄食松實，通常都是聚居在矮橡樹叢裡，鋸屑堆附近，五倍子叢中，或是枯樹枝底下。

我說我們擁有整個的郡——那地方好大喲——可供狩獵，並不是胡吹，其中只有一大片土地對外開放，其餘就都是爺爺和我私人專用的獵區了。有一天，我忽然發現，即使一位百萬富豪，也不可能擁有這麼遼闊的私人狩獵區呀，這其中一定是有原因的。

是的！原因當然很多。比如就拿一件事來說，那個時候鄉下人對鵪鶉並沒有多大興趣，除非大群的鵪鶉跑進玉米田裡，被他們發現了，像這樣送到面前來的，才會打幾隻燉燉吃。或者年成不好，才會想到打鵪鶉來補足肉食的缺乏。所以他們平常從不理會松雞——俗稱美洲鶉——也就不肯花費心力，想辦法幫助牠們生存、繁殖，或是設法阻止那些任意射殺整群鵪鶉的貪心獵人。因為那時候為食物打獵的人好多，全是些殺人不眨眼，鳥槍響得像是連珠炮似的傢伙，每逢在金雀花叢中找到躲藏的鵪鶉時，他們在一天之內，能射光一大群。

爺爺不論對什麼事，總是胸有成竹，很有遠見的。鄉下人誰都認識他。那時候，爺爺的職務，是在糧食行裡擔任負責貸款的工作。每逢收成不好的年頭，許多人貸款耕種，貸款養牛，貸款購買飼料。有時候，農夫們也向爺爺私人挪借一兩塊錢。快過聖誕節的時候，爺爺總是堆滿一車橘子、紅色的糖果，自己駕著車子，挨家分送。他所做的這一切，正像現代所謂的「公共關係」。

另一方面，他在朋友群中，時常宣傳他的理想，說他曾經仔細考慮過，這些花斑的小松雞，成群聚集在森林裡，黃昏時候，叫聲好淒切，貪心的獵肉人太多，我們應該採取保護行動。於是，他會建議一位農夫，如果在沼澤附近順便多種點豌豆，人和鵪鶉就都有得吃了；或者建議另一位農夫，等到收割季節，在田裡多少留下些玉米梗，鵪鶉好禦寒哪；或者說，如果你們今年並不急需西邊的那點空地，那兒的金雀花叢，也就先別忙著犁掉了。……

爺爺公開宣稱：誰打死一隻野貓，只要把尾巴拿來，他就奉送兩粒鳥槍彈。誰打死鷹、狐狸，以及任何危害鵪鶉的動物，也照數發給鳥槍彈。他還說：「拜託諸位，如果有誰發現什麼地方經常有成群的鵪鶉出沒，務必請他來通知一聲。」

爺爺為了報答鄰人們的協助，他就自動幫助他們尋找失物，到處奔走。去尋找一頭走失了的豬或是迷失的牲畜。時刻注意森林裡的火星，特別是在松林裡，就是碰見一隻浣熊、鼴等等動物，他也要在距離枯枝樹葉比較遠一點的地方，才肯開槍。爺爺認為，星星之火，可以燎原，所以要格外謹慎。而且要把打到的獵物，分送給最近的鄰家。他的獵裝口袋裡經常帶著幾盒鼻煙或蘋果牌菸草，這是準備隨時送給老年人的小小禮物。

由於這許許多多的因素，結果使我們就有了那樣寬闊的私人狩獵區，而且到處都有我們的朋友，關心我們的獵物，協助我們熄滅森林裡每一點點小火星，在田裡特別為鵪鶉多種點糧食。我們到處可以烤火、飲水。肚子餓的時候，鍋裡有什麼，就可以吃什麼。

若干年後，我讀到關於保護動物的規章，我認為，這一切，早在多年前爺爺就已經實行了。只是，爺爺從不相信，財富是可以隨便分給張三和李四的，他只願意分給我和他的朋友們，因為這一群人都擁護爺爺的主張。爺爺認為，這些鵪鶉是「他的」鵪鶉，而不屬於那些從來不管季節的，從不珍惜鳥類的嗜殺狂。

現代，保護動物的規章越多，合乎標準打獵的越少，越覺得爺爺的話含有至理。

14 意外的假期

我想，每個人的童年，都曾有過一段美好難忘的時候，因此也就希望時光倒流，兒時可再……我記得最清楚的是那次學校流行百日咳，全校都染上這種所謂的流行傳染病。

那次流行性傳染病是在聖誕節前兩週開始，起先是百日咳，後來痲疹，除去我們幾個少數的幸運兒以外，人人都傳染上了，連老師和校長都不能倖免。學校當局只好採取緊急措施，暫行停課，等候這場傳染病流行過去。距離聖誕節又這麼近，學校也犯不著恢復開課後兩三天再放假，所以學校幾乎停了整整一個月的課。

正在我熱心從事學習拉丁文和幾何這類新知識的時候，我也實在很為這一段意想不到的假期而深深地惋惜；但是這種事既然已然發生了，我又是免過疫的，當然不再受傳染，也只得享受一番百日咳和兩種痲疹所帶來的閒暇啦。所以當別人受病魔纏繞的時候，我正在逍遙法外，壯得跟平時一樣，滿身都是勁兒。

學校宣佈放假的那一天，我滿面笑容地跑回家，爺爺抬起頭，目光敏銳地瞧著我，接著問：「發生了什麼大喜事？瞧你笑得像白痴似的，老師跌斷腿啦？」

我說：「爺爺！不是的，比那個更精采，學校停課啦，要到過完新年才開學，全校都得了流行性傳染病，暫時關門大吉。啊哈！」

爺爺罵我：「瞧你高興得就像躺在大太陽底下的死豬，看看你這副德行！長這麼大了，還是這麼不懂事，就知道咧開嘴傻笑。我真為你羞愧！」我抗議說：「這又不是我的錯，我已經害過百日咳和痲疹了，我又沒叫學校停課。既然他們要停課這課這麼久，我也用不著哭得死去活來嘛。我想出去打幾隻松鼠，您要不要去？」

爺爺說：「我腰痛，不能去，你得自己獨自安排這次來歷不明的假期，只要有時想著來跟我商量商量，那樣我就不會覺得被冷落，完全置身事外啦。」

爺爺慢慢地坐進椅子裡，把眼鏡向上推了推，閱讀他那本最少有十磅重的厚書去了。我脫去學校制服，出發去尋找松鼠，我沒帶獵鳥狗，只帶著那條短腿長毛，大耳下垂的獵犬米基。

現代人們常談起德國種的威瑪蘭獵犬是十項全能，從老鼠獵到大象。但是米基比牠們還要出色，牠是一隻割去卵巢的母獵犬，跟我年齡差不多，但是比我胖，牠才是標準的打獵迷哪。

米基動作雖然很慢，但是做事很穩當，牠像專門獵鳥狗那樣，能找到成群的鵪鶉，雖然無法掌握這一群鵪鶉，但是牠會在跳叫著驚起鳥兒以前，儘量拖延，使你有充份時間，可以配合牠一致行動。

夜晚牠會追老鼠，把樹狸趕上大樹；牠是兔子的死敵，因為牠追不過兔子就用些計謀，把兔子趕到你面前來，所以不費事就能一槍打中。米基喜歡獵松鼠，而且也是尋找獵物的專家，從公鹿到土鼴鼠，什麼都能找得到。牠特別喜歡獵野鴨，水越冷，牠越高興，有一回，我看見一隻大個兒雄鳧，差點沒把牠淹死。

我無意替米基過份吹噓，當然牠不如純種獵兔狗那樣擅長追兔子；不會像獵鴨狗專家，把受傷的野鴨弄死。看守地上的鵪鶉，甚至不如一隻動作最慢的短毛獵犬。把松鼠趕上樹的本領，不及傑克一半。但是無論如何，牠仍是一條罕見的最能幹的十項全能的獵犬。

既然爺爺腰痛要留在家裡，我也就無法離家太遠，因為我的年齡太小，還不夠資格獨自駕駛老福特車外出。我們家附近的鵪鶉並不多，所以，如果帶著專業獵鳥狗外出打獵，實在是浪費人才；但是零星可打的東西也很多，幾隻鵪鶉，幾隻野鴨，零零星星的兔子啦，松鼠啦，以及鷸啦等等，整整有一個月，我和米基形影不離。

氣候漸漸寒冷起來，池塘裡已經凝成一層薄冰，厚度雖然不能夠在上面滑冰，但是足夠驅使野鴨進入沒結冰的水潭裡。樹葉紛紛飛落，可以清楚看見樹上的松鼠；林中的草叢，多半已經枯萎，所以找白兔也很容易；田裡稀稀落落的還有幾隻斑鳩，何況，一粒鳥槍彈才值五分錢。

我發現，自從這段時間以後，我養成一種嗜殺的壞習慣，我像是染上了殺戮症。從那時起，乃至於連將來也算上，大約也不可能成為人們所謂專心一意的獵人，只是專心一意地射擊一種動物了。那時，我似乎更像是受過高度訓練的獵鶴鶉狗，一旦掙脫束縛，就隨心所欲地追起兔子來。我喜歡外出後隨意閒逛，鳥槍裡放幾粒八號子彈，褲子後面的口袋裡放幾粒四號子彈，襯衫口袋裡放兩粒獵鹿彈，以防備萬一半途跳出一隻公鹿來的時候，可以立刻使用。

只要從中選出任何一天的生活，都可作為那一個月內我的生活寫照。那天的生活是這樣的：我抖抖索索地摸黑起牀，順手掀起放在身邊的衣服穿上，這時，只有客廳的方形火爐裡有些星星點點的火光。我跑進廚房，吃些冷甜薯、酸菜，喝杯牛奶。啃些剩下的磅蛋糕。獵裝口袋裡塞兩隻蘋果，和滿滿一口袋的葡萄乾，離開廚房時候，還不忘記抓一把火柴帶著。

揹上鳥槍，帶著子彈，腰帶上掛把小斧頭和一把獵刀，還有一隻輕便的陸軍水壺，這就是我裝扮成但尼彭時的全部行頭。等這些都弄妥當以後，米基和我便出發征服原野了。

我們在黑暗的凌晨，都凍得都快半死了，一腳高一腳低地，走到半哩外的野鴨塘邊。在黑暗中，躡手躡腳地走近淺水裡，藏身在我用草圍成的鴨欄中。天色剛露出一點曙光時候，總會飛來幾隻野鴨，有公鴨、藍嘴子、灰鴨或黑鳧之類。

等到天剛朦朦亮，能看見四周景物了，我先向塘裡的鴨群射擊一槍，再朝著飛起的野鴨砰的一響，最多只能打四五粒子彈；因為野鴨會繞飛入森林裡，再三三兩兩地飛回來。一個早晨如果成績好，尤其水塘裡已經打中兩隻以後，一共可以打到四至六隻的野鴨子。

這天早晨，水塘裡的只打中一隻，打傷一隻想飛走的，立刻又補了一槍，這樣就不需要再費事跑進森林去搜尋牠了。鴨群第一次往回飛的時候，我又打中一隻，另外一隻沒打中，被牠溜走了。這時候，又飛來新的一群，這次運氣很好，又打中兩隻，其中一隻被我擊中頭部，牠像火箭似的從一百碼的高空，像重甸甸的死鯖魚似的，直摔下來。

米基忙著在冰冷的水塘裡撈野鴨，一隻黑鳧，兩隻公鴨，一隻是藍嘴子，一隻是灰鴨。我對牠說：「喂！我們一開始成績還不錯嘛。」牠把最後一隻野鴨啣上岸來，搖去身上濕漉漉的水珠，吐出嘴裡的鴨毛，似乎說：「成績是不錯，天哪，你知道這水有多冷嗎？」我笑著拍拍牠的頭，把野鴨先掛在樹枝上，再去看看松鼠的動靜。

我們距離那根山核桃木做成的硬木樁並不遠，那附近有幾棵野生美洲山核桃樹，這還是多年前，有人在這兒耕種時長出來的，附近的橡實和松果好多，那上面經常總會找到幾隻松鼠的。我們悄悄向前走，聽得見唧唧喳喳，又在滴答啃堅果，有時也會發出一聲長長的叫喊，真是聲裂金石。

米基和我打獵的時候，很合乎科學化，假如松鼠在地上，米基就去把牠趕上樹，汪汪地叫得震天價響，趁著松鼠專心瞧著牠，我就沿著樹幹走到另一邊去射擊。有天早晨，我看見一隻黑灰色的狐松鼠跑回窩裡，我對準牠的小窩發出一槍，竟一起滾出四隻狐松鼠來。

這個早晨可沒有那麼好的運氣，地上一隻松鼠也沒有：所以我讓米基安靜點兒，先別出聲，悄悄地坐在樹下，動腦筋設法把松鼠引出來。我來回撥弄著鳥槍上的安全扣，那聲音就像松鼠的啃堅果，又捲起舌頭模倣松鼠唧唧的叫聲……果然有兩隻傻松鼠從樹枝間跳出來，想查看究竟。這兩隻笨瓜頭都變成了我的囊中物。當我穿過樹樁，走向那一片經常躲著鵪鶉的豌豆田裡，出於意外地竟打中一隻小松鼠。

米基慢慢地走向牠認為藏有鵪鶉的地方，果然被牠找到了，牠搖晃著尾巴，顫動臀部，渾身像是脫了臼似的。在牠面前的鵪鶉立刻驚飛起來。我射擊兩次，打中一隻鵪鶉，再裝上子彈，兩隻快下蛋的鵪鶉想呼嘯飛走，被我擊中一隻。另有些鵪鶉飛進長滿野葡萄的沼澤裡去，那兒藤蔓茂密，不值得費時間去追蹤；所以我們就在田裡搜尋斑鳩，有一隻斑鳩想從我面前溜走，被我逮住了。

我們準備回家午餐的時候，先折回去拿野鴨。這時候，米基又豎起耳朵，釘牢一隻大公兔。打中之後，我把兔子也裝進袋裡。這隻兔子長得好像比米基還要大些。

我掏出那隻價值一塊錢的懷錶一看，才上午十點，想了想，打獵應該停止了。反正還有兩個鐘頭才能吃得到午飯，我解開繫在腰帶上的小斧頭，砍些松枝和兩根枯樹幹，生上一堆火，開始忙著剝松鼠皮和兔皮，去掉內臟，再來收拾野鴨子。這時候，我已經吃光蘋果和葡萄乾，但是仍舊覺得飢腸轆轆，就拿出一隻松鼠，穿在嫩綠樹枝上，放在炭火上烤，雖然松鼠肉吃在嘴裡並不太熟，還有些焦糊味；但是畢竟可以充飢，可以支持到午餐時候，不會再覺得飢餓啦。米基就跟著吃烤熟的內臟，牠現在也學得很隨和，什麼都肯吃了。

回家後，我把那幾隻野鴨、兩隻鵪鶉、一隻斑鳩、三隻松鼠、一隻白兔，洗淨後切開，放進冰箱，再洗手吃飯。午餐是黑眼豌豆燉鹹肉、鄉村火腿、金黃色的麵包、牛奶和面上撒著肉桂末的蘋果餅。午睡前，我先關照胖廚師李二，要他在下午兩點鐘喊醒我，平常這個時候就該去上學了。我想自己大約是睡夢中帶著微笑的，因為下午的生活就跟上午一樣，只是順序顛倒了一下：先獵兔子，再就是鵪鶉、斑鳩、松鼠和野鴨。三週來，除去星期日，每天我過的都是這種生活。到了聖誕夜，爺爺的腰痛已經痊癒，他問我，希望明天早晨在聖誕樹下找到什麼樣的禮物？

我不假思索地說：「什麼都不想，這些天來，我已經天天像過聖誕節一樣，也許，想多要些鳥槍用的子彈，我幾乎已把槍彈用光啦。」

爺爺笑了，他一直暗自注意我的行蹤，每天看見我揹著一袋獵物，累得七死八活地蹣跚歸來，……他打趣說：「幸虧你們學校的流行性傳染病就快過去了，要不，森林附近的小動物都快要被你打光啦！」

聖誕節的早晨，陽光好晴朗，但是太陽還沒出來，我就離開家到鴨塘去了，米基抖抖索索地守在我身邊，我把聖誕樹下禮物的事兒，壓根兒忘光啦！

15 山羊和我

那年春天，一切看來都很美好，春天來得早，留駐得久，所以棒球季節比預定的日程早一個月就開始了，不由得使人想起釣魚呀，放暑假呀，這一連串的事兒來。除此以外，我還纏著爺爺他們，想要匹小馬。因為我已經把湛尼·格雷先生寫的牛仔故事書幾乎全部讀完了，所以一心一意想要一匹馬。爺爺對我這種想做「紫色的騎士英雄」的心願毫不熱心，他自己並不怎麼喜歡馬。

爺爺說：「馬，是我所知道的最愚笨的動物，想照顧牠可需要一把好手呢，一定得好好照顧牠，飼料哇，飲水呀，梳刷皮毛哇……馬兒又經常要東踢西踢，不是踢馬廄的門閂，就是踢別的，還得費盡心機訓練牠，像照顧嬰兒似的伺候牠。等到你過掉這陣興頭以後，我就不知道你是否還有足夠的精力來照顧那樣大的一匹動物。」

爺爺又說：「你知道，除此以外，麻煩的事兒還多呢。清掃馬廄，擦拭馬鞍，晾曬蓋在牠身上的毛毯，飼料要新鮮。牠的食量驚人，每次要吃的稻草和燕麥，堆得像山那麼高。騎著牠跑累了，還得牽著牠慢慢地來回散步，直到牠身上的汗涼快透了，才能讓牠休息。要時刻注意牠的四隻馬蹄，還要不時帶牠上鐵匠舖去修配馬蹄鐵。你已經有了一輛腳踏車，還要匹馬幹嘛？」

我嘀嘀咕咕地，說每個男孩兒都該有匹馬，就像每個男孩都該有條獵犬是一樣的。爺爺氣得嚷著說，我馬上就會告訴他，每個男孩兒都該有輛汽車；過不多久，我又該跟他爭論，每個男孩兒都該有架飛機啦。

爺爺說：「告訴你實話，用一匹馬來鑑定一個人究竟有多大的本領，那實在太冒險了。我先賞一頭山羊來給你試試。無論是誰，要能夠操縱一隻能拉小小兩輪車的山羊，才有資格擁有一匹馬，因為再沒比山羊更普通、更平凡的動物了。我知道有個地方要出售山羊，那山羊好漂亮，只要你看了喜歡，我還會給你做一輛小小兩輪車，和全套駕車的裝備。」

我們去了黑人聚居的地區狐鎮（Foxtown），到達阿伯特家裡。這位大個兒黑人青年，從前在我們田裡工作的時候，常會講許多迷人的故事給我聽，藉此躲避一些不屬於他份內的額外工作。阿伯特的嬸嬸有隻山羊——比利——想出賣，價格是五塊錢。

比利在山羊中，的確算是漂亮的小伙子。年紀小，毛是淡褐色，背上還有一道一道的黑色條紋，烏黑的羊蹄，前額上還有白色的星星點點，兩隻角直立著，還沒長成。可惜後來我才知道，這傢伙的頭腦頑固不化，是我所見過的動物中，脾氣最壞的。

我們把比利一路死拖活拉地弄回家，牠沿途一直不停地在掙扎。牠可不想離開狐鎮，狐鎮是牠的家，牠在那兒的生活很快樂，住在屋簷下，看見什麼就吃什麼，牠才不肯離開去跟陌生人生活在一起呢。

我們把牠拖呀拉的關進牛欄，剛到欄裡，牠第一件事就是攻擊母牛，可把這頭澤西種的大個兒，牛角強勁有力的乳黃色老母牛嚇得動彈不得，時間前後也不過五分鐘。

我們跳出牛欄，把牠留在欄裡，比利狠狠地從欄柵的空隙裡死釘著爺爺跟我。我們不理牠，只顧忙著去製造小車去了。爺爺拿出工具，先找到一隻裝東西的大木箱，把它改裝為車身。他又不知在哪兒找到兩個車輪，等到裝妥車輪和回轉軸，又把車身全部漆成紅色。看起來，那輛小車還滿漂亮的。爺爺又到五金店去買了一根皮帶、環舌和帶鈎等等，做成一套很齊全的籠頭。他還特別做了一根小皮鞭送給我，有點不懷好意地笑著說：「你也許用得著它的，訓練山羊可要費些唇舌呢。」

爺爺說：「不論是哪個男孩兒，他若是夠資格擁有一匹馬，想騎著馬到農場去出風頭，一定要親自訓練這匹馬才行。因為有本領的高手，才不肯騎別人馴服的馬匹呢。」他又說：「山羊也是這樣。你必須親自訓練比利，那樣牠才知道尊敬你，知道牠自己是應該專屬於你的。」一直到許多年以後，我才開始有些懷疑，爺爺在幽默中，也有些不懷好意，存心要整我的。

第二天清晨，天氣好晴朗，我立刻開始著手訓練的工作，打算把比利套上車子；我走近牛欄，跳過欄柵，腳剛一落地，比利就像隻猛獅，用牠那長著短角的腦袋，對準我的胃部猛闖過來，我凌空摔了一大跤，直摔得我氣都喘不過來。比利踉蹌向後倒退，氣急敗壞地，像顆炮彈似的，再闖過來。這回我可躲開了，一把把牠壓倒在地上，使勁扣緊牠的脖子，我學著從故事書上學來的牛仔手法，抓住牠一條前腿，像對付小牛犢那樣，把牠撳倒在一邊。比利就那樣躺在地上，那雙冷冰冰的淡黃色眼睛，狠狠地釘住我。

我的老天爺，想把籠頭和車輛套在這隻笨瓜頭的山羊身上，真夠你受的。我早知道這傢伙不好惹，掙扎了好一陣以後，我滿頭大汗，臉脹得紅紅地，我被山羊氣得發瘋，山羊也被我氣得發瘋……這時，我聽到一陣哈哈大笑，原來是爺爺倚在牛欄上，正笑得眼淚都流到鬍子上去啦。

他說：「我認為你用的這種方法並不太合適，可是，我又沒法說出你什麼地方不好來。因為你只有兩隻手，這傢伙需要六隻手才管得住呢。等著我來幫助你！」

我們倆好歹總算給這個死傢伙套好籠頭，正想把牠領到車旁邊時候，牠竟一屁股坐在地上，兩條後腿使勁撐著地面，隨我們怎麼使勁拉緊繩索往前拖，拖得牠幾乎眼珠都快突出來了，喉頭也噎得喘不過氣來，可是說什麼牠就是不肯動一步。幸好牠個兒不大，最後爺爺只好用胳臂把牠拖起來，放在小車的車槓中央，再設法給牠往上套。

我已經記不清在什麼地方聽說過，駱駝穿針眼是件困難的事兒；但是駱駝也許會穿得過針眼；可是想把這隻山羊套上車子，就等於想把一條滑溜溜的蛇穿過針眼那麼難。牠咩咩直叫，四蹄踢打，雙角牴觸，又不停地掙扎，最後我們好歹總算把牠套牢了——至少我們以後是套牢了——牠肩頭掛上車軛和皮帶，愣愣地站著。我跳上了車子，抖擻小皮鞭吆喝：「走哇，向左去！」剛喊完，山羊只回頭瞪了我一眼——眼神裡帶著一股極端的恨意，那是我從未在別的眼睛裡看過的——接著立刻就躺了下去。

我們讓比利死拖活拉地站立起來，但只要我一上車，牠立刻就躺下，而且不停地掙扎。不多久，籠頭被牠弄得就像釣魚絲似的，纏成一團了。比利的神情看來好高興，爺爺只好聳聳肩膀。

他說：「我認為，今天的訓練已經夠了，用不著在剛開始訓練時候就逼得牠太緊。先把牠牽回牛欄，明天再好好修理牠。」

第二天，我們又勞神費力地訓練了一次，完全和昨天一個樣，這隻山羊既不肯聽你的「走哇！」更不會「向左」，牠不接受指揮，怎麼拖拉也不肯動，躺下去就不肯起來；碰巧牠想站著，你就休想再讓牠躺下。牠不願從牛欄大門進出，幸好欄柵很低，所以我只好抱住牠，把牠從欄柵往裡一扔了事。看樣子，等到比利完全長大以後，我大約還得把牠從欄柵扔進牛欄去呢。我在學校，聽老師講過克羅吐那的米羅[1]的故事，我雖然不知道米羅是怎樣，可是，假如米羅能把一隻他親手從小牛犢養大的大公牛舉起來，我也不願讓這樣一隻天殺的騷山羊使自己坍台。

我們在比利身上一連花費了三個月的時間，牠一點也不肯讓步。每天一定要掙扎著替牠套上籠頭，鬆開時候又是一番掙扎，每次一定得把牠打倒在地上，抓牢牠，從牛欄弄出來，折騰了一大陣，最後還得像條魚似的把牠扔回牛欄。

從比利身上，我完全得不到一絲進步和一點點成功的快樂。有一天，我偶然發現，這隻山羊是一名真正的鬥士，牠喜愛用角牴觸，啃壞一切任何不該吃的東西，另外牠還有一

1 克羅吐那的米羅（Milo of Crotona），西元前六世紀左右希臘著名的運動員，他以揹負牛隻來訓練自己。

項惡癖，喜歡打鬥，蹺起後蹄，向人攻擊。每當我抓緊牠，牠會拼命掙扎，竭力想把我摔脫。除去食物，打鬥便是牠唯一最感興趣的事。

過了好一陣子，我也把這種打鬥慢慢看淡了。因為一個小男兒想打鬥的時候，他還是願意去找別的小男孩兒的，誰願意跟一隻山羊糾纏不休？而且媽也開始埋怨我身上的氣味。我心裡想，這一切都是由比利引起的，連我的氣味都快變成牠的羊騷味兒了。

我也曾就自己所知，盡量試用一切溫和的辦法，想使牠馴服下來，但是除去牠眼睛裡流露出來的滿懷恨意，以外沒有別的。跟一個痛恨你的動物生活在一起，可真不是味兒。牠始終不肯讓步，不停地跟人作對，最後我們只好投降，把比利裝進老福特車裡，送牠回狐鎮。牠一看見自己的家時候，不由得咩咩地發出一聲歡呼，剛把牠一鬆開，就立刻溜進屋裡，連影兒都找不到了。我的神情一定非常頹喪，因為爺爺先在柯克斯商店前停下車，給我買了一瓶汽水和一毛錢的糖果。在回家的路上，他說：「別太為這件事生氣，有些事情——像有些狗，有些山羊，有些人——是不值得認真為他們生氣的；你可以餵養牠們，溫和地對待他們，關心他們，哄他們高興，等著你想去親近他們時候，他們就會這麼頑強地和你對抗，就像這隻天殺的山羊一樣。過一陣子，當你覺得無法可想的時候，唯一的辦法也是最好的辦法，只有放棄。知道應該何時放手，這件事兒可真是大學問，既不能太早，也不能太遲。」

我一聲不響地聽著。

爺爺非常溫和地問：「你還想要匹小馬嗎？」

我回答：「今年不想要了，我已經被這隻該死的山羊弄得筋疲力盡。今年我想專心一意去釣魚！最少，我還懂得如何操縱一隻小船呢。」

爺爺說：「現在，你已經漸漸地顯出懂事的模樣了。誰也不能樣樣精通。許多人由著自己的性子，試試這樣，攪攪那樣，始終是虎頭蛇尾，一件事沒攪成，又去另換一樣。……只有真正聰明的人，才能夠了解自己，知道自己的能力，能把那幾樣事做得很好。他才不肯胡亂花費心力，隨便去攪這攪那，只是將自己的智慧用在擅長的事情上。尤其當他對某件事做失敗以後，他更會集中心智，檢討自己，使自己從失望中慢慢冷靜下來，等到自己重新充滿信心和活力，再去從新開始去工作。我想，今兒晚上那些闊嘴魚會來吃餌的，你是否想去試試？」

上鈎的闊嘴魚的確不少。以後沒有多久，我沮喪和受傷的感情都冷靜了些，提起比利來，也不像以前那樣氣得發瘋了。但是，在我有生之年，永遠也不會忘記牠的，因為牠曾在我的自信心上加了一道烙印。從這次以後，我也曾遇見過許多像牠那樣強有力的人。每逢我面對這樣一個人或類似的事情時候，都會不自覺地想起比利。因此，我就會暫時把煩惱放在一邊，先去釣釣魚，直到今天，這方法對我仍舊獲益匪淺。

16 牧羊神的風笛

在小男孩來說，初夏將臨的信息，永遠是件興奮的事。春風和煦，陽光曬乾了綿綿的春雨，四野一片新綠，清晨涼爽舒適，微風吹來陣陣花香，使人感覺一股難以抑制的興奮，真想光著腳丫，在露水潤濕的草地上跳躍一陣！

那些香味兒才叫迷人呢，河邊的苔蘚叢中，開遍細碎的紫羅蘭。郊野洋溢著濃郁的月下香和黃茉莉的花香。山茱萸的枝頭，開滿粉紅和白色的花朵。果園裡桃李爭豔，揉合著野花兒的清香。花圃中，盛放的鮮花和野生的紫羅蘭還有三色紫羅蘭互相媲美。我一直認為天堂的味兒一定是這樣的：清涼濕潤，幽香宜人。

這時，當你優閒地，以博物學者欣賞大自然的心情，漫步林中，暫時不再是獵人或漁夫，心情就完全兩樣。爺爺對於這一點好重視啊！

他說：「你是殘忍的野蠻人，所有的男孩子都是這樣，可是，你該明白，比殘殺更有意義的事多著呢。經過一季長長的冬眠，眼看著全世界在多雨而狂歡的春天裡，慢慢地甦醒，是很有樂趣的事。尤其當你年齡日長，就會了解這比打獵和釣魚更富情趣，這是一種很難形容的境界，但是動物們似乎都了解其中的奧妙。每年這個季節，你可以觀察出每一樣生物是多麼柔順，在狩獵的季節，連雄兔都變野啦。」

經常，等到黑莓從青綠轉紅，再長成烏紫色，一粒粒地在帶刺的藤蔓上閃爍發光，只要這一天沒有多少事作，我們就拿著空桶去採漿果。這件工作最教人興奮，採呀吃啊的，忙得不亦樂乎。歸來時好累，脊背都有些痠疼，手指和唇邊被漿果汁染得烏紫。這一天，可看可聽的東西可多啦。

漿果叢附近，有那麼多種現在已經罕見的鳥兒——有早春飛來，夏末歸去，色彩鮮豔的藍知更鳥；有好多好多神情兇猛的大個兒紅頭啄木鳥；有另一種金翼啄木鳥，啄木時動作十分輕快；有俗稱雨鴉的布穀鳥；有肉食的百舌鳥，陰冷兇惡，像盜匪似的眼睛上，還戴著一層天鵝絨眼罩；有成群的，羽毛華麗，嗓音沙啞，喇喇不休的藍樫鳥。

已經耕犁的潮濕田地裡，擠滿大群來自北美的小水鳥；姿態像雲雀一般優美的歌唱鳥，像跑馬似的來回奔跑；食米鳥站在野草的葉尖上，搖曳輕舞，輕俏的身體，壓得草莖兒彎了腰。這時，巴的摩爾金鶯鳥也飛了來，歌聲嘹喨，像是散落了的金幣，音韻鏗鏘；

北美紅雀，歇在深綠色的松樹和西洋杉上，像一片片的小小的鮮紅斑點；猩紅色的裸鼻雀[1]像飛蛇似的，迅速飛進林中綠色的草地上。

如今回想起這一切，我憶起的種種不同的聲音和香味，比當時的景色更加清晰。房屋四周的矮樹叢裡，有貓鳥的喧嚷；木蘭樹上有隻不知憂愁的胖胖的反舌鳥，模仿牠妙嗚妙嗚的叫聲。在遠處，斑鳩咕咕的叫聲好憂傷。田野四周，隱密的矮樹叢裡，鵪鶉在呼嘯，牠們勇敢地，旁若無人地，三三兩兩走進草莓叢中。來回飛旋的小水鳥，成群飛歇在潮濕的田裡，咭……吱……咭……吱的叫聲，響徹雲霄。野雲雀躲進田裡，盡情歡唱。沼澤裡響起山鷸狂野而甜蜜的歌聲。烏鴉和樫鳥喧喧嚷嚷地，吵得幾乎把春天給喊回來了。布穀鳥隱藏在松樹的高枝兒上，低聲吟唱，啄木鳥不停地剝啄。藍知更鳥的吱喳叫聲，好甜哪。

每年這個季節，男孩一下課就急忙地離開學校，偷偷地光著身體溜下河去游泳，因此，想不逃課都不行。這是貪吃半生不熟的漿果，硬得像石塊似的青桃等而覺得腹痛的季

1 裸鼻雀（tanager）大部份生活於樹梢、林中矮樹上或灌木叢中。主要以果實為食，但某些種類食昆蟲。此鳥體小，善鳴，雄鳥羽色豔麗。

節，也是大量使用蓖麻子油和甘汞的季節。六月唱著懶散的歌聲，音韻低迴地，圍繞在你四周。這時候，想在學校裡專心念書，是不可能的事；因此，這也是被困在學校裡的小男孩兒們，扔小紙團，做紙飛機，把女同學的辮梢塞進墨水瓶裡的季節。教師們渴盼放暑假的心情，比學生們更加殷切。同學們讀書的成績，大夥兒都退步得驚人，學校風紀荒弛到即將瀕臨無政府狀態。

爺爺認為，每年到這種季節，全世界的人都有點瘋瘋顛顛的。他告訴我，在林蔭深處，只要我能凝神靜聽，就能聽得見那位半羊半神的牧羊神——潘——的風笛聲。我告訴爺爺，如果這位牧羊神像比利那樣，我寧願不跟他打交道。

爺爺說：「要是真的那樣，當然可以，可是他不是那樣的呀。森林深處，有許多森林之神和小精靈，悄默聲兒地，在林中來來去去。我們去的時候，只要悄悄地坐著，雖然我不能確定是否能看見幾位森林之神，但是一定會聽得見他們的聲息。」

爺爺所說的森林，就在牛欄後面，邊界和那一大片長滿蘆葦的地方相連。鵪鶉群就住在那裡面的乾涸河溝裡，有一連串屬於我的祕密地洞，附近有座大水塘，塘裡野鴨兒優游浮沉。秋天，廣闊的豆田裡擠滿了斑鳩。這座森林的面積大約六英哩，松樹矗立，藤蔓纏繞的橡樹，花朵繽紛的山茱萸，鋪著厚厚的松針和野花盛開的空地上，風兒經常把它打掃得十分清潔。

爺爺和我在這兒共同度過許多時光：有些地洞需要重新修理，地洞的前門需要換上新鮮的松枝，被掩埋在地下的洞頂需要新造的橫樑。所以我們要按照需要尺寸鋸下可用的木材。要保持地洞的良好情況，這可費工夫呢，尤其像這種長長的隧道內，一連串有六個地洞，更不容易維護。我為什麼需要這麼多的地洞，主要的原因，是在偷西瓜的季節，我的任務是偷瓜集團的首領，我的團員們當然需要足夠的空間，作為他們臨時的藏身之處。

有時候，爺爺和我對修理地洞的工作做膩了，我們就坐在樹蔭下，倚靠著樹幹，他點著菸斗，把全部督伊德教的教友們，如何住在樹上的生活情形，以及地洞的由來，最初是由英國人在英格蘭肯特郡的鄉間挖掘一種巨大的地洞，叫作白堊洞[2]……講給我聽。又跟我談到德國黑森林裡的精靈，和牧羊神等各種不同的驚人故事。我發現，這位牧羊神對追逐女孩子是很有一手的。

爺爺幾乎把全世界的故事都講遍了，他是一位博覽群書的老人家，現在我所記得的每樣事情，全是爺爺講給我聽的。我的地理分數一直很高，如果老師問：「肯特郡是屬於哪

2 白堊洞（denehole），在英格蘭南部和法國索姆河流域白堊層中發現的洞穴遺跡。

一個國家？」這種問題在我看來，就像問起我的家鄉那樣熟悉，我立刻就能回答：「英格蘭！」因為爺爺講過那兒的白堊洞的故事。而且我也熟悉白堊洞的模樣，因為爺爺已經幫同我挖掘過一個啦。

我們安靜地坐在森林裡，或是靜悄悄地散散步，就能看見好多有趣的事：有一次，看見一隻大個兒布穀鳥，把班鳩從窠裡趕出來，牠自己卻鑽了進去。第二天，我再去，爬上樹一看，果然發現窩裡那一堆小小的斑鳩蛋上層，多了一隻好大個兒的鳥蛋。

松鼠在枝椏間相互追逐嬉戲，有一回，發現兩隻松鼠身上都流了血。白兔就在眼前輕快地跳躍，對我們毫不畏懼。有一次，一隻母鹿帶著小鹿，直朝著我們這邊走過來盯住我們，凝視了好一陣，這位鹿老太太才向著小鹿點點頭，母子倆就一前一後，揚長而去。牠們不跑不跳，只是一路歡躍前行，頑皮的小鹿，還不停地踢後蹄呢。

我從沒見過森林裡的牧羊神或是別的小精靈，但是我敢發誓，我的確聽到了那種神祕的聲音：它不像飛鳥，不像青蛙，不像野獸或昆蟲，只是一種輕輕的、柔柔的、沙沙的聲音。只要我一回頭，就什麼聲音也聽不見了。我身上不由得起了一陣雞皮疙瘩，頸上寒毛直豎，就像一隻獵犬，聽見了一種牠不熟悉的聲音那樣緊張。

在這古老的森林裡，我能感覺得出，確是住著一些看不見的精靈。因為每逢春末，不論是人或動物，經過這座數千年來一直存在著的古老森林的時候，自然就會感受到它極不尋常的魔力，從心底發出凜然敬意。只要是去過林蔭深處的人，都曾經驗過那種使人不寒而慄的感覺。（這一點還是我後來從書本上讀來的。）

爸媽他們有一次曾談起要送我上山去參加男生夏令營的事，當時，我對這件事很興奮。等到春天過去，初夏將臨的時候，爺爺跟我經常進入林中，從事已經安排好的日常工作，我對參加夏令營的心情已經淡多啦。等到了六月，我決定不參加了，我知道自己這樣的決定不錯。因為爺爺常說，一個聰明人知道什麼事使他最快樂，只有笨瓜頭才會為不可知的事情而改變自己的決定呢。

而且，我也實在忙得沒空參加夏令營。除去和別的男孩兒們在一起打棒球、游水以外，爺爺和我在一起安排了好多計畫：小船一定要修好，準備夏天划出去釣魚，有隻獵犬快生小狗了，要修理鴨欄，要訓練山羊。記得那隻訓練不成功的比利山羊嗎？

再就是要去釣魚啦：海魚有烏魚、花班鱒魚、哇哇魚等等，淡水魚有鱸魚之類的。釣魚的季節一過，就是九月了，海水漲潮，秧雞又在漲滿海水的沼澤裡，咯咯不停地跳躍啦。獵罷秧雞，藍魚又來了。藍魚和小鼓魚過後，已經到了打鵪鶉的季節。轉眼之間，聖誕節又匆匆來去……

有一天，我們靜坐在森林裡，等著想聽聽爺爺的老朋友——牧羊神——的風笛，……這時爺爺用菸斗指指我說：「我猜想今年夏天你要去參加夏令營，把我一個人留在家裡，跟他們那些成人在一起度夏，是不是？」

我說：「不是的。」

「為什麼不去哪！山上什麼玩意兒都有，營裡有顧問，有游泳的小湖，還有射箭，作木工、竹工、講演比賽，什麼都有，而且還可以住帳篷、划獨木舟和……」

我告訴他：「我已經住過帳篷了，我自己就有一條船，有大西洋和大河可以游泳，有您做我的顧問。我對編竹籃或射箭之類的事沒興趣，因為我有一枝鳥槍和一條小船需要修理。鴨欄也是亂糟糟地，我才沒空跟那些毛孩子們在一起玩呢。」

爺爺還故意逗我：「現在才是春天，還有整整一個夏天等著你哪！」

我說：「依我的算法，聖誕節都已經過完了。等到那個時候，又該訓練小狗，接著明年的夏天又快到啦！」

爺爺點點頭：「也許你的話不錯，在一個小男孩兒來說，時間過得就像飛似的。我想，也許這就是為什麼忽然有一天，你突然發現自己不再是小孩兒的主要原因了。說句良心話，真高興你沒去參加夏令營，要是讓我整天獨自跟些成年人在一起，那才寂寞呢。」

17 獵人和君子

當爺爺問：「你是否覺得奇怪，我為什麼要花費這麼多時間，費這麼多勁，把這些點點滴滴堆積起來的智慧告訴你？」說著，他凝神瞧著菸斗，像是以前從沒見過這麼新鮮精巧的玩意兒似的。大約後來好容易看清楚了，這還是他自己那枝厚實的，圓形彎柄兒，傷痕斑斑的舊菸斗，那股味兒聞起來就像從焚紙爐裡發出的味兒。爺爺擁有它跟擁有奶奶的時間同樣長久啦，其實應該說奶奶擁有爺爺更恰當些。

說老實話，像這種問題，這會兒我應該怎麼回答？是說：「沒有，爺爺！」還是說：「是的，爺爺！」我沒法子，只好嘴裡嘟嘟囔囔地，什麼也不說，只「欸」了一聲，把尾音稍稍提高了些。就像是闊嘴魚，游過來看看，並沒有上鈎。

爺爺告訴我：「你已經變得聰明多啦，我很喜歡剛才你回答的那聲『欸』，你採取不偏不倚的中庸之道，就像打撲克牌。你知道，打撲克牌就像釣魚，也許更像站在那偵察鹿蹤，或是守在火雞欄裡是一樣的。我沒跟你談過打撲克牌的事？」

「沒有。」

爺爺說：「哦！據我的判斷，你手裡像是藏有老K，也許我的女王Q還不夠。小傢伙，等你上了年紀，你才真的會耍心眼兒呢，是不是？」

「啊！」我不置可否地答應著，我不知道爺爺的心意之前，真不敢胡亂講話，因為以前我就上過這種當。

爺爺問：「喂，你認為一個人像我這麼一把年紀，大體上說來，還有些普通才能，竟肯花費這麼多時間，打算把這一點點知識，和作人應該有的態度，教導一個笨瓜頭？這算不算是我自己的缺點？還是什麼？我也弄不清楚。是否我想在身後留下一點值得人回憶的東西，你說給我聽聽看！」

我說：「我不知道，爺爺！」我想，剛才那種「欸欸啊啊」的回答已經說得太多了，再說就不管用啦。

爺爺說：「我很滿意你這種回答，在這個以專家為炫耀的時代，一個人肯老老實實地承認自己不知道，這樣事真是少見。這是個聰明人的時代，到處有『跌進水裡的威利』那種自作聰明的人。人們一有空暇，就算計著如何想盡辦法，來掩飾自己天生的無知，你沒見我說話的時候，其中大約有四分之一，我很注重文法，說時一定字正腔圓，其餘的才肯使用俗語的？我認為，一個人先要學好正確的語言，以後才有資格說俗語呢。你對這一點不覺得很奇怪嗎？」

我說：「是的，爺爺。我是覺得很奇怪，因為學校裡老師們從不許我們說簡略字，不許省略尾音，不許使用雙重否定語氣。所以，有時候，我發現您的話不大容易聽懂。」

爺爺又問：「你喜歡烤豬皮嗎？」

我就知道，今兒這一天的日子準不好過……爺爺問的是一種烤的小豬皮，美味鬆脆，富於營養，就像現代雞尾酒會中常吃的那一種。但是，這會兒忽然提起它來，實在有點不倫不類，怎麼也接不上嘛。

我說：「是的，爺爺，當然很喜歡，我還喜歡豬小腸、葡萄酒、火腿，還有糖果。」我氣鼓鼓地，倘若爺爺想用這種事來囉唆我，我也該回敬一兩句。

爺爺不理我，只是說：「我問烤豬皮，是因為我重讀了一次查理斯・蘭姆的著作——你們學校叫它《論烤豬》之類，真使我饞涎欲滴。你已經在學校裡讀過這篇文章了嗎？」

「是的，爺爺！」我特別強調要多喊幾聲爺爺。有時候，爺爺一直不停地對我長篇大論地說起這一類的大道理，只有喊「爺爺」才能使爺爺住嘴。有一回，爺爺跟我談起英國最偉大的詩人喬塞[1]，當時，這位喬塞一直跟我糾纏不清，真使我覺得度日如年，直到我「爺爺」了好半天，才能得到脫身。

爺爺表示：「喔！我認為，不論是誰，在他逝世一百多年以後，他的文章仍然能夠使你饞涎欲滴，那真是一位了不起的作家……咦！剛才我講到什麼地方了？啊！是的，我想問問你，等你長大以後，你想做什麼？」

剛想要說：「我也鬧不清楚。」立刻就嚥了回去，爺爺最喜歡在這種輕率的語氣上找我的碴兒。所以我說：「爺爺！也許作藝術家，也許做作家，或是作水手之類的，現在我也不知道。」

「啊！你聽聽，說得好輕鬆；竟然不知道自己要幹什麼，等到時候再說。」爺爺看樣子好像很欣賞他自己說的這句話：「到時候再說。」所以又嘀咕了一遍，高興得直舔自己的鬍子。他笑笑又說：「今兒你真是使我太高興啦。」

「是的，爺爺！」

他說：「孩子！今兒你喊爺爺喊得太多了，像你這種假裝的謙恭模樣，想唬弄誰呀？所以，我還是要告訴你，在垂暮之年，我滿可以輕鬆一點，坐在搖椅裡享享清福，不用勞心費力；我為什麼花費這麼多時間，這麼多唇舌來教育你？就是因為我所知道的一切，只有你是我能夠傳授的人。我知道，哪幾件事是我喜歡的，哪幾件事是我不喜歡的，我也知道許多好事和壞事。在我有生之年，既然沒有什麼財產，身後也只能希望留給你一點好的榜樣了。你是否還想多聽一點有關這方面的事？」

「是的，爺爺！」

他繼續說：「所謂君子，是一種誠於中而形於外的人。君子最重禮節。君子不論對誰從不盛氣凌人，說話的語氣彬彬有禮。君子不貪。君子從不吼叫別人的獵犬。君子有債必償，從不積欠無法償還的東西，倘若他非借債不可，也必向銀行貸款。君子從不以私人的麻煩去麻煩自己的朋友。」

這就像是在分析一位君子的風格如何形成的，當然沒有我開口的份兒，只是靜靜聽著。

「獵人是什麼樣兒的人呢？」爺爺這句話並不是想問我，他點頭晃腦，像是很有信心

1 喬塞（Geoffery Chaucer, 1343-1400）是一位詩人、學者，同時還是一名政治家和外交官。他是十三世紀英國文學史上的重要人物，被尊稱為「英國詩歌之父」。他的詩歌集《坎特伯雷故事集》（*Canterbury Tales*）是中世紀最重要的文學作品之一。

似的，又說：「獵人，首先應該是位君子。最主要的，獵人是因為需要才去射擊。即使那是一條魚、一隻鳥、一頭動物，或者是一種他特別需要的東西；獵人也永遠不會只為嗜殺而去殺生。而且他會保護一切的獵物，所以每次打獵時候，射殺的數量都很少。有些書本上說這是保護動物，就像我們射擊馴養的鵪鶉群，每次射擊的數量不超過十隻的原因是一樣的。」

這一點我能了解，因為我們訓練小狗，保護鵪鶉，這些鳥兒們就一直滯留不去。

他說：「我認為，壞人不能稱作獵人，而真正的獵人，沒有一位不是君子的。所以，只要你是位君子和獵人，就不可能是壞人了，你懂嗎？」

我根本聽不懂，但是我還是告訴爺爺說聽懂了，因為這樣可以免得無謂的爭論。

爺爺又說：「我不可能永遠活著，所以我希望在你身上留下一些印痕——就像捕捉海狸的老人，喜歡在樹上刻上標識，來記載自己的捕捉成績——那樣，也許將來你會記得我……這就是我為何如此像老厭物似的，跟你喋喋不休的原因。同時，直到現在你也沒有射擊過一個人，沒闖進商店去表演全武行，也沒有被學校開除過，只要你媽爸繼續鼓勵你受教育，有一天，或許你會了解：從事寫作、雕刻、繪畫，或是彈鋼琴……這類的工作，能使人永垂不朽。孩子，你知道，我是真老啦，因為我已經發現自己漸漸開始有老年人最容易犯的自言自語的毛病，所以希望你忍耐些，原諒我這種長篇大論的說教……想想看，你喜歡作什麼？」

「爺爺！如果我把最近瞞著您做的一件事告訴您，您會笑話我嗎？」

爺爺說：「我不會因為你不肯把從沒給別人知道的事告訴我，而來笑話你。我敢發誓，誰要是笑話你就是笨瓜頭，見鬼的。」

爺爺發的誓只能到此打住，因為說出來我怪難為情的。於是，我領著爺爺，走到距離家門口大約一千碼遠的那株雙人合抱不攏的野櫻桃樹下。我指指釘牢在樹身上的那條整齊齊的階梯，爺爺出神地看著，階梯的寬度足夠容納把手和踏足的地方，向上去大約有三十多英呎高，直達樹枝椏間一幢小木屋的門前。

我讀過《魯賓遜漂流記》的故事，對他們建築的那幢樹屋——鷹窠——非常著迷。所以，我也就比照他們的房屋藍圖，給自己建築了一間「鷹窠」。野櫻桃樹，有一處四面分杈的粗樹枝，利用這種天然的枝椏建造樹屋並不太費事，雖然裝置在屋前的又舊又鏽的滑車，吊起那塊厚木板的時候不怎麼滑溜；但是大體上說來，小屋造得還算差強人意。

這幢樹屋，是我自己的祕密屋，不希望和任何人分享，只有爺爺例外。這裡面的一切陳設，都是我親手製成的。起先，我在河邊挖掘到一些黏性很強的陶土，我這個雕塑師的手藝雖然很差勁，但是為爺爺塑造的半身像我認為還不錯，只是塑像已經漸漸有了裂紋，因為我不知道陶土應該上釉的事。屋裡粗糙的板壁上，還畫了些很不高明的蠟筆畫，這都是我想像中的鳥、狗、鹿等的模樣。地皮上鋪了一條生毛皮的地毯，是利用曬乾的兔皮和松鼠皮拼湊起來的。我把生皮縛在堅韌的樹枝上作牀，牀上還鋪了一層厚實的松針牀墊。又從附近的垃圾場撿來一堆廢洋鐵罐頭，敲敲打打，做成一個火爐。我猜想，大約誰也不能從上面煮出可口的食物來。

這裡面還有我親手做的帶有鐵針的長矛，一把山胡桃木弓，一箭袋的箭。一張書架，架上的書籍有《羅賓漢》，《兩個小野人》[2]和一部泰山全集，野牛比爾的故事，《金銀島》甚至包括沃爾特．司各特[3]的作品。另外有一堆撿來的箭頭、碎鐵片、貝殼等等。這些都是在別人不注意的時候，我悄悄地收藏起來的零星玩意兒。因為成人們總認為做這種事是孩子氣，破破爛爛的，有什麼好嘛。當我把這一切東西指給爺爺看的時候，心裡還有點忐忑不安，好害怕，萬一爺爺也笑話我怎麼辦？事實上，我真是白擔了這份兒心！

爺爺吱吱嘎嘎地爬上樹來，坐在「鷹窠」裡那張我用木板釘成的可以折疊的小椅子上，他喘噓噓地把菸草塞進菸斗，又仔細打量四周，問這問那的，把每樣東西都問遍了。他問：這些東西是怎麼弄來的？為什麼要弄這些東西？還特別問我是不是閱讀過有關雕塑的書籍？因為他已經認出那座手法粗拙，神情嚇人的半身像就是他自己啦。

他神情莊嚴地東看西看，從書架上抽出幾本書來翻了翻，用手摸摸曬得並不太理想的生毛皮地毯，又試試牀鋪的彈力，看看火爐，很賞識地試著拉開弓箭和長矛，還注意了弓弦上並不是真的弦線，是利用生皮切成細絲做成的。然後，他瞧著我，像是等著看我有什麼話想說。

我吞吞吐吐地說：「這……似乎……很可笑……吧？」但是，爺爺回答的話，卻使我終生難忘。

爺爺說：「我真希望自己也有一幢這樣的房屋，這裡面具備了一切能使一個君子或獵人感覺快樂的東西。同時，關於我起先問你的話，為什麼我要在你身上花費這麼多的時間和精力的問題，現在也有了答案。從這幢小屋內，我已大致可以了解到你的才能啦。」

從這以後，我聽好多人跟我說過好多關心的話，但沒有一個人能趕得上爺爺在爬下樹來以前，跟我說的這幾句話這樣印象深刻了。

2《兩個小野人》（*Two Little Savages*），動物小說之父湯普森．塞頓的作品。

3 沃爾特．司各特（Sir Walter Scott, 1771-1832），英國詩人及歷史小說家，所創作的長詩充滿了浪漫的冒險故事，深受當時人們歡迎。《撒克遜劫後英雄傳》就是他著名的歷史小說作品。

在每個孩子的生活中，總有一段時間，那些圍繞在他身邊的成人，對他的影響是非常重要的。人們經常對小孩們不大講究禮貌，唯一的原因，就因為他只是個「小孩子」。我記憶裡的成人們，對我並不是這樣。

那時候，我總覺得爺爺好像比我老了幾百歲，所以我們之間沒有任何衝突，也許是因為早在我出生以前，他的年紀已經足夠能適應一切了。我很心甘情願地跟他相守在一起。你愛他，他也愛你……那樣，爺爺很有一段輝煌的過去；只是後來老了，他把這一切也都隱藏起來了。

自從我有記憶的日子起，我一直都是很幸運的，我曾生活在最能了解一個小男孩的一切需要的一群成人之中。他們就沒有一個人曾使我自覺是那樣的幼小無知，也沒有人曾把我當作不懂事的小毛孩兒看待。他們這份可貴的友誼，給予我足夠的溫暖和愛，使我自幼就對這個世界充滿了信心和希望。

爺爺以他廣博的知識和深遠的智慧來判斷，他認為我跟一群不同性格、不同作風的人在一起，他從不擔心將來我的品格將因此受到不良的影響。爺爺有一次說過：「男孩兒早晚有一天要長成大男人的，即使能延長他的生長過程，你也無法永遠保護他，使他遠離成人的現實生活世界。要使男孩兒變成男子漢，最方便有效的辦法，是讓他跟成人——好的、壞的、醉酒的，清醒的、懶惰的、勤快的、成功的、失敗的——生活在一起。」——

爺爺又說：「當他見識過這一切的所作所為以後，才能夠清楚地決定自己的前途。事實上，對於善惡的取捨，最後的決定，完全在於小男孩自己，以及他自幼所受的家庭教育。在這個世界上，有多少男孩子永遠沒有長成男子漢，也有許多男人永遠是長不大的孩子……」

我發現，對於長成為男子漢這項任務，我做得也許並不太出色，也可能是當我幼小的時候，從那許多成人獲得的無盡的愛護中，阻礙了我對它的表現。試想，當一個小男孩被成人當作成人看待，這對他的意義何等重大？當一個小男孩受到那一群舉止笨拙、天性高貴的大個兒，小心翼翼，溫溫存存地照顧，像愛護一株小小的嫩芽那樣，唯恐不周……這該是一種何等溫馨的滋味？

只是，直到今天，我從未做過違法的事，付清稅款，肯努力向上，對是非善惡，內心有極清晰的標準，自知生存的價值何在。這一切使我生活順利的原則，完全反映出他們對我童年教育的出色貢獻，當然其中最叫我感恩的，是爺爺！感謝他用自己的教育方法，為一個渾渾噩噩的毛孩子啟蒙，使孩子對未來的世界，充滿信心和希望！

＊

從很小的時候，我就跟海岸巡邏隊發生了難分難捨的感情。因為在家鄉，海岸巡邏隊既是實業，也是極需要的。小鎮上的開普菲爾河直伸入海，附近的寶海島[4]和凱士威灘分別設有海岸巡邏站。同時，煎鍋灘那一帶水勢十分險惡，寶海島上不僅有一座燈塔，近海還停泊著一條航路標誌燈船。

在本質上，海岸巡邏隊員也許就跟別人有些不同，他們自成一家，是一種特別的種族。多半來自哈特勒斯附近的歐寇克島，人數相當多，所以我們都管他們叫「地面傳信鴿」。除去很少幾個人以外，他們都是姓梅逸堤。

這些人終日生活在荒涼寂寞的環境中，跟寒冷潮濕為伍，個個兒都是慣與人們所謂的「殘酷的海洋」搏鬥的老手。他們居住在風暴強勁的島上，以騾馬代步，來回在靜寂的海灘上巡邏，整日守望海面，尋找是否有遇難船隻的求救信號。記得我一位朋友的父親，在島上作例行的海岸巡邏工作時，遭雷電擊斃，人當場就死亡了，騾子竟安然無恙，由此可見騾子的特性。

每逢近海遭受風暴襲擊的時候，無論誰在海上遭遇危險，或是船隻擱淺以及有擱淺的可能時候，倘若因為距離太遠，燈塔無法照射引導，停泊在煎鍋灘附近的燈船便立刻飛駛前往，海岸巡邏隊員們馬上開始拯救的工作。他們駕駛那種雙層的救生船——一種能在風浪中平安航行，並且在任何情況下都不會傾覆的小艇——直接從海灘划進黑浪滾滾的海中。在寒冷潮濕，波濤洶湧的海上，竭盡可能地想出一切辦法，來搭救那些遇難的人。

在我的心目中，他們比我後來所遇見的任何英雄人物更英勇、更偉大。他們從事這項危險工作的時候，別人也許早就躺在溫暖舒適的牀上，或是優閒地烤火取暖呢。

他們不計名利，每月就只那一點微薄的薪水，島嶼又那麼荒涼，可以說完全沒有娛樂的去處，只有奮不顧身地跟危險搏鬥。經常因為救助別人，自己卻葬身在寒冷的大西洋裡。

寶海島海岸巡邏隊的隊長是我朋友的父親。凱士威灘的韋利斯隊長也是我的大朋友。他可以稱得上典型的地面傳信鴿，肌肉發達，滿面皺紋，飽經風霜。同時，他還兼任緝捕私酒船的工作，經常駛著快艇在海上巡邏。有人說韋利斯閒話，說他非等他的朋友們把私

---

4 寶海島（Bald Head Island），按字面的意思為禿頭島，原譯者為文字的優雅採音譯的方式，譯為寶海島，為保留譯者原意，故不做修改。

酒出清以後，他才虛張聲勢地攔截上船查看。這一點爺爺從來不信，所以我也不相信。在他追緝私酒船的時候，有時也帶著我；在他忙著追查的途中，我卻學習到了許多有關釣魚的常識。

這兩位隊長都允許我和堂弟勞義到他們隊上去度週末。我們就留在隨時待命出發的，海岸巡邏站前的，那一大片光禿禿的無垠沙灘上。有時爬上瞭望台遠眺，夜晚和隊員們一起外出巡邏，有時也跟他們乘坐隨波起伏的救生艇，作各項演習。

爺爺鼓勵我去嘗試這一類的冒險，因為他自己就曾是海員，擔任過船長，並且是領有執照的正式領港人兼漁夫。在休閒的季節，他駕駛那艘咯吱作響的「凡妮莎號」去海中作業，捕捉各種各樣魚肉肥美的鯡魚。

爺爺經常訓練我，要熟諳水性，研究如何溺死的因素。他說，海員中真正的壞人很少，我可以跟這些以海為生的人學許多良好的品格；也要牢記：憤怒的大海是人類的敵人。

有一回，我到凱士威灘去玩兒，韋利斯隊長正要駕駛緝私船準備外出，他聽說這一帶私酒船很多，問我是否願意幫忙他一道去追捕。這在我看來，這份邀請太難得了，因為乘著政府的緝私快艇出海，這工作是很緊張刺激的。船裡有機關槍，還有珍藏在羊皮槍套裡的來福槍。為防止生鏽，槍身擦得又油又亮。同時，私酒船上也有武器裝備。每逢碰到這種「法律和人類嗜飲的天性」兩者之間發生衝突的時候，人們就會拔槍互相射擊。那時候，我好希望他們真的有一場小規模槍戰，也許我還能幫幫忙，好露一手我的射擊本領。

煎鍋灘外，被我們追緝到的只是一條顏色灰暗，十分破舊的小私酒船，最使我失望的，是當時並沒發生槍擊。韋利斯隊長發出信號，命令它停航的時候，小船立刻停住。船裡有幾箱來自巴哈馬的私酒，和三名全身骯髒，滿面鬍子，面色驚惶的水手。韋利斯隊長命令其中一名水手，將私酒船駛往海關，聽候聯邦政府法辦。

為了遵守法律和命令，我們在水上四處巡邏的時候，並沒有發生槍擊的事情。

當時，緝私船正位於煎鍋灘外，水勢十分險惡的地方。任何一名駕船好手都知道，在這兒，船行的航路移動不到半度，左邊淺得可以捧起一把沙子，右船舷外深得可以淹死人。但是，這兒藏魚量很豐富。

韋利斯隊長說，他已經很久沒有好好地釣一次肥大的鯖魚了，他問船上有誰帶著轉輪線的釣竿？有位隊員說，船上有好幾枝這樣的釣竿呢。那時候，海岸巡邏隊的裝備，比男童子軍團要完善得太多啦！

韋利斯吩咐舵手，他立刻奉命行事，把緝私船駛靠灘邊，近得只要輕輕一陣微風，就會使船觸礁，撞個粉碎；但是，這次釣魚的經過，卻非常精采！

漁具很簡單，只是一些手拉的釣線，幾枝裝著原始轉線軸的釣竿，樣子比諾亞方舟時代還要古老些。魚鈎的末端，穿上羽毛管上的鵝毛，或是一小條帆布，以及任何能飄浮水上，能造成漣漪的東西做成的魚餌。魚竿一放下去，只要伸手向船舷外邊一摸，魚鈎上準會掛著一條魚。

回憶當時情景，歷歷如畫：白色晶瑩的灘水，在陽光下蕩漾，我夾在一大群成人中——就像夾在勇士群中的小毛孩兒，微風輕拂，陽光下的海水深藍，雲影下的水色如翠，跟白色的灘水相匯合，嘩嘩的激流中，正是魚群聚居的地方。

魚兒雖然並不大，但是數量很多。有一大群肥嫩、油潤、牙牀突出的鯖魚，每條重約三磅，在冰冷的海水中跳躍掙扎。有一大隊西班牙鯖、少許鰹魚、一兩條馬鯖魚。這些魚大約是餓壞了，忙不迭地吞食鈎上的魚餌。釣這種魚，並不需要本領，只要扔出釣魚線，剛一放到底，魚兒就已經上鈎了。只是每次從魚鈎上把魚抓下來，等到最後，手指皮卻被擦破了，痛得人眼淚都快掉下來。

真正能顯出本領來的工作，還是舵手。他在險灘上操縱快艇的手法，輕鬆得就像用一根四盎司重的輕巧釣魚竿和鬆鬆的釣魚線，逗弄一條大紅鮭魚似的。當他減慢引擎，跟淺灘搏鬥的時候，全憑累積的經驗和海上的知識。這位舵手的精采表演，我相信比鬥牛士還要驚險些。

一兩個鐘頭以後，緝私船上已經裝滿了魚——棕、灰、綠色斑點的鯖魚。全身光滑肥美像潛水艇似的鋼青色長條藍魚。鼻尖外露的鰹魚——這時，我們才開始回航，船在險灘上航行的時候，輕快得就像匹快樂的小馬，馬鬃隨風飄揚。

待在成人群中，對小男孩兒來說，可是件了不得的大事。我在緝私船上，被太陽曬得紅紅地，汗流浹背，偶爾一陣風來，灼熱的身體，吹得稍微涼快了些，我一個勁睜大眼睛，滿懷義憤地想：哪個私酒販子竟敢打算矇混「我」的海岸巡邏隊……當時，我真像是個少年王子，被這群忠心耿耿的朝臣圍繞著。

歸航的時候，船尖把海水劃開一道清晰的長線，陽光輕吻著金光閃爍的水波，我自傲地想：是「我」的舵手朋友駕船在險灘中航行。「我」的船長朋友使大西洋沿岸私酒絕跡，順便還可以捕捉一大些鮮魚。我們這一夥忠心耿耿地，不費一槍一彈，默默地保衛美國，並且勝利歸來。

滿懷勝利的心情回家，是一件美妙動人的事。我笑嘻嘻地瞧著堤邊上的塘鵝，在捕捉紅鯡。看海豚優遊自在地潛水浮沈。緝私船也神氣十足，一路跳跳躍躍地帶著一份正義得勝的喜悅歸來。我甚至連暈船的感覺都沒有，因為我自覺是跟著成人外出的成人了，正在做著成人的工作，怎麼可以像孩子似的暈船呢？

當然，這種事很容易受到批評。按理說，在一條執行任務的緝私船上，不該帶著小孩兒來；同時，也不該利用政府的緝私船在半途停下來釣魚……當然，這是成人的看法，我以孩子的觀點，來衡量成人的工作，認為成人們也該有一點遊玩的時間。最重要的是，這些成人曾使一個小男孩兒「自覺是男子漢」的那種極珍貴的感覺。他們曾使我不再覺得自己只是個不懂事的孩子，也不希望我的行動像個不懂事的毛孩子。

近年來，我常讀到有關少年罪犯的事以及形成的原因。猜想有人也許認為像我那樣幼小的孩子，不該參與緝私船和釣魚之類的事，更不該在碼頭上跟那些會罵人的人混在一起。

其實也未必盡然。長大後，我的性格也許並不是十全十美；但是我能了解：追緝私船，在水流湍急的煎鍋灘上釣藍魚，這種本領，不是從漫畫書中或電視上能學得到的。除非親自經歷過站在快艇中，在黑夜裡，遠離寶海島寒冷荒涼的海岸，穿過波濤如山的海面，聽海鷗悲鳴，想著近海處一條即將沈沒的船隻……否則誰也無從了解這份兒滋味。爺爺常說，使自己變成男子漢的方法很多，但是，沒有一樣是輕輕易易，垂手可得的。

＊

整整一夏天，爺爺的心情都不大好。因為近海，整天水花飛濺，喧喧嚷嚷地，擠滿了遊客，所以藍魚也離開海邊，躲得遠遠地。倘若想趁著夜晚漲潮，在港灣裡撒網捕魚的時候，還得小心翼翼地從擁擠的人群中找出一條路來。

爺爺說：「每年最好的假日是勞動節。因為過了這一天，城裡人全都回去，把海灘留給我們這些專業人員了。」爺爺笑得好高興，「專業人員都是大傻瓜，他們說釣魚就真正是釣魚，不會藉釣魚之名開酒會，或是假借釣魚的理由打撲克牌。其實只要時間分配合宜，我也並不低估這兩種娛樂的價值。」

爺爺的許多想法都深印在我心裡，所以我也迫不及待地盼望九月的第一個星期二快些來臨，因為等到這天中午，海灘上的避暑遊客才會散盡，他們揹起行囊，等到明年的夏天再來海邊。只有這個時候，居住海灘附近的客人才再度出現。

海灘上所有的陌生人全部散淨的時候，那兒清靜得出奇。全部供膳宿的公寓、別墅、旅舍都已門窗緊閉，以防禦初起的北風。熱狗攤也收了，舞廳已經歇業，手推車的小販也開始出售冬季的物品，只有希臘人開的雜貨店每天營業幾小時，因為這位希臘老闆經常要去深海裡釣藍魚、海鱘和鱸魚，忙得沒有空整天照顧店裡的生意。

天氣似乎也知道遊客已經散淨，在他們留在這兒的時候，週末的天氣一直十分晴朗，但是到了星期三，通常就會一連颳上三天北風。夏末時候，這陣北風來勢兇猛，海上的景色，十分緊張動人，大西洋上，風雨怒號，天空一片灰色，波浪洶湧，滔天的浪花沖擊海灘……白鐵火爐立刻派上了用場，壁爐中燃燒的木材，發出藍綠色的火焰。身上穿著薄毛衣和法蘭絨的長褲，覺得很舒服。那幢夏季避暑的灰石海濱小屋，也涼颼颼地，不再像夏天那麼迷人了。

一連三天，風狂雨急，波浪如山，這以後，一年中最好的季節才隨著開始。太陽再度出現時候，金光燦爛，顯得好溫暖，天空一片深藍，水面上微風吹起陣陣漣漪，在海水裡釣魚時候，兩隻光腳丫還不致太冷。但是，萬一跌倒在水中，全身被浸透了，一陣風吹來，就免不了要起一陣陣雞皮疙瘩。

等狂風暴雨停止後，還得等一天，讓海水中翻騰的泥漿慢慢澄清以後，魚群才會游進沼澤，尋找食物。但是大魚要到十月末才會出現，而三磅重的藍魚、十五磅重的小鼓魚、大群的海鱘，維吉尼亞鯡鯢鰹，這時候已經從上下游進入港裡。對一個小小漁人來說，真是夠多的啦。我獨個兒涉水撒網，再向後倒退收回釣絲。有時，魚竿一揚，魚兒就躍出水面，跌落在銀色的沙灘上。

這是我九月之歌中的部份風光，另一部份是在海峽裡。那兒北風吹起滾滾海浪，淹沒沼澤裡的水草，月汐更使水位增高，水上只露出點點葉尖。這時候，爺爺會咧著嘴，笑嘻嘻地從槍匣中拿出鳥槍，叫我從地下室把船篙和船槳拿出來。

爺爺說：「是獵秧雞的季節啦！」我們把倒放在海濱的舊平底船拖下水，發動單引擎，穿過海峽，到了沼澤，就關上引擎，撐起船篙。如果水位太高了，就用槳划行。

現在可射擊的秧雞——俗稱沼澤雞——已經很少了，真不知減少了多少樂趣。小船輕輕滑過水上的葉尖，大秧雞咯咯起飛，低飛掠過水面，實際飛行的速度並不太快。在這種情況下，打獵時要從秧雞背後射擊。

爺爺說：「在船上打獵，每次只能由一個人射擊。要不，萬一有一天你跟一個該死的笨瓜頭一道划船外出，他一興奮，從你背後開一槍，打斷你的脖子，可不是鬧著玩兒的。附近的沼澤雞多著呢，而且一個人只能吃那麼多。」

所以爺爺划船時候，我就坐在船頭，對準從船底下飛起的秧雞，砰的一響，牠就跟著漂在水面上。等船裡有了半打秧雞，我就換到船尾去划船。這時候，爺爺精神抖擻地輕輕爬向船頭，舉起鳥槍。

跟隨著飛起的秧雞來撐船，真是件苦事。小船經常會陷進泥淋，蚊蟲雲集，攀附在葉尖上的各種害蟲，陽光灼熱，像這樣划過幾小時船以後，背上像是被咬傷似的疼痛，雙手磨得起泡，臉被曬得紅紅地。但是，看著船裡裝滿睜大眼睛，長長的雙腿，沾著泥土的彎曲尖喙的黃褐色秧雞，就覺得這些痛苦還是很值得的。

再沒比沼澤更有趣的地方了，裡面充滿活躍的生命，生機盎然。遠處寬闊的水面，水貂游過後，身後蕩漾起一條細長的漣漪。蒼鷺狠狠地死盯著人，直到牠笨拙地鼓翼斜飛離去。鷺鷥在遠處高聲哀啼。只有白鷺最安詳，牠優閒地站著，知道人們不會向牠開槍射擊。

喜愛沼澤的紅翼山鳥，像食米鳥那樣，輕巧地站在搖曳的葉尖上，歌聲愉悅歡暢。沼澤上空，有成群憤怒聒噪的烏鴉。

靠近沼澤邊緣的陸地上，有一株被閃電劈裂的大樹，那上面棲息著一隻我馴養的老鷹。每年牠要表演好幾次最值得欣賞的飛行特技。沼澤裡有兩隻魚鷹——鶚——經常在這一帶出沒，欣賞牠們抓魚的技巧，真是一件賞心樂事。

雄鶚像子彈似的直衝水面，雙爪在水上拍擊，雙翼急速拍動，尖喙啣著藍魚的脊鰭，巡往上飛。這時，兇猛的老鷹就從樹頂往下俯衝，等著魚鷹釣到藍魚，離開水面，準備飛回巢中的時候，牠豎起雙翅，尖叫著向魚鷹攻擊。

魚鷹雖然掙扎飛逃，但是敵不過老鷹的猛烈攻勢，最後不得不頹然放下藍魚。這時，老鷹立刻表演飛行絕技，牠呼嘯著飛掠過魚鷹身旁，伸出尖銳的雙爪，就在藍魚就要掉進水裡的剎那，把魚抓住，優閒地飛回被閃電擊毀的大樹上，慢慢享受鮮魚的美味。魚鷹等老鷹飛走後，再度下水抓魚，這一回牠才可以平安地享受自己抓住的魚。

沼澤裡獾子洞很多，偶爾還能看見一隻老獾子睡在潮濕的泥岸上曬太陽。經常可以看見一兩隻浣熊。靠近岸邊的圓坵上，幾隻黑色的沼澤兔。每次去沼澤裡，總要帶兩三枝輕巧的釣竿和漁網，等水位漸退，小船無法通過草葉糾纏的沼澤時，我們就來捉蝦，或去熟悉的魚洞垂釣，這種深洞中經常有大群的哇哇魚、烏魚、大沙鱸，偶爾也有幾條柔魚。

淺水處，有時可以找到大群的鯡鯢鰹，爺爺就撒下漁網，大的留著自己吃，小的留作魚餌。沼澤附近的沙灘上，總有些蚌蛤——那些藏在泥漿裡的紫色大蚌蛤，沖洗後閃閃發光，生吃的滋味份外鮮美。吃時先用剖魚刀敲碎韌帶，外殼一張開，就可以蘸著作料生吃。小船上經常帶著蠔鉗，不斷地有可以烤來吃的大個兒鮮蠔，這樣吃法是我們最喜歡的。

回家途中，經過海峽木橋下，就把小船繫在陰沈沈的橋樁上，我們貪婪地在那兒東尋西找，有黑黃色斑點的大石蟹、大個兒羊首魚，常常滿載而歸。

上岸後，先把小船拖上海濱放好，來回要跑上好幾趟，才把船裡的東西拿完，洗淨了魚和秧雞，把魚放在海水裡浸著。這時，天已擦黑，再拿出釣魚竿，直釣到月亮上升，魚兒退去，大約八點左右爺爺跟我這一天的工作才算完畢。

我們拿一根長竿穿起魚來，把剛在岸邊火堆上烤熟的鮮蠔帶回屋裡。然後脫去濕淋淋的長褲，在火爐邊放上咖啡壺，吃烤得嫩嫩的秧雞和鮮蠔，或是吃些烤魚，有時就做一大盤涼拌蟹肉沙拉。

很多年以後，聽見華特．休士頓[5]唱的《九月之歌》，他對我最喜愛的九月份十分讚賞，只是他描寫的偏重在愛情方面。我認為，愛情只能表示九月真正涵義的五分之一。我的「九月之歌」，最主要的是遊客們都已散盡，而將綿延無盡的海灘單單留給爺爺、老鷹和我！

---

5 華特．休士頓（Walter Huston, 1884-1950），美國影星，奧斯卡最佳男演員，一九三八年，在《紐約人的節日》（Knickerboker Holiday）中演唱的《九月之歌》（September Song），曾風行一時。

18 美好的十一月

許多人認為，十一月是容易使人悲傷的月份。黃昏時候，灰濛濛的天空，襯著一片光禿禿的樹木，經霜後的綠草，全已枯黃，清晨的冬寒，凍得人耳朵發紅，傍晚又冷得直流清鼻水。而且這一年僅剩下一個月的時間了，有些人對這一點覺得好悲傷。

但是在我來說，十一月是盼了一整年以後才等到的好時光，感恩節前後，獵鳥的季節就該開始了。我們所謂的「鳥類」，並不是指金絲雀、鸚鵡、藍色鳥等，而專門指的是鵪鶉。爺爺經常跟我談起牠，而且喜歡加點哲學在裡面。就像大多數愛抽菸斗的人，嘴裡一直啣著菸斗，好像那樣才能增加莊嚴的氣派似的。

有一回，我們談起季節的事。爺爺說，如果一定要他選擇，除去五月份以外，他可不要春天和夏天，一過完正月，馬上就到了十月，其餘的月份都不需要。他認為十一月最好，天氣不冷不熱。事實上，除去曬太陽和講戀愛，在十一月裡無論做什麼都比其他的月份好。

爺爺說：「只要十一月有好月亮，談起戀愛也不比其他的月份差。我最喜歡十一月的主要原因，是因為它能提醒我，一年又將過去啦。」

說著，他又忙著點上菸斗，再繼續說：「比如說我吧，你可以把我做為借鏡。我雖然老得不能談戀愛，但是還沒有老得應該死亡呢。雖然已經跑不動路，但是還能走得過你。因為我知道如何調整自己的步伐，知道什麼時候應該工作，什麼時候應該休息，知道該吃什麼，也知道什麼食物有害腸胃。懂得打算把全世界的酒都喝光，是不可能的事，因為酒商們一直不停地釀造。知道自己永遠不可能富有，但是也並非一貧如洗，同時，凡能用錢買得到的東西，我也並不怎麼缺少。

「人到四十歲才真正開始學習。五十歲時候，該學的都已經學會。此後，他該安享所學習到的一切，也許還可以將少許心得教導別人。這時，經歷半生憂患，胃口漸弱，但是在死去以前，還有足夠的時間用來自娛，這是我為何喜愛十一月的原因。十一月正如一個過了五十歲的人，知道自己還可活到七、八十歲——這對任何人來說，都算得上高壽了——也就是說，他將順利度過一生中的十一月和十二月，而且比一般人更懂得如何展望新年。你懂得我說這些話的意義嗎？」

我說：「是的，爺爺。」因為我不想讓他從頭到尾再解釋一遍。因為我在惦記那隻新生不久的短毛小獵犬，牠將第一次有機會參加獵犬的工作。惦記最近這幾場大雨過後，是否把第二窠新生的鵪鶉全都淹沒了。同時也擔心自己的射擊視力，上一季射獵期中最後兩週，好像退步得很驚人。

爺爺半閉著眼睛，問：「你對於十一月的想法怎麼樣？」

我想告訴他，我最關心的是即將開始的獵鵪鶉季節和感恩節，樹上的柿子已經熟透了。天氣一轉好，該是鄉下殺豬的時候了。田裡的南瓜，該已經黃熟。黃昏時候，美麗的紅色落日，和好多好多別的東西，可惜我說話的口才不太靈巧，無法把它們完全說清楚。所以我就說：「那是獵鵪鶉的季節！」

爺爺看看我，嘆息說：「我就知道，跟你是再也問不出什麼道理來的。獵鳥季節既然已經開始，我們還是去看看獵槍，再商量一下明天到什麼地方去打獵。」

獵鵪鶉季節開始前的這一天一夜，時光過起來好長啊，就連聖誕節前一個星期也沒這麼難捱。擔心的事物好多，真叫人睡都睡不著。比如像會不會下雨啦，狗病啦，鵪鶉是否挪了地方了等等。等到第二天一早，陽光明朗，微風輕拂，這會兒還不能動身，又得盼到下午，這段時間就像有十年那樣長。我總想央求爺爺，早晨就開始出發，但是爺爺堅決反對。

他說：「早晨去打鵪鶉，簡直毫無道理，牠們要到九、十點鐘才出來覓食，如果天氣冷，還會晚一點。如果天氣太熱或下雨，牠們根本就不出來了。出來以後，鵪鶉也不會離開棲息的地方太遠，還沒等你把狗弄安靜呢，牠們又往回飛了。這時，不消兩個鐘頭——下午三點到五點——就把牠們一下都打光了，那樣多沒有意思！全天打獵，只會使人和狗厭倦。就算運氣好，一早就能找到鵪鶉，不多會兒就打夠了數，那樣下午就沒事幹了。不行，我可不這麼早就走。獵鹿、野鴨和火雞才是早晨的事，別忘了北美鵪鶉是愛睡覺的鳥兒。」

所以，一上午就心神不寧地胡混了過去。中午吃過簡便的午餐，兩點鐘才出發到預定打獵的地方去，獵犬興奮得直打哆嗦，嘴角掛著口涎，來回走動，我真希望自己也能像牠們那樣可以自由表達自己的感受就好了。我們可去打獵的地方很多，但是季節剛剛開始的時候，通常都是去春山，那兒是能給我們帶來好運氣的地方。只要放出獵犬，搜遍草叢，很容易就能找到三四群鵪鶉。

每年到這個季節，獵犬沿著枯黃的豌豆田，在五倍子叢四周尋找，在曬乾的黃色玉米田裡和草堆之間來回逡巡，牠們頭昂得高高地，搖晃著尾巴，像賽馬似的奔跑……這時心裡的感覺，很難描述。

這是當你等待了一年以後，獵犬找到的第一處現場，進攻的剎那，當時的騷動，立刻傳遞給其他的獵犬們，全體人手都齊集在這一場行動中——獵犬們追蹤、搜索、昂頭、聞嗅，動作漸漸減慢，匍匐爬行，尾巴急急搖晃，腹部緊貼地面……看樣子就要找到獵物啦。

這時候，獵犬突然站住，稍作遲疑，又改變方向。不多一會兒，牠歪著頭，很自信地表示：「主人！這兒有鵪鶉，就在我鼻尖底下，現在全看你的啦！」

守候在田邊的後衛獵犬，尤其是剛參加工作的小狗們，恨不得馬上走過去。這時爺爺厲聲喊：「站住！」牠們立刻站住了。我走到獵犬前面，在牠的鼻尖下踢了踢，什麼也沒有。

這時候，真急得我血往上衝，血管都快氣炸了，心房像是打樁似的，砰砰直跳，嗓子裡像是堵塞有足球那麼大一塊東西，嘴唇直發乾，滿身燥熱得像是有華氏一一〇度。

獵犬不信似的轉過頭，再向前爬行了六碼，就又站住了，我趕緊從牠身後趕上去。牠一跳，眼前就像爆開了花。

爆開的是那點點的棕色身影，好像有百萬隻小小鵪鶉，四散紛飛，呼呼作響，我的四周都是鳥兒。我瞄準其中一隻，砰的一聲，沒打中，再連射幾槍，都是彈無虛發。

我笑嘻嘻地釘著爺爺看，就等他問：「幾隻啦？」我才好得意地告訴他：「三隻！」這總比「一隻」或是「沒有」帶勁多啦！

等到這陣興奮過去後，我已是汗流浹背，跑到附近的河邊去，把臉泡在水裡，好好浸一浸，或者捧著水壺，好好兒地喝個痛快。狗已經把獵物啣來，我把這一年獵獲的第一隻鷸鶉捧在手裡，仔細端詳這隻棕色帶有斑點的靈巧小東西，如果是雄鳥，下頷有條白線。雌鳥頸間有條黃色項鍊，重量雖然還不到半磅，但是已經把一位老人、一個小男孩子和兩隻獵犬忙得神經好緊張啦。

在秋天的森林裡，這還是第一次嗅到美妙的彈藥氣味，林中除去常綠樹以外，樹葉全都變成紅色、棕色和金黃色。金雀花已經凋謝，草叢一片枯黃，金雀花漿果和榛栗已經可以採食了。玉米田四周，那一株株孤零零的柿子樹，樹葉已經落盡，樹枝上卻掛滿一粒粒金黃起皺帶有棕色斑點的，軟軟的柿子，澀得人舌尖發麻，是鶗最心愛的珍品。

獵犬們領先向前跑。爺爺說：「唔！剛開始的成績並不算太壞。你們有誰知道，零散的鷸鶉飛到什麼地方去啦？」

我說：「剛才大約有六、七隻經過這裡，飛到金雀花叢那一頭的橡樹林去了。」

爺爺建議說：「我們去好好找找看，看樣子，獵犬認為你猜的還不錯。老弗蘭克這麼久沒有動靜，不是碰到了朋友，就是跑到樹林裡去了。」

金雀花叢的四周，疏疏落落地，有些矮橡樹，正好做了沼澤前的一道天然屏障。老弗蘭克一動也不動，像是盯住了什麼。另一邊，山迪也坐著不動，就像一座檸檬色的雕像，牠大概也找到些鳥兒了。

爺爺說：「我們兩個一齊過去，你解決這幾隻，我去解決那幾隻。」

獵犬面前就有兩隻鶴鶉，我連一隻也沒打中。只聽見爺爺的槍聲一響，其餘的鶴鶉就在我面前飛散開來，我又舉起鳥槍，砰砰兩聲，雙管子彈都落了空。等我再裝上子彈，剛好有隻鶴鶉，鬼鬼祟祟從我背後飛起來，我轉身就給牠一槍，牠立刻倒栽在地上。

爺爺說：「我們又打到三隻，很夠啦，去找找另一群看。記得那邊高崗上，經常有一大群，去年運氣就不好，沒有找到，這群鶴鶉應該很多了，就算野貓和狐狸偷吃掉一些，但是從剩下來的鳥群中打幾隻湊夠數，應該毫無問題的。」

爺爺點著菸斗，我從口袋裡掏出一個蘋果來啃著。說來也真怪，每次非得等到十一月，我在森林裡打過這一年的第一群鶴鶉以後，蘋果吃在嘴裡，才覺出它的美味來。

我們跟隨獵犬爬上小山，到達山頂時候，只見白狗一動也不動地站著，黑狗殿後，小狗呆呆地坐在一邊，大約牠們都在想，下一步該做些什麼。

這一切並不是每天或每年都能夠碰得到的。我認為，每年只要有這麼一次，跟在獵犬身後，在山光水色如詩如畫的郊野，來回奔跑打獵，此生也就不算虛度了。

19 男孩兒和男子漢

我真不明白，人們為什麼不把日曆上的二月去掉？竟由者它胡鬧，還要在二月末加上一天，說是什麼閏年？每年，二月份的氣候最壞，它夾在冬季和春季中間，這兩季的缺點它都有，天氣冷還不說，又要常下雨，還飄點雪花，常常颳大風，天氣簡直壞透了。

二月最討厭的是正月已經過去，三月即將來臨。全年之中，就數三月最沒意思，狩獵季節已了，釣魚的時候還沒到，只有患傷風、感冒，希望風快點兒停止以外，就無事可做了。

學校放假還得等候好長一段日子呢。爺爺說：「這並沒有什麼好奇怪的，聽人說，連凱撒大帝對三月十五日都要特別小心些……」

我可沒有敢問爺爺這個十五日到底有什麼不對，因為真怕他要告訴我，那又該是長篇大論，說個沒有完了。

好在現在三月份還沒到，先把它放在一邊，還是談二月的事吧。爺爺認為在二月裡打鵪鶉比哪一個月份都理想，起先我一直不信，但是爺爺很堅持他的看法。

記得有一天，天下著濛濛細雨，冰冷的雨絲，淅淅瀝瀝地，一直不停。天兒好冷，凍得人真像是被火灼傷似的那麼痛，耳朵就像冰塊兒，鼻涕老是流個不停。天空灰沈沈地，窗前和屋簷上都掛著溜長的冰柱兒。爺爺坐在壁爐前，爐火呼呼作響，火燒得好旺。他用腳輕輕踢動那根快燒透了的木頭，一堆火焰閃爍著熾烈的碎木炭，立刻紛紛落進爐底去了。爺爺優閒地瞧著我，瞧得我好不自在呢。

他說：「如何區別男孩兒或是男子漢，只有一種方法。就是當別人只是坐在一邊，嘀嘀咕咕地爭論，說這件事辦不成的時候，你就留心細看，有誰一聲也不響，只顧埋頭工作……就可以明白了。」

爺爺一面說，一面不時轉過臉來看著我：「大多數的人，一等到電線插頭磨得不能再用啦，不時髦啦，不舒服啦……這種時候，就立刻歇手藉故不做了。可是對於少數那幾個有才幹的出色人才來說，正是大好機會，他們等到這些不能成大器的小人物躲過一邊時候，有抱負的人剛好藉此大顯身手。」

我可沒答腔，因為我已經對這位精明的老人家了解得相當清楚啦，他就像樹狸一樣，花樣多著呢，只要我稍微一探頭，他就會把我釣住不放。我猜他準是又想叫我去做什麼他自己不高興做的事了：比如下雨天到店裡去買包菸葉，到屋外去搬些木柴，或是念幾段莎士比亞的作品之類的文章。

爺爺又說：「就說打鵪鶉吧，每逢感恩節前後，狩獵的季節剛一開始，每個笨瓜頭和他的伙伴們，都到森林裡到處砰砰亂響，你推我擠，互相踐踏。嚇得獵犬也跟著緊張，竟擠在鳥群裡胡亂奔跑。害得鵪鶉在地上也站不住腳，只好四散亂飛。所以他們像這樣亂來，休想打得到一隻零散的鵪鶉。

「聖誕節和新年相繼來臨，這群打零工的獵鳥人厭倦打獵了。他們認為，雨太大，天太冷，每次回家還得把獵槍擦乾淨免得生鏽，這多麻煩；所以他們把獵犬留在家裡，暫時把打獵的事兒擱在一邊，明年再去。這時候，森林裡就變成那些城裡的滑頭傢伙，得過什麼射擊獎的業餘射擊手，以及專業獵人們的天下了。每年到這個時候，鵪鶉群已經定屋。獵犬也有許多次實習的機會，牠們也就定下心來。同時，上一季打剩下來的一些小鵪鶉都已長大了。小狗也被訓練成一把好手，知道主人打中的鵪鶉，牠該去一隻隻撿回來。因此每一個——人、狗、鵪鶉——大夥兒都有事做了。這可不是打著好玩的，像追兔子那樣，只是一種運動。這可是男人們的工作！」

爺爺算是看準了我的弱點——勸將不如激將，我只好投降。我就說：「我去拿鳥槍，您開車送我和獵犬出去，您就坐在柯克斯商店裡的火爐邊等我們。好吧，讓我去得肺炎，真是的，像這種鬼天氣，還不知道獵犬肯不肯出去呢。」

爺爺說：「牠們會去的。這些獵犬都專業了，才不會像我認識的那些打零工的獵人，三天打魚兩天曬網的呢！去把狗叫出來，你也最好穿上皮長褲、皮夾克，森林裡可潮濕啊！」

天哪，我想我再也不會忘記那個非同尋常的日子啦！幸虧自己不是魚，因為森林裡比水井還要潮濕，小魚不迷了路才怪。點點滴滴的雨珠，灑在草叢、五倍子和金雀花叢中。樹枝上的水珠兒，淋淋漓漓地，一直滴個不停。抓著槍柄的雙手，凍得紅紅地，手指頭早都凍僵了。雨點凝聚在鳥槍的瞄準器上，再順著槍膛，分作兩行向下流。獵犬變成了落湯雞，滿身濕漉漉地，真像剛爬上岸來的水獺。

遍野是一片惱人的雨。再沒比二月裡雨天的森林中更沒情趣了。原來鬆散的鋸屑堆，被浸成一座棕黑色的硬梆梆的小山。雨水把綠樹淋成了黑色，耕地裡也是一片灰暗，不再有鮮明的色彩，相互輝映。枯萎零落的草堆，已經長出斑駁的霉點來。

棉花的枯莖上，掛著幾個孤零零的小棉花球，看來就像在大城市裡迷失了的小孤兒，模樣兒顯得怪可憐的。多虧好心的老天爺替鳥類和動物身上，準備了一套厚厚的羽毛和毛皮，使牠們在潮濕的天氣裡保持乾燥和溫暖，使生命能得到保障。而且爺爺的話果然沒錯，他幾乎總是料事如神的。在雨淋淋的森林裡找鵪鶉才輕鬆呢，因為牠們外出的活動少，只要知道牠們經常在哪兒棲宿，一去就會找到一大群。雨天，狗的嗅覺也特別靈敏，就像汽車那樣，只要加足燃料，雨夜跑得更加輕快。

我們跳下老福特車還不到五分鐘，山迪就一直跑進通向大沼澤的那片豌豆田和金雀花叢之間的小松林裡。老弗蘭克探頭向裡面一看，就跑出來通知我，朝著松林那邊點點頭，神情就像指揮交通的警察，希望汽車快些開動那樣，好不耐煩呢。接著牠又隱沒在松林裡，尾巴搖得就像在跳呼拉舞。

記得我以前提過，我獨自一個人或是跟爺爺在一起打獵的時候，每次射擊都很準確。因為在爺爺跟前，我無須神經過敏，擔心射擊太快啦，或是有人跟你比較打中了多少啦這類分心的事。單獨一個人的時候，更是得心應手，因為自己可以隨意對準任何方向射擊，而不必擔心會打著誰的頭。

我走進暗沈沈、水淋淋的森林時候，才知道老山迪已經向鵪鶉群建議過，要牠們最好移到松林外邊，那兒有一大片長滿金雀花的空地。牠們想去沼澤時候，也好先在那兒歇歇腿……獵犬們在我身上花費了兩三年的時間，已經把我訓練得很不錯了。爺爺也說，有時候他實在覺得很驚奇，我竟跟受過一半訓練的小獵犬一樣，露出那麼多有關鵪鶉的常識，等我長大了以後，獵犬再也不必因為我而含羞抱愧啦。

山迪把鳥群趕向叢林邊緣，老弗蘭克從牠們的右邊跑過去，守在林裡，掩護右翼。我只要有一點點小聰明，設法從左邊過去，守在叢林外邊就行了。當我走近山迪的面前，弗蘭克趕忙從右邊跑來，山迪一直向前追趕。空地上，就單獨留下我和一群鵪鶉了，等著我舉起鳥槍呢。

那群鵪鶉好多，大約有二十到二十五隻，我猜想不是兩群鵪鶉合在一起，就是一群從來沒受到射擊的新鳥群，我認為後者的成份居多。等到弗蘭克從右邊飛奔過來，老山迪跳著驚起鵪鶉，成群飛起的鳥兒們掠過我的面前，正是最理想的射擊距離。

這真是個豐收的日子。出於意外的，我有好多次一槍打中兩隻。當然這全是靠運氣，舉槍時只要瞄準一隻，射出槍彈以後，卻打中兩隻。有一回，我瞄準那群向前飛過來的鵪鶉領隊，扳動槍機後，好像整個天空都落下來了。我愣愣地張大了嘴，一動也不動地站在那兒瞧著忽然掉下來的一大堆鵪鶉，其餘的都溜到沼澤外邊去了。這一槍的收穫實在可觀，用不著費事再去射擊了。

獵犬們都忙著去撿鵪鶉，連平常認為這不是牠份內工作的老山迪也去幫忙了。牠認為，撿鳥這種事兒，再笨的狗都會做，牠才犯不上為這個弄得滿嘴都是鬆散的羽毛呢。可是這時候，山迪牠們倆都為這事興奮，因為就這一槍，我的口袋裡竟多了六隻鵪鶉。原因是在我瞄準第一隻雄鵪鶉，開槍的時候，牠的親友們竟來一次騎兵大演習，一個個整整齊齊地緊挨著牠，所以整排鵪鶉都被槍彈貫穿了。

山迪啣完最後一隻鵪鶉吐出嘴裡的羽毛，擠眉弄眼兒地抬頭看看弗蘭克。牠好像說：「看看這孩子，等他一回家，他會認為這是他有意想這麼打的。等到明年這個時候，他該告訴別人，一槍打中了十二隻啦。」

弗蘭克笑嘻嘻地，很同意牠的說法。我們把濕漉漉的森林幾乎都打遍了，林裡的鵪鶉群一找就有，一槍也沒落空。這一天好幸運，做什麼都對勁。像這種打獵真像是謀殺。使這天的成績得到滿分的，是弗蘭克送來的禮物——牠竟額外替我撿回一隻來。當我舉起雙管獵槍，射擊過最後一群鵪鶉，口袋裡已經有了十四隻。弗蘭克又跟蹤其餘的鵪鶉，走進那一大片陰森森的沼澤去了。

若是在一年前，我會覺得牠這種舉動真像是大傻瓜，但是現在我已經被獵犬訓練得很不錯了；何況弗蘭克又是專家，我很信任牠。我猜想，可能是我不經意地射傷了一隻鵪鶉，被弗蘭克發現了；所以，我就安心地坐在樹椿上，由著雨水淋濕了我的臉，老山迪坐在我的身邊，聳聳肩，就像是碰到無法管束的頑皮孩子似的，牠也無可奈何，只好說：「如果那個笨瓜頭要去沼澤追野鵝，讓牠去淹死算了，我才不管呢……這兒的鵪鶉不是打得夠多了嗎？」

弗蘭克去了大約足有半個鐘頭，牠走出沼澤的時候，淋得就像剛掉進水裡的老鼠，嘴裡卻啣著一隻受了傷的鵪鶉。看樣子，牠跑了半英哩多路，才把這個小逃亡者追回來。牠搖晃了一陣，鵪鶉就死了，再扔進我的口袋裡。

我們高高興興地回去找爺爺，走進柯克斯商店，爐裡火光熊熊，屋裡好暖和。爺爺一看見我們——那模樣才叫絕：濕漉漉的獵犬，濕漉漉的小男孩，濕漉漉的獵裝口袋裡裝滿了鵪鶉——不由得呵呵大笑。

爺爺的確不愧是最聰明的人。他只問：「打了幾粒槍彈？」

「九粒。」

「多少鵪鶉？」

我面有得色地說：「十五隻。」

爺爺說：「這會兒可先別告訴我詳細經過，你替我趕快脫掉這身濕衣服。我自己也需要喝一杯鎮靜神經的『藥水』，才能受得住你的吹噓呢，但是有件事該告訴我，我說二月是打鵪鶉最理想的時候，對不對？」

我點點頭說：「一點沒錯，爺爺。而且，您對森林裡的一切，幾乎從來沒有說錯過。」

我們從雨中步向車前，爺爺笑著回答：「承蒙誇獎，像你這麼小的小孩子，能發現這一點，實在是很聰明的了。說實話，我小時候，什麼錯兒都犯過，而且還不止錯一次。這就是老人和小孩不同的地方：青年的時候，就是犯錯的年紀；但是老年時候，就該把自己的心得教給年輕人，老天爺！今兒的天氣很可怕，對不對？」

我笑嘻嘻地說：「這是個美麗的日子！」

20 三月和回憶

爺爺說：「三月，因為沒有什麼事兒好做，所以是最理想的回憶往事的時候。別相信別人說什麼在這一生之中，秋天才會忽然感覺到老之將至。我認為，三月裡才會發生這種事情的。」

爺爺跟我無所事事地閒坐著，那是個壞得無以復加的天氣。風颳得人牙齒都快裂開了，每次一出門，皮膚就像被鋼絲馬梳刷過似的刺痛。有些花朵剛綻開蓓蕾，不久，驟然降落一陣新霜，打得小小蓓蕾萎縮，花朵兒也垂下頭來。這時，大雁還沒飛回北方，漁獵的季節正在交替的時候——鵪鶉季已經過去，釣魚還沒有開始。而且那個時候根本沒有電視可看。

我站起來前後走動，像是正逢屋外下著大雨，心緒不寧的貓兒。爺爺就喜歡坐在那兒，不想走動，也不想外出。他見我走來走去地，就咧開滿是鬍子的嘴笑了笑。

他說：「不客氣地說，我猜你並沒有什麼大不了的症候，希望你能安靜一會兒，我們來談兩句簡短的道理。你知道，沒有人會越活越年輕的，如果真有這種事情，我早就該聽人談過了，而且，我一定會設法買它一些回來。所以當一個人年紀漸漸老去的時候，一定要抽出一點時間來，好利用這點閒暇，回想當年所做的一切，想想那些以後再無機會從事的事情，那會使人覺著時光倒流，童心復來的快樂，也是預防消化不良的最佳辦法。當你厭倦了回憶過去的所作所為，那就利用這段時間想想將來，想想自己希望要作什麼。最近你有沒有做什麼自己最愛的事兒？」

我說：「是的，爺爺！我做了好幾樣呢。」

爺爺建議說：「那麼，孩子，倘若你把這幾件事，先在腦子裡好好地想想，然後再告訴我，你做這幾件事的心得。我敢說，有許多小事，你會記不住的。你還記得那天你一下打中四隻雁，回來大吹大擂的事情嗎？」

提起這件事，使我想起那一天之內，打到四隻大雁，滿載而歸時的高興勁兒來了。我雖然也有過九粒槍彈打中十五隻鶴鶉那樣意外的好日子，但是這種意外比起打雁的這一天來，也就算不了什麼了。我無庸為此吹噓，事實上，我確知這是我的幸運日，好運就在我的掌握之中。

有一天，我跟朋友們到赫特勒斯東邊附近去。那一年，可說是加拿大雁的幸運年，因為打雁的獵人並不多。大雁一直平安地棲息在河上，等到獵雁的時間過去時候，牠們才飛到玉米田裡來尋找食物。大雁的偵察本領最出色，合法的射獵時間剛一過去，田裡立刻就聽見雁群的呼嘯聲。

但是我認為，早晚總有一天牠們的偵察會發生一次錯誤，雁群可能提前離開河上，等牠們飛來時，我早就攜槍等候了。反正我也沒事做，可以天天去等，所以就在玉米田溝裡，找到一所藏身處，帶著兩枝裝妥子彈的雙管獵槍，免得臨時裝彈的麻煩。而且我裝的是一號獵鹿彈，我認為，這種子彈若能打得死一隻鹿，當然打雁是毫無問題的。

每天我一起身就走，而且事先把這件事老實地告訴了爺爺。因為爺爺說過，無論我跟獵場的守哨人發生什麼糾紛，他都會站在守哨人一邊。同時，他並不願我關進監牢去受罪，他認為，政府規定的漁獵法用意是保護獵物，獵人們當然要遵守，你也不能例外。

有一天，因為老沒見大雁的蹤影，我等得不耐煩了，就把獵槍裡的鹿彈換掉，打中一隻烏鴉。又有一天，我打中了幾隻斑鳩。最後，我終於慢慢地領悟了忍耐的價值，不再胡亂射擊，只靜靜地坐著等候。我知道，沒有槍聲的驚擾，大雁出來的機會才會增加。

當時正是秋末，被霜打後的玉米稭已經變成棕色，枯萎的黃葉，蜷縮得像是一條條的菸葉，垂倒在田裡的玉米莖上，留著好些黃色的玉蜀黍，穗尖還掛著風乾的棕色長鬚，和露出種籽來的玉蜀黍苞。這兒好荒涼，再沒比收割後的玉米田裡更寂寞荒涼的地方了。唯有大雁們知道，這裡可吃的食物好多，牠們不吃完這些玉米是不會離開的。看情形，牠們還沒開始來吃呢。

晚秋原是美麗的季節，這正是宰豬的時候，林中到處有裊裊的白煙，太陽紅紅地。傍晚時候，灰色的大地，好像不如早晨柔軟，變得又冷又硬，抓著槍柄的雙手，凍得僵僵地，等回家烤火後才能暖和過來。這時，到處響起枯燥的聲音：零散的鵪鶉，彼此呼喚，希望再結伴同群。遠處，有漸漸遠去的母牛們低沈無助的淒涼叫聲，就連烏鴉的聒噪都有些憂傷的音調。

再就是雁群的叫聲，很像白鵝的叫聲。每次雄雁飛過水面，都要呼嘯著通知牠的家族，應該飛往何處。飛行的時候大雁的叫聲，是一曲音樂；悲鳴時就知道牠們不大習慣那樣強烈的光亮。快樂的呼嘯就知道牠們正在展翅繞飛，漸漸雙翅靜止，兩腿下垂，準備著陸了。

大雁目光銳利，不論牠們想要幹什麼，一定會伸出蛇似的長頸，仔細察看四周環境，看清楚地面情況。這時候，你連眼球兒都不能轉動。可是大雁也有極愚蠢的一面。多年以後，我在路易斯安那州獵大雁，發現那些沒有媽媽的小雁，只要一吹雁哨，牠們準會飛來。有時候，弄張白紙摺成雁的模樣，把它用竿子插在地上，或者弄隻死雁撐立在地上，也都能把牠們哄騙下來。

這一天，我好像早就有預感，知道大雁一定會提早來。我就摒氣凝神地耐心等候，安詳地看著那三隻大雁迴旋飛翔，準備著陸，我不但不忙著射擊，連看也不看。等到那隻足有十五磅重的老傢伙下定決心，覺得這兒很安全，所以就發出信號，雁群立刻低飛降落。牠們飛來的時候，我射中兩隻；另換一枝鳥槍後，大雁正慌忙逃走，又被我打中兩隻。

在我這一生中，從來就沒有見過這麼大的雁，牠們摔下來的一剎那，就像是四架飛機，也像被重彈命中的船艙。只有最後那一隻是受了傷的，我又瞄準牠的頭部，補了一槍。

在領隊的老公雁直摔下來，其餘三隻大雁也跟著離開隊伍的時候，群雁義憤填胸，喧嚷嚷嚷地向南飛去。

我真是無法描述當時的心情，地上忽然多了四隻大雁，我竟有些手足無措，從這頭跑到那一頭，就像善於緊張的老婦人，一時也不知道應該先撿哪一隻才好，最後才決定先從手邊的撿起。

在我來說，口袋裡裝上十隻鷓鴣就已經是件大事了。可是四隻老彎著脖兒的加拿大雁，簡直就等於過節，等於是一宗財富，也等於滿滿一卡車的勝利品。真不知道，一個小男孩兒怎麼能背得動兩枝十二毫米口徑的鳥槍，和四隻老大個兒的加拿大雁？奇怪的是，我居然辦到了。而且雄心勃勃地，覺得自己只要用一隻手，就能把這一大堆東西提回家啦。

拔雁毛才叫費時間呢，若是想利用乾雁毛裝枕頭用，時間更要加倍，何況還得拔四隻大雁的羽毛，那就更甭提要花多少時間了。幸好當時有的是空閒，才不介意這種花費呢。

那隻老公雁的肉比甚麼都粗，但是吃的時候，我很快樂，就覺得其餘的雁肉吃來也津津有味。甚至那兩枝鳥槍，我對它都有了新的評價，因為我還沒見過有誰一次用兩枝鳥槍打中四隻大雁。我覺得以後打獵時候，成績就不能少於四隻大雁才像話。

我還告訴爺爺：「我真像擊中了四隻大象似的，這一輩子都沒有遇到這麼偉大的日子，連那天用九粒槍彈打十五隻鷓鴣也算上……」

爺爺溫和地向我揮揮手，插嘴說：「夠啦，今兒可不要再回憶別的了。要不，人家會說你這個人真嘮叨。還是留著等到下次三月下雨的時候再回憶吧！可是你得告訴我一件事，那一天你記得最清楚的是什麼？」

我不假思索地回答：「那一天的事，我全都記得。其實在那些細微末節中，並沒有什麼真正了不起的大事。從開頭我就覺得很運氣，當我坐在玉米田溝裡，好像我早就知道，那該是大雁來臨的日子。我認為，只有我『早就知道』這一點很了不起。」

爺爺警告我：「可是，你得記住：回憶儘管回憶，過去任何值得紀念的一天，其實並不見得真比別的事更偉大。你若有這種想法，等你到我這麼大年紀的時候，會使你得到不少的安慰。你懂得我跟你講這些話的意思嗎？」

我說：「我懂的，爺爺！」事實上，我一點也不懂，這話對我來說，是嫌深奧了些。我這樣告訴爺爺，只是不想再聽一遍類似的訓話罷了。

但是，現在我可弄清楚了，我回憶往事，即使是在戰時，當時的任何一切活動，也不見得就比我今兒早餐吃的食物更重要些……過去的事兒，反正已成過去了。

21 那點兒狂熱

天氣灰沈沈地，風颳得海峽波浪翻騰，雲層低垂，天就要快飄雪花啦。人一回到溫暖的屋裡，耳朵火辣辣的，鼻尖上掛著清水，手被冷水泡起了皺紋，凍得像紅蘿蔔似的，穿在滿是泥漿的長統橡皮靴裡的雙腳，早已經失去了知覺。但是，我這一輩子，再也沒有比這時候更快樂的了。

爺爺說：「瞧瞧我們兩個，濕淋淋地，滿身泥漿，都快凍僵了，看來真是悲慘。我們還樂得什麼似的，就像兩個發了瘋的傻子。但是要想做打野鴨的傻人，就要有這點狂熱勁兒才成呢。你想想看！頭腦正常的人，誰肯天不亮就起牀，守著鴨欄，癡癡地等候，盼望萬一有幾隻吃飽小魚的老公鴨，游進鴨欄來逛逛，好趁機白撿牠幾隻回來！」

那一天，我們收穫真多。海上風浪滔天，大群的野鴨子——你知道，是那群在春天時候，只肯棲息在海灣中央的傢伙們——被低矮的雲層壓得一排排向下游飛來。最難得的是，大風把小池塘裡的水也吹乾了，這種好事，多久也難得碰上這麼一次。害得野鴨子到處尋找可以棲息的地方，牠們發現假鴨子的時候，就像聞著了貓薄荷的貓兒，全都擠了進來。

爺爺說：「要是天氣晴朗，再沒有比野鴨精明的鳥兒了，牠們能從這裡，一眼看到日本去。平常牠們能從一英哩外的高空，立刻辨別出偽裝的假鴨餌。只要天氣一變，颳起大風，再飄點雪花，那就再沒有比野鴨更笨的鳥兒了，大雁也是一個樣子，我知道公雁比野鴨稍微精明，但是像這種天氣，想把牠們從鴨欄往外攆都攆不走。你今兒碰見的那隻失去媽媽的小傢伙怎麼樣了？」

爺爺說的是一隻沒長大的幼雁，飛行時不知怎麼迷了路，就獨自到處漂泊，在灰色的天空裡，叫聲聽來好悲慘。爺爺當時就說：「老雁肉粗得像白鞣皮，把這個小傢伙送給你奶奶吧，放進她的烤箱正合適。我來把牠喊下來！」

他拿出雁哨，吹出雁媽媽的聲音，那隻迷路的小雁，一聽見爺爺的甜言蜜語，就立刻伸頭往下瞧，牠雙翅下垂，像魚鷹抓魚似的往下衝，一直飛進鴨欄裡。我舉槍瞄準的時候，才發現自己作了一件極罕有的錯事——子彈打空了，卻忘了再裝上。小雁找不到媽媽，就又飛開了。

爺爺說：「別擔心，你先把槍裝好子彈，等我再把牠叫回來。這次可要好好地射擊，別讓牠再跑了啦。」

爺爺又咯咯叫喊了一陣子，小雁真的重回到鴨欄來，我一槍打穿牠的頭頸，小雁就摔進水裡了。

爺爺說：「這一種很惡毒的詭計，但是在獵人來說，是可行的方法。小雁的肉味是比老雁可口，對不？」

我點點頭，呆呆地看著在水上漂流的小雁出神。

打野鴨時候，爺爺躲在活鴨餌後面開槍射擊。所謂活鴨餌，是把一隻雌鴨綁在木棍上，插進泥土中。這位鴨太太真有一手，牠翹起尾巴，撲著雙翅，向飛來的鴨群施出渾身解數。鴨群立刻轉變方向，翅膀高聳，雙腳下垂，向下飛來……像這樣飛行的模樣，無論牠是胖野鴨，或是長尾鳧，都是極容易擊中的。

風吹水漲，野鴨成群湧了進來，我們也就滿載而歸。野鴨雖然長得很漂亮，但是爺爺還是最欣賞長尾鳧。他說：「這種法國野鴨美得很俗氣，羽毛燦爛，黃蹼和黃鏟似的嘴。可是你沒法兒信任牠，牠簡直混帳透了。倘若餵食的穀粒不夠，牠就會欺騙人，一個勁兒偷吃小魚；貪吃鬼把自己都吃病了，就跟那些老秋沙鴨一樣。長尾鳧可不是這樣，瞧牠穿的那身衣服多端莊！野鴨跟牠一比，就像個整天躲在撞球房裡胡混的騙子。長尾鳧寧肯餓死，也不肯背人偷吃小魚的。

「我知道你讀過許多關於北美洲野鴨的書，知道牠肉味鮮美，也知道住在這一帶森林附近的政治家們，每逢舉行盛大宴會，主菜除去甲魚和北美洲野鴨以外，從不肯吃別的。但是我認為最大的野鴨，還是長尾凫，決不是那種像魚似的小水鴨。為了晚餐菜肴著想，最好別打小水鴨。而且小水鴨飛得好快，真像閃電似的。逆風時候，就得把牠引領到三英呎那麼遠才能開槍。牠一鑽進假鴨群裡，就自由自在地游來游去，就像水塘是牠自己的家似的，要是你不開槍，牠還硬是不肯走，真是沒有道理。」

我跟爺爺提到我們在受傷的野鴨子身上，花費了不少彈藥。另外，我對準那隻棲息在塘裡的小水鴨身上，一連打了好幾槍，還是被牠逃脫，遠走高飛啦。

爺爺回答：「我無法把你所想知道的事，都能告訴你。但是你一定要記住：在水裡的鴨子，好像一座冰山，牠全身有十分之八，隱藏在水下面，水流就像鐵皮屋頂似的，阻擋了槍彈。只有瞄準牠的頭部射擊，才能打中。同時，留在水裡的鴨子，翅膀緊貼，翹膀和脊部的羽毛也像水流一樣，有保護和阻擋的作用。我曾經研究過有關各種打鳥的方法，撇開狩獵的技巧不談，飛行的鳥兒比棲息的時候容易射擊。因為鳥兒飛行時候，張開雙翼，露出了身體上容易受傷害和羽毛較薄的部份，所以擊中的機會大。當牠們收緊雙翅棲息時，幾乎就等於全副武裝啦。

「另外，站在船上或是鴨欄裡，把鳥槍瞄準水面射擊，這種方式也不算對。你可別忙問我，怎麼打，或者應該怎樣打，這話實在很難說，也許比我更聰明的人才能告訴你。可是我只知道一件事，鳥槍天生就為向上或對直射擊的，所以不應該朝下。你一定要記住這件事。等到下次再有受傷的鴨子，你可以注意看看，子彈擦過水面以後，是如何不規則。」

爺爺跟我都不是那種死守鴨欄的獵人，他反對這樣。他認為應該讓喧嚷的野鴨子熟悉一下鴨欄，了解牠的親友有的突然死亡了……而且，讓牠靠近鴨欄，繞游一圈的時候，也正是理想的發射距離。當然，雲層低垂的天氣，就不用這麼費事了。

爺爺說：「如果天氣不好，就可以從船上射擊。把平底小船划到風向和水位都對勁的地方，停泊在蘆葦或燈芯草叢裡利用小船四周的蘆葦築起一道鴨欄。頭戴和蘆葦顏色相同的黃卡其布小帽，頭垂得低低的，直到準備射擊的時候才抬起來，免得被高飛的小水鴨或是藍嘴子，發現你的面孔或光頭。那樣一來，即使再多的鴨餌和全世界的野鴨哨，都無法哄牠們下來了。只有壞天氣的時候，牠們才顧不得這些，以後，再從蘆葦的縫隙中偷偷向外面窺探，由著牠們圍著轉兩圈。只要不是晴天，還沒等牠們轉完第二圈，就已經變成佐餐妙品。

「有耐性的人，才能多打些野鴨；因為在牠們準備下水的時候，準能打中第一隻。等到其餘的鴨子向上飛逃，只要瞄準牠的鼻尖就行了。野鴨子剛離開水面向上飛，行動比較慢，因為把全部離心力都用在掙扎升高平衡身體這上面去了。」

我沒有問爺爺離心力是什麼，只要一問，他準會嘮嘮叨叨地說個沒完沒了，也許一說是一個多鐘頭，從凱撒大帝扯到愛因斯坦，個個都有份兒。

爺爺跟我念叨過好多回大道理，談到打野鴨應該有的限制啦，動物應該受到保護啦。他甚至不許我射擊啄木鳥，說是這種鳥兒又小又美麗，數量又不多。他也從不射獵灰鴨、篾鷺和任何別的飛禽。每逢我埋怨說，這種飛禽遠遠看去，跟野鴨兒一樣，他就說我應該加強鍛鍊自己的目力，要不，就不該混在成人群中。有一回，我朝著一隻天鵝「砰」的就是一槍；他也砰的給了我一巴掌。他說，天鵝又不能吃，附近又極稀罕，就該讓牠們平平安安地活下去。

現在回想起這些事來，那個時候，即使實際上並沒有狩獵看守人，漁獵法和各種狩獵規則等，爺爺自己也早就實行了，而且做得十分出色。爺爺每逢釣魚或打獵的時候，數量從不超過家人食用或餽贈親友所需的。他從不曾——並且也禁止我——隨便打獵。只為想聽聽槍聲，殺戮一些派不上用場的生物，是絕對不可以的。他竭力堅持，無論打鵪鶉打鹿，都要留下一些，好讓牠們傳宗接代。

只要辨別清楚，從來不射擊雌性動物。當然，鵪鶉或野鴨的性別最難鑑定，除非牠們就在你眼前，但是在那種情況下，往往已經沒有充份辨別的時間了。

依我看來，我把這一地區的野鴨子幾乎都打遍了。但是我真正記得的事，正是爺爺剛一開始就提到的，要有那點狂熱勁兒才能成為獵鴨人。我們面對爐火，濕淋淋的衣服直冒水蒸氣，並且冒著水淹、曝曬，染患肺炎而死亡等等的危險；又要摸黑起牀，把小船划呀撐的走了好多哩路，為放置假鴨凍得發僵的雙手，缺少活動而雙腳發麻，受盡這一切折磨，只為了很少的那幾磅在我嘗來也並不特別鮮美的鴨肉……但是我卻得到一項結論：倘若必須要有狂熱才能獵鴨，我可不希望自己頭腦太正常，太理智了。

22 讀書樂

我認為，提起這次話題的原因，是因為我的成績報告單上有幾樣功課實在太差了，尤其是代數和喬塞寫的英國詩。史海蒂小姐教代數，馬丁小姐教喬塞的詩，我對這兩樣功課硬是一籌莫展。爸跟媽輕輕地揍了我一頓。那個星期天，跟爺爺出去找藍魚群，我悲傷地向爺爺訴苦。

我嘀咕說：「在我看來，簡直毫無道理。學這種像繞口令似的古典文學到底有什麼用？真還不如學些土話管用呢。」

爺爺把轆轤繫在鉛錘上，溫和地說：「哦！每樣學問都有它的用途，即使是喬塞詩吧，早晚也會派上用場的。我們在日常談話中，就有很多詞句是引用古文，或是從古文中演變出來的。我可以陪你一同研究這類古典文學。」

我說：「爺爺！您說的是不錯。可是我們並不打算到坎特伯雷去朝聖，當然也就犯不著讀這種艱深的玩意兒啦。再說，我們拼的字也比他那個時代高明得多。既然從這些古文中根本弄不出一點道理來，那將來怎麼能用它來幫助我謀生呢？」

爺爺說：「人們從開始就要把許多古老的學問灌輸給孩子們，是因為想訓練孩子們從這種教育中學習如何運用思想。喂！你代數怎麼會拿『丁』的呢？」

我說：「求求您，爺爺！您不是想站在這兒就打算教我（x＋y）÷z＝q吧？您曾經把蘋果削成一片一片的，來教我學習分數。等我把那些幾分之幾的蘋果片兒都吃光以後，我把分數弄懂了。但是像p×10的立方根，等於y^3這種玩意兒我就是弄不通。這到底有什麼用處嘛？」

爺爺點點頭說：「很難說，也許可以從中學到一些東西，也許你應該懂得它的意義。你難道希望自己什麼都不懂，一輩子就只能在漁船上工作嗎？」

我固執地說：「是的，假如要學什麼喬塞和代數，我寧願在『凡妮莎號』上跟湯姆、彼得一起工作，冬天就跟他們一起釀私酒。」

爺爺告訴我：「你這叫什麼話！喂！當心些，你把做魚餌用的鰹魚切得太厚啦。總有一天，你要上大學的，等到那個時候，你就能按照自己的意願讀書了。但是，想要上大學，首先一定要高中畢業。想要讀完高中，就一定要使自己做許多不想做的事。人的生命歷程就是這樣，你知道，它不僅只有一條路。……你把鉛錘遞給我！」

「你要記住這一點：知識是一種累積，就像是小老鼠藏東西那樣。當時自己也不知道到底懂得有多少，直到有一天，心裡覺得對某一種知識豁然貫通時候，那就表示你真的學到學問了。現在，你首先應該廣泛地學習，學得越多越好，準備說不定哪一天也許用得上其中之一。同時，你也該記清楚這句俗話：人無法將一加侖的知識裝進一夸特的頭腦中去，這意思是說，應該敞開你的心智，隨時儘量學習人生必須具有的知識。希望你下個月的成績報告單上要像樣些，要不，今年秋天，我們也就不必去打鵪鶉了。這不是威脅，只是向你提供的建議。走！現在去釣魚。」

我們釣了不少游進沼澤來尋食的大肥藍魚，海峽裡的大鼓魚，和大群的石首魚。強勁的北風，吹得沼澤裡水位加高了好多，沙洲也跟著增高了。

只要放下釣竿，輕輕一拋，那隻四盎斯重的金字塔形的鉛錘，正好落在魚兒們張開的大嘴巴裡。上鉤以後，還有好一陣掙扎呢。這一天，我釣到一條三〇磅重的鼓魚，爺爺比我更行，他釣到一條四十磅的。我們一直釣累了才歇手，老福特車後座上被魚兒堆得滿滿地。到家時候，我們都累垮了，這回爺爺也幫助我把魚剖洗乾淨。要是把這麼多的魚，讓一個小男孩自個兒去做，也實在吃不消哇！

匆匆吃過飯，我因為太累了，吃不下去；只吃了一點玉米餅、牛奶、雞蛋、鹹肉和果醬等等——就上牀了。奇怪的是老是翻來覆去，可就是睡不著。腦子裡轉來轉去的都是喬塞和代數，再加上藍魚和海峽裡的大鼓魚、鶺鴒、搭帳篷、騎馬、天堂、地獄。對小男孩來說，這真是很難碰到的最倒霉的夜晚。早晨兩點多鐘，我披衣起牀，帶狗到河邊散步。明月正冉冉上昇，看來好美呀，鎮上狗汪汪的叫聲，此起彼落，好像牠們知道誰快要死了似的……我腦子裡一直在思索爺爺這句話：「人不能把一加侖的知識裝進一夸特的腦子裡去。」我憂傷地獨自徘徊，真像一片孤零零的雲——這也是我從書本上讀來的——我在奇怪自己的頭腦，是否也只有一夸特？等我們走到碼頭時候，我已經想出來了，它恐怕只有一品脫，比一夸特更少。我坐在碼頭上，雙腳懸空在搖晃，凝視著銀光閃爍的水面。

這時，我開始想起許多別的事情來。想到爺爺教導我的那一些，我究竟懂得了多少？我一樣樣從頭細數：我知道如何把小狗訓練成良好的獵鳥狗，會模仿火雞和野鴨的叫聲，知道怎樣划船、偵察鹿蹤，懂得月亮，潮汐對於漁獵的影響，知道海龜爬上沙灘後生軟殼蛋時會流眼淚，知道如何利用沙蟹釣羊頭魚，會撐帳篷、會生火、剝整張兒的兔皮，會在森林裡做飯、撒網、引領斑鳩、採蠔和拉網。

我忽然覺悟到，自己懂得的雖然不算少，但是都是些零星星的常識，有些是爺爺教我的，有些是自己學到的，我應該多學些有系統的知識。而且我相信，教育當局倘若聘請爺爺去學校教書，他就能把代數教得有聲有色，學起來也就容易得多。

同時，我也發現，倘若每個小孩兒在學習喬塞的時候，肯把學獵浣熊那樣專注和努力拿一半出來，喬塞也就不至於這麼討厭了，當然也就容易領會了。何況代數也不見得就比悄悄追捕一隻大公鹿更難，算術比代數還要簡單些。我好像忽然發現了新大陸似的那樣高興，心裡也立刻舒暢了。於是，我吹口哨把狗喚回來。回家上牀後，立刻就睡熟了。

沒有多久，在教室裡我就遇到一件最美妙的事：忽然發現了閱讀——指那種真正潛心閱讀——的樂趣。我才了解莎士比亞的內容，比碼頭工人杜尼華特豐富得多。這其中的人物比生活在碼頭上的人們更粗野。他知道的那些粗鄙的笑話，比葛氏加油站上的年輕小夥子們還要多。他的言詞坦率，直言無隱，最能引起孩子們無比的興趣。

我讀莎士比亞，就像學造火雞欄那樣認真；所以深知莎翁是一針見血的作家。從閱讀沃爾特斯各特的著作，所得到的樂趣，遠勝伊凡何（Ivanhoe）多多。我對博物學家湯普森塞頓，以及考古學家、英國歷史學家吉朋（Gibbon）等人的著作十分入迷。同時，對於羅馬的一切，發生極濃厚的興趣。為此，我還買了一套古羅馬時代男子穿著的寬外袍。希臘人、埃及人和腓尼基人，都成了我的朋友。這時，《羅賓漢》、《金銀島》、《魯賓遜飄流記》之類的書籍，在我看來，只不過是些孩子們的玩意兒。英國小說家狄福[1]先生的專門知識的確豐富，《海角一樂園》的作者韋斯[2]先生跟他一比，空中樓閣的描寫實在多了些，雖然韋斯也知道許多事兒，如醃鹹魚、馴養野驢、建築樹屋之類。

我真正領悟這一切的時候，真是再也想不到的，我自己都覺得好奇怪。那一天，我跟古德曼在一起打獵，就像忽然開竅似的，慢慢了解了好多事物的含義。

古德曼說他長大以後，要繼承他亡父的遺志，要去作醫生……但是，那個時候他常常因為犯錯呀，頑皮呀，要挨媽媽的手板。

在古德曼家的農場裡，我們真正過了好幾天愜意的生活。就像一般男孩子那樣，我們打兔子、松鼠、斑鳩和鵪鶉。天不亮就起牀，晚上很早就睡了。吃飯像餓鬼那樣狼吞虎嚥。每天跟在那條牛頭狗和獵犬的混血兒狗身後，跑哇跑的，幾乎要跑一百多英哩路似的，這傢伙看見什麼都是窮追不捨。

那是我生平第一天真正深入事物的核心。比如說，我在認真思索，仔細觀察：美洲南部出產帶有梅子味兒的黃綠色葡萄，究竟有多大，汁水有多少。寄生在老槲樹上的青苔是什麼模樣。老玉米莖上的鬚葉，長了一大些小斑點。燉糖醋番茄牛肉排每塊大約有多重。被挂在灰白色牆壁上的鼴皮，邊緣起皺的模樣。如何分辨牛頭狗在追逐黑色沼澤兔和松鼠時候，所發出的不同叫聲。掛在燻屋裡的火腿好多，有的發了黴，燻得硬硬地，裡面所含的鹽份，分析起來，約佔重量的百分之三十。放在井邊黃綠色的乾葫蘆瓢，外皮凹凸不平。前院潔淨的沙地，好像沙灘。建築在支柱上的老房，就像一位老太太，忽然發現老鼠時候，高高地撩起她的裙角……

我們去沼澤打獵的時候，獵槍裡裝的是獵鹿彈，希望一開頭就能打中一隻鹿。這是第二次，我真正體會出沼澤的莊嚴來。水橡樹光禿的樹枝上，掛著一串串槲寄生的嫩葉。棕色的松鼠窠，孤零零地懸掛在樹枝間。高聳的西洋杉。斷斷續續的斑鳩憂傷的叫聲，牠的悲泣聲剛剛停止，散開的鶺鴒又發出哀怨的呼哨。起先是怪鴟低泣，後來有鬼鬼祟祟的貓頭鷹的恐怖叫聲。這時月亮上升，月光下，枝葉形成幢幢魅影。

我發現，自己一直生活在這些事物中，但是竟未曾仔細觀察，從未看清，從未聞嗅，

---

1 丹尼爾・狄福（Daniel Defoe, 1660-1731），英國小說家、新聞記者。其小說作品的主軸多為主人翁憑藉個人的智慧和勇敢戰勝困難。《魯賓遜漂流記》（*Robinson Crusoe*）為其代表著作。

2 強納・韋斯（Johann David Wyss, 1743-1818），瑞士作家，最為人所知的作品是《海角一樂園》（*The Swiss Family Robinson*）。內容描述魯賓遜一家，在前往殖民地的航程中，遭遇船難，漂流到荒島，憑著信心和毅力，將荒島開闢成樂園的故事。

更從未傾聽、分析或撫摸。從不知道用來飲水的葫蘆瓢，裡面粗糙得像銼刀；為什麼用手一摸木蘭花，它就變成了棕色；馬琪表姊家前院的石榴，是由外皮、果肉和石榴子構成的等等奇異事實。

就連眼前的這一切：黃昏時候，鄉野是如此淒涼；黑人經過黑漆漆的森林時候，一路哼歌、吹口哨，好給自己壯膽；普通一隻大鐵鍋只有三隻腳，而不是四隻腳；濃霜是露水凝成的；我吃過無數的香腸，就從不注意它是用小腸灌成的，外皮上還有雜色的花紋。

但是，現在我都忽然明白起來了，平心而論，這應該歸功於教育。如果沒有《衰落與瓦解》[3]《森林裡的羅夫》[4]莎士比亞的法斯塔夫爵士[5]或蘭姆的著作《論烤豬》（我甚至也從沒想過烤豬肉的脆皮，它究竟真正是什麼模樣），沒有喬塞的詩，《馬克白》，「對蝦的油炸法」和那個憂鬱的夢想家《哈姆雷特》等等這些書本，我一定會完全錯過這一切引人入勝的生活情趣，只知道樣樣接受，但是什麼也沒真正看清楚。

爺爺雖老，但是和埃及建築金字塔的卡帕斯王比起來，後者更不知年長多少。我家的房屋雖然十分古老，但是比起古羅馬和埃及金字塔來，便又微不足道了。「羅馬不是一天造成的」這句話，我們熟悉得就像「槍是鐵製的」那樣，而且確信無疑。但是這會兒我才真正深切了解，它的確不是一天造成的，它是由於一點一滴的努力，漸漸積聚而成的。

從此以後，說真話，我的代數雖然從未得到「甲」，但是我並未作一點弊而順利通過考試，海蒂小姐說她從未見過任何一個男孩兒，會發生這麼重大的改變。馬丁小姐更妙，她對我在莎士比亞的課程上不作弊的事，簡直認為難以相信。有一天，我朗聲背誦了一大堆喬塞的詩作為回敬，她不由得愣住了，最少她無法不承認我能背誦這件事實，在我對凱撒的拉丁文譯本突然有了心得，葛麗兒小姐驚喜得目瞪口呆。她不知道我對這門功課突然發生興趣，主要是由於莎士比亞和爺爺的緣故。我讀書時候，所需要的不是枝枝節節的片斷，而是把它的來龍去脈，弄得清清楚楚。

這並不是替教育作廣告，但是，我必須承認，教育確實有其優點。它多半是教我如何去作日常生活中的大小事，並且輔以少許為什麼要如此作的原因。後來，當我選擇了寫作作為終身事業時，其中有許多過去所學習的知識，的確派上了用場。但教育讓我獲益最多

3《衰落與瓦解》（*The Decline and Fall*）是英國小說家伊夫林·沃夫（Arthur Evelyn St. John Waugh）的長篇幽默諷刺小說，書中借用歷史學家吉朋《羅馬帝國衰亡錄》的手法，諷刺一九二〇年代的英國社會。

4《森林裡的羅夫》（*Rolf in the Woods*）也是英國博物學者、動物小說家湯普森·塞頓的作品。

5 法斯塔夫爵士（Falstaff）是莎士比亞劇作中《溫莎宮的風流婦人》和《亨利四世》中的角色，他是一個嗜酒成性又好鬥的士兵，現在已成為體型臃腫的牛皮大王和老饕的同義詞。

的，多半是獵浣熊和分析遼闊的原野等這一類的事兒。

＊

爺爺說：「有些家庭，似乎真有些瘋瘋癲癲的，只是瘋癲的方式各不相同罷了。有人大聲狂喊，想趕走月亮。有人認為自己是拿破崙。而我自己呢，除去打野鴨，就喜歡獵浣熊，偶爾也喜歡打幾隻鼰！

「你說來我聽聽看，為什麼一個大男人夜晚不去舒舒服服地躺在溫暖的牀上睡覺，偏偏喜歡跟著一群汪汪叫的獵犬身後，在森林裡跑來跑去，追逐一隻並不真正需要的動物，這不是發瘋是什麼？你想不想跟我和那幾個傢伙們，一起去打浣熊？」

我說：「要去的，爺爺！我猜，我是受了您的遺傳，也有一些瘋瘋癲癲的，我們什麼時候走？」

「今兒晚上，湯姆、彼得、艾伍德和柯畢特——老艾他們有幾條新獵犬——想去林中試試牠們的能耐。這次是打不到什麼東西的，只要他們一喝了老酒，四個人準會你打我，我推你，鬧得才熱鬧呢。但是最少我們去林中運動運動，林中只要有一隻浣熊、　，或是鹿啊什麼的，我們也就可以聽聽獵犬們美妙動人的鈴聲了。那樣也是很有趣的，對不對？」

有些濃霧迷濛的夜晚，以及獵鹿、松鼠和火雞的清晨，我曾去過林中好多次，但是那都是些很安靜的狩獵活動。獵浣熊的情調完全不同，它是為那些喜歡鬧酒，不怕跌進坑洞，不怕穿過荊棘叢，也不介意撞著大樹……這一類人們的工作。他們對於是否捉到浣熊，都無所謂，就喜歡聽聽獵犬身上發出來的叮叮噹噹的鈴聲！

即使像我這麼小的孩子，對夜晚的森林也很著迷。白天的森林，是一個溫暖、友善的地方，陽光從枝葉間灑落，草地上光波閃爍。黃昏時候，林間漸涼，顯得有些陰森怕人。在白天，叢林也就不大像叢林了；可是在夜晚，連城裡的公園也成了叢林。狗最知道，所以每逢這種時候就汪汪大叫。黑人也知道，就是見過世面的城裡人，這時也會拉上窗帘，點上燈。

夜晚，倘若獨自跑進森林，那真是一場極可怕的大冒險。但是，跟著一大群喝過酒的成人，去林中獵浣熊的時候，情調就完全不同了。這群人跌跌撞撞地，來回奔跑、摔咬、咒罵和笑，連貓頭鷹唬唬的叫聲，怪鴟的哀泣，在這一群遊樂的人聽來，也不再是可怕的鬼哭神嚎，而是親切諧和的伴奏啦！

獵浣熊的時候，通常都是先把獵犬放開作掩護，人只要跟在獵犬身後，跑遍全林……

這經過說來好像太簡單了，我所記得的就只有這一些。像這種不同平常的夜晚，甚至獵犬也全然不顧追逐浣熊的事，有的先開始去追狐狸，有的把鼯趕上樹，有的去驚起小鹿，有的獨自溜走去追兔子，使牠們的主人憑空惹上許多麻煩，白走了多少冤枉路。

我記得最清楚的還是那隻鼯，因為我奉命爬上一株牠藏身的老柿子樹上，拿著木棍，想把牠趕出來，突然，我攀著的樹枝折斷了，鼯就跟我同時一起從樹上摔下地來。我們追蹤一隻浣熊，被牠逃進沼澤的水塘溜走了。那隻笨瓜頭獵犬竟傻呼呼地跟牠一同跳下水去，結果差點兒被浣熊捉弄得快淹死了。

夜晚林中，獵犬清晰的鈴聲聽來好急促、好淒涼。牠們可真跑了不少的路，穿過低矮的五倍子叢，進入松林，圍著一株大樹緊張地繞圈兒——浣熊是從這兒溜走的——再瞧著這群孩子氣的成人們，一舉一動都好絕。我想，如果他們真是些孩子，瞧他們這種頑皮勁兒，大人不抽他們一頓鞭子才怪呢！

為什麼夜晚要去獵浣熊這件事，我也說不出所以然來，也許正如爺爺說的瘋瘋癲癲吧！但是現在想來，我認為每一個人，即使是成人，偶爾也需要暫時離開一切牽絆，出去輕鬆輕鬆，好舒散一下緊張的身心，而獵浣熊就會產生這種效果。

那一夜，我們也不知道在森林裡跑了多少路，獵犬來回繞圈兒，如果不想跟牠們轉吧，一不小心，也許就會跌進小河裡，等到你好歹摸索著爬上岸邊，那群人和狗早都不見啦。

等到清晨兩三點鐘，大夥兒都認為瘋夠了，才一致協議，決定罷手。他們知道，有些走失的獵犬，一兩天之內自然會回來；所以他們就去湯姆或是艾伍德家裡，把已漸熄滅的火燼搧旺，一個個兒躺在地板上。這時，有人去煮咖啡，有人去燻屋裡拿火腿，有人從雞窩裡找到一大捧棕色的雞蛋，也有人挖出一罈自釀的玉米酒，有人忙著找吉他。

我的家鄉仍舊遺留著依莉莎白一世時代的風俗，歌曲全部是古老的英國民謠。從那時以後，專門研究山地民謠的音樂家們，已經把這些歌謠灌成唱片，經過電台的播放，變成流行音樂。

我真不懂，他們是怎麼學來的，從什麼地方學來的這些音樂？爺爺就會拉小提琴——起先，他自製了一把小提琴，以後，為了要檢查它的性能，他認為自己應該學會演奏才對——也許他拉的並不算頂好，但是在他演奏的每一支歌曲中，聽來都是真情流露，這一點無人能及，也正是爺爺最大的特色。事實上，每個人都會演奏一兩樣樂器。最妙的是，有些人在正式文件上，連自己的姓名都不會寫、不認得，只能畫押代替簽名；但是他懂的樂譜上的微妙和聲，不論他是敲搓衣板，吹小口琴，拉鼓形提琴，或是吹口琴的時候，都是一板一眼，音韻動人。

黑人天生就喜愛音樂，演奏樂器和唱歌，都是出了名的。他們所唱的古老聖樂，在今日的樂壇上，仍舊佔有一席極重要的地位。每次回憶起他們的莊嚴歌聲，仍舊有那種肅然起敬的感覺。

音樂好像和生活永遠離不開似的，無論在做什麼，都有它特殊的音韻。獵犬身上叮噹的鈴聲，捕漁船上拉網時候的歌聲……就連那天獵浣熊的夜晚，大夥兒也是載歌載舞。

在我的記憶裡，無論打獵、釣魚，都會有音樂和美味的食物、各種專門知識、科學常識等，還有溫暖的爐火。累極了，可以懶散地好好休息。一天工作完了，成人可以喝杯烈酒，孩子們也可嘗一點甜津津的葡萄酒。似乎每一件事，從頭到尾，都極有意義。

爺爺就常說，釣魚、打獵最好的時候，是在未去以前的計畫，和歸來以後的談論。當然中間這一段更是談天時不可或缺的基本資料。他說：「每個人對當天所作的好事或錯事，都該給他一點誇張和隱藏的自由。」

躺在鄉村廚房的潔淨白松地板上，四周是一層薄薄的松脂板壁，火光熊熊，燻得人暖洋洋地。空氣中蕩漾著火腿、雞蛋、咖啡、玉米酒等混合起來的香味，聽他們談起當地流行的傳奇故事，過去打獵時候的經歷、荒誕的傳說等等。

柯畢特談起他「為政府做事」那段日子，其實就是他因為釀造私酒，被判入獄的誇張說法。聽他們談第一次世界大戰，罪犯和判刑……這一切，都是在獵浣熊的夜裡聽來的。

宴會結束時天已大亮，大夥兒踉蹌歸去，帶著一條身上掛彩的獵犬，一隻浣熊，這就是一整夜的工作成績。

爺爺說的話一點也不差，艾伍德果然跟柯畢特發生爭執，拉拉扯扯地摔倒了，費了好大勁才把他們拉起來。湯姆和彼得也為一點小事吵吵嚷嚷，我推你擠地，先後躺在走廊外面的泥地上，連狗也跟著擠在他們倆中間。

爺爺搖搖頭，深深地吸著清晨的新鮮空氣，說：「我再告訴你一遍，瘋癲自有它特殊表現的方式，打浣熊就是有力的證明。這倒提醒了我對人生的領悟，整天忙忙碌碌，工作呀，摔跤哇，吃啊喝呀，打鬥哇，等到這一切都已成為過去時候，自己想想，覺得好愚蠢，按常理來說，甚至連一隻引起這一切騷亂的浣熊，你都沒有得到哇！」

23 撞球室

那真是個使人煩悶的春天，陣陣狂風，還夾著大雨，簡直無事可做。生起火來嫌熱，不生火吧又太冷，窗外雨聲叮咚，一陣風來，吹得窗櫺格格直響。

爺爺和我只好坐在屋裡，抓耳撓腮，坐立不安。不管我們坐在哪裡，奶奶馬上就會拿著雞毛撣或掃帚跟著來。如果我們坐在椅子上，奶奶就正對著我們撣這掃那，我們也知道，她又想把這張椅子挪挪窩兒，女太太們總是這樣，即使挪過去的地方也不見得好，但是，那將使她心裡覺得很滿意。奶奶一刻不停地把我們攆來攆去，爺爺不得不嘆口氣說：「我們還是去湯普生撞球室吧，最少，那裡面見不著太太們。在原則上，我是反對撞球室的，但是有時候，一個人除此以外實在無處可躲的時候，去坐坐也無妨。」

這時候，奶奶又拿著地毯掃塵器到我們這邊來了，我們馬上站起來，穿過三條街，到撞球室去。坐在高腳凳上喝可樂，聽撞球滴答相碰，瞧著那些打撞球的人，彎腰面對著撞球檯上深綠色的羊毛毯，神情好專注呢。今兒湯普生撞球房裡客滿，爺爺說：「顯而易見的，鎮上全體太太們都犯了那種每逢下雨天，就想搬動家具的老毛病。」

爺爺摸著自己亂糟糟的鬍子，點著菸斗，看著那個一連打進八粒撞球的人，他嘴裡在嘀咕：「女人是世界上最奇怪的動物，我曾花費了一生的時間，在各種不同的情況下，來研究她們，居然毫無具體的結果。我認為，無論是森林或是水中的動物，從沒有一樣要花費我這麼多時間的。我能把一隻無能的狗訓練好，或是唬住一條魚，用計謀捉一隻狐狸，以機智勝過浣熊，或者把一隻公鹿趕到我想要牠去的地方去，但是卻沒有真正有效的方法對抗女性，而能使她們服貼的。等到剛剛摸出一點門徑來，她又使出一手新的花招，害得你不得不從頭再來。

「就拿撞球來說吧，這裡面並沒有什麼真正見不得人的邪惡事兒，我是不打撞球的人，也來撞球室坐坐，是為了有條新的獵犬，想出來亮亮相；或者有什麼新的得意事兒，想誇耀一番；因為唯有在這兒，才能找到一些聽我講話和看我亮相的東西的人。像撞球室這樣一處小地方，並不是罪惡的巢穴，而是鎮上的男士們唯一可以躲避女性困擾的避難所。

「撞球，不過是利用球竿代替網球罷了。記得那時候，我在英國，見到那些上流社會中有階級的人們，常在我去的那一兩家俱樂部裡打撞球。但是，我國卻有種奇怪的想法，認為網球是女性化的運動，打撞球是壞事；那是因為太太們無法跑進撞球室去的緣故，所以她們就恨死打撞球了。」

我注視著杜尼華特打了一次不合規則的高跳球，白球跳越過阻礙在中間的撞球，擊中目標，並且把它打進角袋裡去了。

爺爺說：「好球！雖然不合規矩，但是這一手打得很漂亮。告訴你，像杜耐這種人，所有的規矩和戒律對他毫不發生作用。他不是人們所謂天生肯守法的人……我剛才在說什麼來著？哦！想起來了，是在說女人。」

爺爺繼續說：「只有一種方法可以對抗她們，就是我所謂的以退為進的消極接受法，或者說是欲擒故縱的激將法。有一點基本觀念必須了解，她們總要比你領先兩步，你就得以退為進。

「女性天生就是頑固派，任何一樣男性覺得快樂，而她不了解又無法分享的事，都使她們生氣。男人多半喜歡罵人、嚼菸草、喝酒、打撞球、玩撲克牌、抽香菸、出去釣魚打獵，這些事通常都認為不是女性可以分享的，所以她們最討厭這一切。

「只要自己的行為端正，凡事知道有節制，這些事也並不如想像的那麼壞。我還從未聽說過有誰因為去森林，或海上或是撞球室而變壞了的。你知道我是抽菸的，偶爾也喝點酒，但是從未進過監獄，沒欠下債，跟牧師談話時候很有禮貌。若不自知節制，樣樣事都會做過了頭的，連好心的慈善事業或是吃洋芋泥也是一樣，凡事一過了份，好事也就變壞啦。

「女人對自己不能參加的事兒，自然就當它是壞事了。英國人卻斯特頓[1]寫過這樣的話：『世界上有三件事女性不能了解：自由、平等、博愛。』我認為在平等這件事上，他批評女性有點過火，但是自由和博愛，她們實在一竅不通。」

大約是聖喬治球隊的貝爾，一連斜著打了三杆反擊球，把一隻陷住了的撞球打進網袋裡去了。

爺爺說：「對待她們，最好就用這種旁敲側擊的方法，球杆對準別的球，當她們忙著跟杆轉動的時候，冷不防主球已經落了網。她們經常把興趣集中在枝節上。」爺爺今兒滔滔不絕，長篇大論地發表他的高見。

---

1 卻斯特頓（Gilbert Keith Chesterton, 1874-1936）英國作家、文學評論者。熱愛推理小說，不但致力於推廣，更親自下海撰寫推理小說，所創造最著名的角色是「布朗神父」，首開以犯罪心理學方式推理案情之先河，與福爾摩斯注重物證推理的派別相庭抗禮。

我插嘴問：「這句話我聽不懂，什麼叫做把興趣集中在枝節上？」

「回家後我來做給你看。我教過你射擊、搭帳篷、釣魚和訓練狗，關於女人這一課也乾脆由我來教教你得了。」

我們離開撞球房時候，風雨已經停歇，爺爺嗅嗅鼻子，咧開滿是鬍子的嘴笑開了：「明天準是個好天氣，你最喜歡幹什麼？」

我說：「很難說，您想，鱸魚是否肯上鈎啦？」

爺爺點點頭：「好，明天是週末，你想我們去釣魚？」

我回答說：「是的，爺爺！康凱克島上修理小屋的事，還一點兒也沒動手呢，我猜經過上次一陣大風後，小屋準是被颳得一團糟，做起來一定很有趣。」

爺爺說：「先去看看，要看過那邊土地的情況，才能決定呢。」

我們一直走回家，奶奶拿那副家主婆的眼光釘著我們，又問：「你們都到哪兒去了？」

「撞球室，你那麼忙，我們怕妨礙你做事。」

「竟把這孩子帶到撞球室去跟那些游手好閒的人待在一起！」她一直嘮叨了足足有五分鐘，說什麼去撞球室和那些流氓混在一起，沒有任何好處之類的話，爺爺一聲不響，由著她嘮叨，直到她說累了才住嘴。

等奶奶說完了，他才說：「對不起！」就走到後院去，跑進地下室把漁網拿了來，鋪在客廳的地板上，盤著雙腿朝地板上一坐，就拿出一根縫帆布的粗針，開始修補漁網。他向我擠擠眼睛，又附在我耳邊低聲說：「去把釣魚竿拿來，該拆下來檢查檢查啦。」

我搬出魚竿，一截截卸開，在一張攤開的報紙上，開始擦拭線軸。奶奶走進屋來，看見我們把這些亂七八糟的東西，放在她剛剛打掃乾淨的地毯上，氣得直跺腳：「這些都是什麼亂七八糟的玩意兒？竟放在我的地毯上面？」

「太太！只不過是漁網和釣竿。」爺爺笑嘻嘻地說著，聲音好溫柔呢。「孩子！這會兒既然動手做了，你最好把獵槍也一起拿出來，這麼潮濕的天氣，槍一定會上鏽的。」

「是，爺爺！」說著，我就站起身來。

奶奶尖聲嚷：「你們休想在我的乾淨地毯上擦槍！」她氣得滿面通紅，「弄得到處都是油……」

爺爺分辯說：「可是，太太！這種雨天怎麼能到外面去擦呢？我是想把它弄乾淨以後，好一起堆放到閣樓上去。」

奶奶說：「真不知道你們倆哪個更討厭，是你呢，還是這孩子！每次只要我剛一打掃乾淨，就要在屋裡胡亂糟蹋。你為什麼不把孩子一起帶了出去？」
爺爺睜大了眼睛，傻呼呼地問：「去撞球室？」
奶奶嚷著說：「我才不管你們去哪裡，只要你們把地毯上這堆破爛趕快弄走！」
「當然，」爺爺偷偷地朝我擠擠眼睛，「在撞球室胡混的游手好閒的人那麼多——」
「只要你稍微有點頭腦，就該把孩子帶到康凱克島去，好修理你們一直放在嘴裡念叨的那幢小屋子去呀！在那兒，隨便你們怎麼糟蹋都行。最少，在我打掃的時候，別在這兒礙手礙腳的。」
我剛剛想開口，爺爺搖搖手，叫我別出聲。
他說：「太太！你跟我一樣清楚，康凱克島那兒又冷又下雨，小屋裡又沒存食物，我們要不染上感冒死掉才怪，而且——」
她說：「笑話，你已經這麼一把年紀，半輩子的時間不都是泡在水裡，或是在陽光下曬著？小屋下面的浮木應該很多，你再帶些吃的去，你不是一直誇說自己烹飪的本領怎麼怎麼好嗎？這不是正好找個地方露一手嗎？」
爺爺搖搖頭說：「我也不知道，最近我的風濕症好嚴重，我認為最好還是待在家裡。走吧，孩子，你奶奶既然不許我們留在客廳，那麼我們就到飯廳去！」

「你只要敢進我的飯廳，我就——你們就在這兒，別再動了。」她匆匆忙忙地走進廚房裡去。

爺爺說：「你不要開口，只要動動油罐，她一定馬上就回來。」

果然不錯，奶奶真是就這樣。她彎著腰，兩手提著一大籃東西，從屋裡走出來，氣喘噓噓地說：「這兒有半隻火腿，三打雞蛋，還有好些橘子、豆子、麵包、咖啡和一塊蘋果餅，還有些餅乾。現在，快把地毯上這些東西拿走，找個地方做兩天牛仔去。」

爺爺說：「孩子！我們已經被攆出來了！把漁具拿到老福特車裡。我們兩個也許都要被淹死了呢，到時候她就該後悔了。」

奶奶大聲嚷：「小意思，別客氣！」

爺爺嘆息著走出門外，我剛要爬上車，奶奶又把我喊回去。她手裡拿著一個紙袋，裡面硬繃繃地，還「啵！啵！」作響呢。

她說：「你爺爺忘了拿他治神經痛的藥水。要我是你呀，在未去小屋之前，我會先去試試釣鱸魚，猜想牠們應該可以上鈎了。」她也跟我擠擠眼睛，「可要離撞球室遠著點兒。」

我把藥水遞給爺爺，他嘆息說：「你懂我的意思了吧！誰也休想唬弄得了她們。她跟你說些什麼來著？」

「她說：『先該去釣魚！』」

爺爺說：「我們這就去釣魚，只是，如果她肯直截了當地說出她想吃魚的話，不是要節省我們好多時間嘛！」

24 捕漁船上

從前，捕鯡魚業大約是謀生方法中最富刺激性的了。我初次了解海的浩瀚和海上的生活，得從爺爺覺得我已經長大得足夠上鯡漁船裡去，做點輕微工作的那天說起。鯡魚類油多肉厚，牠的正式名稱是大鯡魚，用於炸油，做魚肉及其他等用途。鯡魚肉味鮮美，如果真的餓狠了，生吃都可以。

我們鎮上，捕鯡魚是一項大工業。人們的生活費用，都是從捕魚捉蝦以及擔任領港的工作賺取來的。爺爺有一艘捕鯡漁船「凡妮莎號」，在大海上，那也不是一艘什麼了不起的大船，但是在我來說，它比「瑪麗皇后號」還要堂皇些。它有足夠的空間，容納一張幾乎有百萬英哩長的大漁網、一排小船、一名船長、一名助手、一名掌管轆轤的，和一群身強力壯的黑人水手，還有一個小男孩。

鯡魚總是成群地來，上空還跟著大群鳥類——塘鵝和海鷗等。金色的陽光下，只見一片黃銅色，魚群中還擠著一些好大的魚——鯊魚、海豚和鯖魚。鳥兒們俯衝著直撲水面，乘機用利爪或尖喙抓條魚。

我的工作，是站在高高的眺望台上，我是個毫無畏懼的臨空瞭望者，頭上是一片茫茫無際的天空，眼睛凝視著無垠的海面，搜索隨波逐浪又肥又大的鯡魚群，用網拉起來放在甲板上，銀光閃爍地在跳躍；然後被送到葛查理的加工廠，送到經常洋溢著鹹肉燉豆子氣味的黑人家中，或是用小汽車裝運到白人的家裡。

爺爺說：「這是很重要的工作，你並非只是個擠在捕漁船眺望台上的毛孩子，你掌握著能影響許多人生活的經濟權呢。因此你要用心瞭望，免得被別的漁船捷足先登了，那樣可能下一年的聖誕節就過不成啦。你可以假裝把自己當作尋找白鯨莫比敵的亞哈船長[1]。總而言之，滿滿一網鯡魚就像鯨魚那麼重，那也照樣值得那麼多錢呢。」

爺爺有一點使人難忘，他無論對什麼事都有他一套樂觀的看法。讓小孩兒搜尋腥味好重的準備送往工廠的魚群，是一件非常乏味的事。但是給孩子加上搜尋大白鯨的船長頭銜，那就完全是另一回事啦。天！當我居高臨下，站在半空，睜大了眼睛在搜尋魚群的時候，自然就會覺得自己是宇宙之王了。

我已經發現鯡魚群，立刻朝著下面吆喝：「喂！船橋！」[2]其實，我可以乾乾脆脆地喊：「嗐！爺爺！」，接著又說：「魚！船頭右舷……」這一類的航行術語。後來我一直在想，爺爺大約早在吆喝之先就看見了，但是為了禮貌，一直在等候讓我嚷嚷呢。

通常，我們是攔截著魚群必經的道路，放下艇架上的小船，由小船分別拖著那張巨網，船上那幾個滿身油亮的黑大個兒，他們低沈的聲音，哼呀呵的，拖呀拉呀，當小型蒸汽機拉起沈甸甸的漁網時，活蹦亂跳的魚兒像潮水似的湧入船中。在以水產為業的社會裡，有如找著了一宗寶藏。

這時候，爺爺把駕駛交給彼得、湯姆他們，說：「看看這回我們打到些什麼？」

那是最富刺激性的一剎那，因為誰也不知道，隨著鯡魚一道從海裡拉起來的，將是些什麼。平常是些鯊魚——鎚頭鯊和扁鼻鯊之類——有時個兒還好大呢。有時可能找到一條遠自北美來的鯡魚及各種各樣可供食用的魚類——鯡魚、藍魚——和海豚。這時候，我又有了新工作，套上膠靴，走進船艙，從這一大堆令人驚喜的收穫中，搜尋可食的魚類，這是分

1《白鯨記》（*Moby Dick*），是美國小說家赫爾曼．梅爾維爾（Herman Melville, 1819–1891），的作品。敘述捕鯨船的亞哈船長帶領全體船員，航行全球海域追捕一條叫做「莫比敵」的大白鯨的歷險過程。最後兩敗俱傷，船毀人亡，而「莫比敵」也不知去向，是一本曲折離奇的冒險小說，有許多關於航海的知識。

2 船橋（grandpa），船長發施號令的地方。

攤給全體船員們的。等我們回到碼頭以後，把這些鮮魚賣給商店，賣得的錢，我也照樣分攤一份，而且由我隨便花用，沒人來尋根究底。

那是個晴朗的天氣，海浪澎湃的金色日子，嘴唇沾上鹽沙，沾著海水的鼻尖，被太陽曬得紅紅的。海上可看的多著哪：鳥兒抓魚的情景，鯊魚的脊鰭劃過水面，海豚和船頭賽跑，態度友善的五島鯨，興高采烈地衝破水流漩渦，圍繞著船嬉戲。船隻像是傻大個兒似的，炫耀著自己有了伴兒。

氣候變化萬千，得隨時注意有無狂風、暴風雨，或者颶風將臨的跡象，並且隨時準備採取適當措施。我有一套防水雨衣，一頂暴風雨時候使用的雨帽和一雙長統雨靴。我很愛看天空由灰變暗，雲層低垂，波浪洶湧，澎湃的浪花，打上甲板、桅檣，有時竟打上了船橋。海上揚起風暴的時候，景色十分壯麗。尤其當你有一位可以信託的船長，知道他一定能將你平安地送回溫暖的爐邊和清潔的牀上，那就更別提有多快樂了。

甲板上的氣味也很特別——有焦油、清潔劑、帆布、鹽、油脂、煤和油漆等。在「凡妮莎號」上，我才第一次認識了舒吉模吉（sujimuji），它是一種含有毒性的鹼水混合物，用來擦淨油漆的，能把人的皮膚燒得起泡。許多年後，我隨著商船出海時候，對於擔任水手艙的守望，以及使用舒吉模吉洗擦油漆，簡直無須指導。

爺爺說過，既然我只是一名普通水手（擔任尋找白鯨莫比敵的亞哈船長時除外），就一定不許和船長——爺爺自己——在一起進餐。他說，船長該有船長的威嚴，所以我就和被任命為副船長和領班的湯姆和彼得在一起。我認為，我們吃了好多豬肉，也許是由於饑餓的緣故，因為每餐都有煎鹹豬肉、玉蜀黍、雞蛋、火腿、鮭魚罐頭、炸魚還有咖啡和鹹餅乾，甜的糖蜜，也許還吃一個蘋果，大夥兒都得吃這麼多。多年後，我才知道，陸軍不能空著肚皮行軍，海軍不能沒有咖啡喝。海員口中所提到的「咖啡時間」，比「見鬼的魚雷」次數還多些。

我記得最清楚的是，在這群人之中，無論黑人白人，從不曾使我感覺自己只是個沒用的小男孩兒，或者舉止有什麼不適當，或者太瘋了之類。他們教導我許多只限於小男孩兒應該懂得的事兒。比如頂風的時候，別把食物殘渣桶倒在船尾上。在波濤洶湧的海上，如何駕駛顫動的船。要按照吹襲過來的風向和灣流，再決定如何轉動駕駛盤。從眺望台下到甲板來，一定要從繂繩上，一把一把地，雙手交互地攀援而下。如果手上帶著手套，就可以一直滑溜下來。多年以後，我在海軍服役的時候，有幾件事我無須學習的是，關於打結和帆腳索；四方結和祖母結的區別。湯姆，也可能是彼得，曾經教過我怎樣打土耳其人頭結，怎樣處理纜繩，怎樣編結起絞索的繩頭。我能在操縱錨機，不論是起錨或拋錨時候，都不會撞上船隻和碼頭。

如果這一切後來不能派得上用場，說來也就沒有什麼意思了，但在多年後，一次狂風暴雨的夜晚，在那條裝滿貨物，工作人員有船長、副船長、見習水手和我的貨船上，從德國漢堡起錨出發，溯流而上到德國北部的不來梅港途中，全體水手和官員都喝醉了，只有我一個人獨自在船尾操縱兩根絞索、兩具錨機。內心不禁虔誠感謝老「凡妮莎號」和它全體合作無間的水手們。

我記得好清楚，黎明前航行時，海上寒冷徹骨，又冷又濕的晶瑩露珠兒，凝聚在防水衣上、麻繩上、甲板上，也灑滿了船艙的玻璃窗上。沿途海浪衝激，船身親吻著起伏的浪花。每逢海上風浪大作的時候，船上一切未被繫牢的東西，被打翻得到處都是，廚房裡砰砰直響，夾著廚師的咒罵聲，火爐上的咖啡壺也翻倒了，咖啡渣倒了滿地，咖啡香味四溢。

當紅色夕陽西沉，晚涼襲人，像這樣一整天下來，累得人骨頭都像散了似的，船滿載而歸，我趾高氣揚地踏上碼頭，把船繫牢。這時候，兩條被海浪顛得發軟的腿，站在地上，仍舊有在海上時搖搖晃晃的感覺。

在我閱讀「古代的海軍」之前，我就已經看見過一隻屬於海燕科的鳥兒——信天翁——

了，此外，我知道有一艘船就以牠命名。我也體會到，獵人們以山林為家，水手們以海洋為家。

有一天，該我輪值擔任駕駛的時候，爺爺說：「我大半生的時間都生活在海上，你叔叔他們，以及我們家的祖先們都是如此。看情形，你像是也繼承了家傳喜愛海洋的血統。」

在不久之前所謂的第二次世界大戰的悲劇中，有一次我在阿爾及利亞西北部的奧倫港埠東邊，擔任海軍職務時候，就想起爺爺說過真希望我們家能再多幾名軍人的話來。

25 禮貌

有年夏天，星期天早晨，爺爺跟我說：「依我看來，現在該輪到你開始教我點事情啦。這麼久以來，老是我教你，這種片面的教導不行啦，你有沒有知道一些我還不清楚的事兒？」

我反擊說：「您還有什麼不知道的事情？」

爺爺罵我：「別這麼沒有禮貌，我是說真格的。」

我告訴他：「我也是嘛。我所知道的事兒，每樣都是您教我的。」

爺爺說：「話可不是那樣說，老人能夠從小孩兒學習的事情可多啦，除非你已經長大，不再是孩子了。我覺得你好像一個星期要長高一英呎似的。」

我笑著承認：「我幾乎整天都覺餓得慌，總而言之，就像永遠沒吃飽似的。您想，我是不是長條蟲啦？」

「看來不像，你吃的還不夠餵飽你們兩個的，別胡扯啦。告訴我，在所有我教過的事情之中，哪樣是使你印象最深的？」

「是真的？」

「真的。」

「您會笑我的。」

「我才不會笑。我幾時笑過的？簡直胡說八說。」

「好吧，爺爺，是禮貌！」

「禮貌？」

「是的，爺爺。我敢說連您自己都不知道。我們在一起所作過的每一件事，主要是建立在禮貌上。」

爺爺吹聲口哨，點上菸斗，說：「喔！該死，打算來教導我啦。」

「我才不要像主日學那副腔調，可是……」

他插嘴說：「你是不可能像主日學那樣的，你並沒有花那麼多時間在裡面嘛。在你未接著往下說之先，我要告訴你一樣我跟男孩兒們學來的事情，有個小男孩說，他溜課不上主日學而去探望墳場，是因為它的考古重要性；這若是不使人成為習慣性的說謊家，便成為富有遠見的人。你繼續說下去！」

我說：「天氣這麼好，我是有些喜歡墳場的，它比主日學還要好，因為那兒更有趣些。既然您仍舊想聽，我談談這些吧。您教導我別叱責別人的狗，不許貪獵小鳥。您教過我，沒人不希望自己像個堂堂正正的人。我特別想起了那些黑人，那些肯讓我們射擊他們鵪鶉的黑人，也就是那些只要我們在他們家附近就很照顧我們的黑人。我並不是說關於那些『是的，先生。』『請！』『謝謝您，夫人！』脫帽行禮，或是孩子們在餐桌上只能見人，不能出聲之類的禮貌。我是說從來沒見您對誰有過惡意，連對獵犬也算上，甚至連那個那天在碼頭上，被您在他下巴頦兒上揍了一拳，把他打進水裡的威利也包括在內。」

爺爺有些不好意思地笑了笑，喃喃地說：「那天跟往常不同，一個人不該由著自己的脾氣來支配。否則，我照樣還會把他打到水裡去，對不起，也許摔得更遠些。」

「您還記得那次我不敢跟牛溫迪對抗，您揍我啦！」

爺爺說：「記得。我打你是為你好，如果再那樣，我還是要揍你的。後來你從地上跳起來，替牛溫迪把他身上的油污弄乾淨。從那次以後，你們就成了最要好的朋友，我也免得再擔心你是不是個膽小鬼啦。只要時間跟地點合宜，敲頓屁股是很要緊的。只要地點跟時間合宜，每件事都有它的重要性，連罵人也是。有時候該罵，有時候不該罵。有時候該打鬥，有時候不該打鬥。一定得知道應該在什麼時候採取行動。」

「怎麼知道應該在什麼時候採取行動呢？」

「很難說，我認為你已經找到竅門兒了──禮貌。在禮貌受到侵犯的時候，總有人犯了錯兒，不是你就是別人。那時候就需要抗議，不是用語言，就是用拳頭。」

我說：「如果把您教導我的事情全都告訴您，聽起來真像訓話，您會難為情的。」

爺爺說：「那就別說了，倘若那一些對你真有益處，常想著也就夠了。抱歉，是我引起這些話頭的。但是除去那些留心別讓鳥槍打斷腳之類的事以外，有件事你定要記清楚，別自命不凡；我們的國家都被那些自命高人一等的人害苦了，個個兒都想要重新塑造別人。有時我為了禦寒或疼痛，偶爾要喝點酒，你奶奶就認為這就是犯罪，其實她自己覺著不舒服的時候，也喝點酒。如果我喝杯酒是為了消遣，那自然就大錯了；為什麼消遣的東西就一定不對勁，實在沒有道理。所以，女人真是奇怪的動物。但是歸根窮源，還是不能缺少她們，否則也就不會有我們，這是題外話。我想告訴你的話很簡單，別自覺高貴，那對國家沒好處。」

我問：「高貴是什麼？」

爺爺說：「喔！經常總意味著別的事情。它本來表示出身良好，是所謂的紳士，那是說某人的父親很富有；所以他就無須辛苦工作了。它是部份由於政治，部份由於遺傳，所以有些人比鄰家的窮孩子擁有更多的財富。就因為有這點財富，這些人就毫不加思索，自覺他們高人一等，因此面容嚴肅地想改進一般不如他們同樣高貴的人，……這一切都是來自愚蠢，你懂我的話啦？」

「不懂。我也不那麼樣高貴。」

爺爺繼續說：「欸！你已經繼承了我的癖性——說話的詞句和有時肯說老實話。這會使你交不到朋友，同時，也可能使你不致因為自命不凡而遭遇不測，你是不是對這個已經聽膩啦？」

「是的，爺爺，說老實話，您就像把我留在羅克伍灣附近的諾克斯農場和夏綠蒂家的半道兒上，把我鬧得胡塗啦！」

爺爺沈思了一會兒說：「提起羅克伍，正好拿他作榜樣，當年他住在河邊，渴望乘坐自已的船隻去海上觀光；所以花費了好幾年時間，建造了一條船。這船又大又好，吃水很深，所以沒法兒從河上的橋底下航行出去，所以他成了不朽的人物，人們就把這兒命名為羅克伍灣。」爺爺嘆息地說：「一個人的名望就是這樣建立起來的。」

我問：「我們怎麼會想到這上面來的？」

爺爺回答：「真的，我也不知道，我想，是我問起你一樣理論上的問題，沒得到滿意的回答，談到關於禮貌之類。你能不能溜進屋裡，小心別讓奶奶看見，把我們的漁具拿來？」

「是的，爺爺。」

爺爺說：「這樣，我才喜歡。有教養，守禮貌的孩子對長輩會說：『是，爺爺！』而許多別的孩子就會說：『不！爺爺！我要上主日學。』」

我提醒他：「您知道，今天是星期天哪！」

爺爺說：「只要我們把時間處理得當，還能正好趕得上回來吃晚飯，告訴你奶奶，就說我們去教堂了。撇開我的警告不談，作為一個自命不凡的人，也的確有他實用的價值，特別是在星期天的早晨，正是魚兒肯上鈎的時候。」他跟我擠擠眼睛，「如果我們被抓住了，我們總可以告訴她，我們去墳場考古，好研究早期北卡羅萊納州在考古學上的意義呀！」

26 歲月如流

爺爺瞇著眼睛，凝視夏日的晴空，淡藍色的天幕下，飄浮著片片白雲。他仔細地塞滿菸斗，點著了，使勁吸了幾口，用菸斗柄指指我。

他說：「今兒我可不大想理你！」

「這會兒，我又作了什麼壞事啦？爺爺。」

爺爺說：「沒有，但是你一定會作的。而且你這副無事可作的模樣，也許就是今兒，我為什麼不理你的原因了。」

爺爺一向都教我有禮貌，所以我很禮貌地問：「為什麼呢？」

爺爺說：「因為你是小男孩，而我已經是老人啦。所以有時候當老年人看著小男孩，知道做小男孩是什麼滋味的時候，這就會使老年人大為光火了，因為他已經永不可能再做小男孩啦。」

我心裡有數，像這樣沒來由的笑話，爺爺從來也沒有說過的，我沒有開腔。

爺爺又說：「當然這是忌妒。完全是忌妒再加上些許風濕症，坐骨神經痛，以及了解人生的途徑僅指向著墳墓。原諒我提起這種話題，但是有件事，希望你多想想：別儘著盼望下一個聖誕節。那只會增加六個月的年齡，而再也喚不回來的是那六個月的時光。試著訓練自己，儘量利用目前所學到的一切經驗，不論它來自學校或是出痲疹。你所作的事情，多半一生只能作一次，就連百日咳也是。待會兒見！」

爺爺啣著菸斗，蹣跚地走出去。的確，爺爺很少有像今天這樣如他所說的「不愉快」。長久以來，他一直覺得不大舒服，我猜想疾病一定很刺激他的神經。

突然之間，我覺得好淒涼。你知道那種心情吧？當你和一個人相處久了，就看不出他的變化來；我對爺爺太熟悉了，就從來沒想到過他一直在一天天地衰老、萎弱，腰也有點兒彎了。這會兒我瞧著他慢吞吞地，步履蹣跚地走上街去，雙肩也拱了起來。我忽然想到：爺爺日漸老去，我也是如此。我從來沒有想過，生命就在我等候學校放假，聖誕節來臨，獵鳥季的開始——我只記牢一個個的日期，而將等待之中的時光白白荒廢了。我也從來沒有想過。爺爺比以前更老，我也曾經如是。就在這一剎那，陽光不再那麼明朗，天空的浮雲也不那麼樣美好啦。

爺爺常說，多數人對事物都是視而未見。有一回他告訴我：「人們多半都像個睜開眼睛的瞎子那樣度過了一生。無論是麥虱或蛤蜊，任何一樣東西，只要去觀察、研究牠，都是有趣的。」現在我才漸漸開始體會到他說這話含義了。

我跑進地下室，拿出船槳。再去閣樓找到漁網、輕釣竿和漁具箱，把它們扛在肩頭，走向河邊。我也從來沒有想到：我所做過的每一樣事情都是跟他老人家學來的。他會說；「孩子！每逢你心裡憂愁，想好好思索的時候，再沒比一條小船和一根魚竿更有用的了。流水能輕鬆心靈，撫慰眼睛，寧靜神經。而且總會有魚可吃呢。」

我爬上小船，划著穿過海峽，陽光在微風揚起的水波上閃爍歡躍，海水的鹹味兒和蒸發了的沼澤氣味好濃啊！

不知道誰曾有過這般幸運，在涼爽的夏天，聞過那股泥沼中的鹹味兒。但是在這兒，我發現那氣味比起普通海峽裡，海風吹揚的泥沼味兒來，多少還帶點兒排列在陽光下堅實的西洋杉、柏樹、青草，滿佈在泥地上的沙蟹洞穴，蠔牀和爛蛤蜊的混合味兒。我從不曾仔細思索過沼澤的一切，但是那兒的確是世界上最富庶的地方。

在沼澤中，那些看不見的生生不息的生命，十分奇異。附近有跳躍的黑棕色——幾乎是黑色——的沼澤兔。當你跋涉著穿過泥地，走上高崗，放開獵犬，牠能把好多兔子趕到你面前來。貂在靜悄悄地獵食，滑溜得像蛇似的，偶然也能看見牠在游水，揚起粼粼的水波，身後留下一條長長的漣漪。

我最愛聽那罕見的鷺鷥像羚羊似的叫聲。烏鴉的呱呱聲。有時，幾隻尖聲呼哨的小鷹，向下俯衝，莊嚴地掠過草尖。注視，永遠注視著，看看是否有可以獵攫的食物。黃綠色的沼澤裡，到處有大白鷺。蒼鷺和那種垂著頭，我們管牠叫「彎脖兒」的鷺。山鳥鮮豔的紅色肩章，就像是散落在草地上的紅寶石。

清澈的水塘裡，夏鴨悠然浮沈。小小的鷿鷉鳥，潛水久久，時間好長啊！很久以來，我就不再射擊鷿鷉和秋沙鴨了，吃來既不可口，射擊的時候也沒什麼樂趣，寧願留著牠們欣賞了。

磯鷸昂頭闊步地在沙洲四周走動，氣派十分莊嚴。兩隻蠔鳥低飛掠過水面，大嗓兒，好古怪。

我把一隻船槳插進沙洲外面的水底泥漿中，穩住小船。拿著漁網，涉水四處尋找，發現一群小蝦，水面被牠們弄得直冒氣泡兒；兩網下去，就網到了四五打魚，一些活蹦亂跳的鯔魚——最大的有十二英吋長。雖然魚竿的運氣不佳，漁網卻替我準備好了午餐。

這正是一年中盛產軟殼蟹的季節，我用光腳丫就找到了半打。小男孩兒的靈活腳指頭，總會摸索到一兩隻蛤蜊之類，等到我準備放開船的時候，船裡已經裝了好多軟殼蟹和跳躍的活蝦、鯔魚，以及藍紫色鑲白邊的大蛤蜊。

別以為魚洞的事，是別人說著玩的。把魚餌投進普通水流中，一整天下來，除去運動一番以外，可能什麼也沒釣著。可是，如果知道什麼地方有一個被水流穿的石灰岩深洞，一條古老的沈船，爬滿螺螄的木橋樁之類，在你沒投下釣竿之先，按照想釣哪種魚，再去這一類的地方。我把小船划到一處我熟悉的深洞那兒，它就像是一隻貯藏食物的大冰箱，不過，那時還沒發明這種東西呢。深洞裡有隆頭魚、鱸魚，有時也有鰆魚——也許魚兒並不太多，但是下鍋弄來吃的是足夠了。我像快樂的鳥兒似的，垂釣兩小時，就把繫在船尾的麻布袋裝得滿滿地。當時，那枝輕釣竿只要釣到一條半磅重的魚，大得就好像是旗魚了，如果是一條兩磅重的石首魚，就等於釣到一條鯨魚啦。

船上的小隔間裡，經常都放著一隻煎鍋和一些玉米粉、鹽、胡椒和醋。沙洲上的浮木好多，每逢魚不再吞餌，或我胃裡咕咕直響的時候，就做好一頓類似北卡羅萊納州風味的海邊午餐。軟殼蟹、鮮蠔，和一直到下鍋時候還活跳新鮮的魚，味道可真不錯。要不，除非你不餓；要不，就是那個獨自守著無邊無際，灼熱逼人的沙灘、沼澤、天空和海邊的小男孩兒，才會沒有胃口呢。

我把小船用沙子和海水洗刷乾淨，擦淨臉和手上的油脂，踩熄火堆，再爬上小船時候潮水已經高漲。划船歸去，可是件非常吃力的苦工。跟往常一樣，下午三四點鐘的太陽，曬得人的皮膚火辣辣地，比中午的陽光還要熱，我划回海濱的時候，已經汗流浹背了。

熟練地把小船拉上海濱，把它翻轉身，船底朝天，從水中三跑兩跳地走上防波堤，提著剩下的魚，蛤蜊和螃蟹，扛著船槳、槳架和漁網，累得只剩下走回家的那點勁兒了。

爺爺正坐在陽台上，吸著菸斗，在他那張心愛的搖椅裡輕輕搖晃，看來像是舒服些了，也年輕些了。他沒話找話地問：「你去幹嘛啦？」

我說：「划小船出去釣魚了。」

他問：「看到什麼有趣的事兒，想講給我聽聽嗎？」

我說：「沒有什麼，還是那些老玩意兒，沼澤呀、海水呀、魚呀、鳥哇的——都是那一套。」

爺爺說：「喊你一聲小說謊兒的，也並不為過。那都是些該值得重視的東西，別說得那麼輕鬆。為早晨的事情，我再跟你道歉，而且我也不再為自己不是小男孩就妒忌你了。去把身上的泥污洗洗乾淨，來吃晚飯。今兒吃烤肉，我猜你吃了一天的魚，已經吃夠了。」

爺爺笑著又說：「我可真的不想再做小男孩了，他要做的工作實在太多啦！」

27 最後的狩獵

爺爺說：「許多事兒的確跟往常不一樣啦，我們得受過教訓以後才學乖。這該是一個人決定喜歡什麼，不喜歡什麼，或者找不到，買不起，辦不到的時候了。這一切的一切都是跟甲魚有關係的。」

「是的，爺爺。」我彬彬有禮地回答著。這正是九月天，我們閒坐著，等候月亮圓的時候，潮水高漲，好去打沼澤雞。九月裡除去打打斑鳩、沼澤雞、或少許松鼠以外，也沒有多少可打的獵物。而且連松鼠寄居的樹上，樹葉兒太密，獵斑鳩也稍微顯熱了些。

爺爺說：「世界上的全部智慧，都集中在甲魚身上。假如你不太忙，我想繼續談談！」

我說：「我並不太忙，學校還沒開學，森林裡的蛇太多，不能去訓練小狗。您儘管往下談吧！」

我暗自好笑，我已經漸漸地懂得，當爺爺有時興高采烈地，想談論什麼的時候，最好別掃他的興。

「喔！就像現在，由於經濟不景氣的緣故，大家都不怎麼寬裕，一夸特的燉甲魚就要花十塊錢。旅社裡一盤要三塊五，還不定買得到呢。這就是說，就算吃也花費不起。一則因為太貴，我吃不起，另外，吃時一定得配上好的雪莉酒。有了這種該死的禁酒規定，根本就買不到好的雪莉酒。就算能買得著，醫生也會說這酒對我的血壓不利之類的話。所以就因為缺貨呀，貧窮啊，禁酒哇，以及痛風啊之類，我也不想吃什麼甲魚了。這也表示一個人活得太久，沒用啦。」

爺爺嘆了一口氣。

「老天爺！當你開始談起『事情跟往常已經不一樣了』的時候，人就老了。可是這話並沒說錯，因為事情是不像往常那樣了。記得我小時候，黑人從沼澤的泥洞裡總能找到半蒲式耳[1]的甲魚來。每隻甲魚賣到五分錢就很高價了——那還是母甲魚，比公甲魚大，母的腹部甲殼約七吋長，要九年的時間才能長成。公的腹殼頂多不超過五吋，黑人只要三分錢就肯賣。而現在一隻大甲魚要賣三、五塊錢，就因為十九世紀的時代，甲魚已經被捕光了。每一位有錢的政客，盛大宴會中，一定要甲魚做主菜，才夠排場呢。」

爺爺又嘆了口氣。

「從前我經常去馬里蘭州探望霍華德，那時候他很有錢，跟州長們是朋友，經營養馬。晚宴的方式總是那樣：先喝點威士忌酒，以後就送上一道鮮蠔，足有碼頭上的棕色老鼠那麼大個兒。再端來的就是燉甲魚，紅色火腿片燴北美洲野鴨胸，喝白蘭地，抽雪茄煙。這種北美洲野鴨，一對四磅重的就要兩塊小銀元。那時候，如果全用罐頭食品待客，是很失禮的，只有偶爾吃點長尾鳧還可以。但是現在連北美洲野鴨也難找了，因為吃牠的人太多，就被那些獵鴨肉的人射殺光了。」

我問：「他們用什麼方法射擊呢？我是說，要用什麼方法，才能打這麼多去賣給餐館的呢？」

我對射擊技巧的興趣，總要比爺爺談起的那些大道理濃得多。其實，我自己也很有一套啦，我很清楚，若是不靜聽爺爺的哲學，就休想學到那些技巧。

「喔！他們使用裝置在平底船上的獵槍。就是在平底船的船頭上，安裝一架滑膛槍，槍膛裡塞滿一切你能想得到的玩意兒，有鐵釘、石塊和槍彈。就等候天氣變冷水面結冰時

1 蒲式耳（bushel）。美國習用的容量及體積單位，一蒲式耳約等於三十五立方公寸。

候，野鴨都成群飛到沼澤中的小水塘裡，他們都是夜晚撐著小船，穿過結著薄冰的水面，到一個擠滿野鴨的水塘，扳開槍機，鐵釘、石塊、槍彈等齊飛，水塘裡就浮起有四、五十隻野鴨。

「當然還利用鴨欄作陷阱，以母鴨來呼喚天空飛翔的雄鴨。母鴨翹起了尾巴，呷呷高聲大叫，雄鴨就會成群飛臨，獵鴨的人，響起十毫米口徑的獵槍。那時候，因為鴨群多，獵鴨的人少，野鴨還是笨得很。在那種每夜要花兩塊小銀元的旅社中，野鴨仍是菜單上的主要菜肴。但是在我所嘗過的野鴨中，以巴的摩爾附近那一帶烹飪的，比其他任何地方都好。那兒多數是德國移民，而德國人對飲食很講究的。」

「你們究竟是用什麼方法烹調甲魚的呢？」

「烹調的方法很多。我最喜歡的，還是那種馬里蘭的風味。如果能買得到，最好弄兩隻長大了的甲魚，那樣重約一品脫左右的甲魚肉，加一磅奶油、兩夸特澤西乳酪、一大杯雪莉酒，以及其他調味品，把它放進鍋裡燉。啊，孩子，只要一想到這種燉法，就止不住要流口水啦！人們談起的，只是甲魚湯之類的，誰也沒嘗到真正甲魚的味兒和精華。」

我問：「那時候，你們的甲魚是怎麼找到的呢？現在我還可以找得到嗎？」

「我想，這兒是找不到的，甲魚像是已經絕跡了。從前，人們養有一種甲魚狗，捉甲魚普通都是在冬天，因為甲魚就跟要藏進山洞冬眠的熊一樣，牠也要藏在泥土中冬眠，地面上還留有一個小小的氣孔，獵犬就從中找到甲魚了。這事並不稀奇，你還記得有好多次，看見過很精明的獵鳥狗，找鵪鶉時候看走了眼，而找到像馬糞堆似的甲魚。或是一條蛇啦！甲魚身上有股很容易辨別的霉味，黑人也會因此把牠們挖出來賣掉。我小時候，那會兒還有奴隸吃，因為迷信甲魚能使人丁旺盛，是不是真有這種事，我也不太清楚。」

因為我是出了名的貪吃鬼，就想要爺爺繼續講些好吃的食物，希望他一直忙著講烹飪，而不來講什麼哲學。

我說：「多談談從前，那時不容易吃到，而現在吃不到的東西。」

「喔！我從未嘗過水牛的里脊肉，因為產水牛的時代比我出生還要早，我有個預感，水牛肉是被估價過高了，而且這些地方水牛從來也就不太多。早餐倒是有鵪鶉肉夾麵包，當然是胸脯肉。烤軟殼蟹也不壞。現在除非黑市就買不到鵪鶉，從前人們從不用槍射擊，而是捕捉鵪鶉，連一粒八號子彈也不費。

「我從來沒有吃過千息類的鳥蛋，蜂鳥舌以及其他類似的奇異珍肴，但是只要兔肉燉得好，嘗來也很美味可口。我寧願吃兔肉也覺得比鹿肉好，燉鹿前胛肉時候，不管你放多少酒和牛油，也不入味。我最喜愛的，還是剛獵到的鮮鹿肉。當時，人累又餓，圍坐在火堆前取暖，喝點酒，把鹿肉塊或鹿肝，放在胡桃木的木炭火上燒炙來吃。反正，在旅社中吃鹿肉總覺得不像那麼回事。鹿不論是死是活，都不適合旅社那種場合。但是拿不出像熊肉排之類的野味，這樣的旅社也很差勁。」

「還有別的嗎？」

「哦！想來你是知道的，有時我想喝點威士忌酒。早在那個名叫沃爾斯泰德[2]的傢伙提出禁酒法案以前，一塊錢可以買一大瓶威士忌。如果去酒店，那兒環境幽雅，又禁止婦女進內，可以要一杯安安靜靜地喝，才花一毛錢。可就不像現在這種，白色的酒精裡加些紅糖，放在果汁瓶裡出售的玩意兒。好的紅威士忌酒，對人是種安慰，而不是禍害。原裝的啤酒能幫助消化，一杯只賣五分錢，並且無限制地供應免費午餐。」

我說：「從來沒聽說過免費午餐，到底是怎麼回事兒？」

「免費午餐是一群最可愛的人發明的。那些忠心的酒保們既想幫助推銷的啤酒，又免得顧客醉酒滋事，就想出這種辦法來。我年輕的時候，只要花一毛錢，就能像帝王那樣的大吃一頓。如果你只有一杯啤酒的量，想去吃免費午餐，酒保多少對你有些不放心，只要你挺著肚皮要第二杯的時候，酒店就會把你當賓客似的款待，使你吃得不亦樂乎。」

「都給您吃些什麼呢？」

爺爺不勝神往地笑著，快樂地舐舐嘴唇。

他說：「什麼都有，一大玻璃盤的鹹豬腳，吃時用木筷從鹽水裡撈出一隻來。一碗煮得老老的雞蛋，當然還有一碗生洋蔥。有的酒店主人，喜歡供應熱氣騰騰的烤牛肉，有的就喜歡冷牛舌和冷牛肉，而且大家互相競爭，看誰供應的免費午餐最可口，經常有一塊義大利臘腸，一碗大雜燴，和一些德國人愛吃的——沙丁魚、鯡魚和各種各樣的乳酪。喝威士忌的人能喝多少就算多少，喝啤酒的人就得起來走動走動，酒跟菜才能一齊吃喝下去。

「等到頒布禁酒法以後，他們就在穀倉裡釀造這種喝來麻嘴的啤酒和威士忌，使人民盲目地從事非法交易，鄉鎮也蕭條了。也許有一天，威士忌酒可以合法買賣，我敢保證，再不會有免費供應午餐的了。許多事兒，再也不能恢復往昔的情況啦。」

我問：「這一切的不幸，都是怎麼發生的呢？」

「人們把水牛殺絕了種，打獵運動變成了獵取肉食，射殺野禽。婦女們用選舉掀起一項運動，說是男士們浪費在酒館裡的時間太多，所以才實行禁酒法，並且有了自釀的玉米酒，和那種城裡的人所謂的潤喉水——就是松子酒加了香料的液體，價錢卻不明不白地漲出

2《沃爾斯泰德法》（Volstead Act），美國一九二〇年代實施的禁酒法主要是根據此條款及第十八憲法條正案執行。

兩倍來。人們發明了汽車、飛機，沒有一樣不是飛速發展。介入別的國家的戰爭中，從事證券市場的投機買賣，大夥兒都弄得一團糟，免費午餐就沒有啦！」

「有沒有挽回的方法？」

爺爺說：「不大可能，人們跟以往也不同了，一群自作聰明的討厭人物就像沒頭的雞似的，到處來回亂闖，跳什麼查爾斯敦舞[3]，被他們鬧得一片烏煙瘴氣。聽人說，有些傢伙跟女孩兒們在一起跳舞，竟然堅持不要人家穿緊身衣服。」

我說：「那種事兒，我還不懂呢。但是，我可知道肚皮好餓，月亮也顯示出明兒一定漲潮，我們得早些起身。我們到彼得家去找點碎牛肉餅之類的東西吃吃吧！」

爺爺說：「碎牛肉餅，」那語氣就像是罵人的，「我這麼一大把年紀，還吃碎牛肉餅，真的就像我說過的，事情是跟往日全不一樣啦。我認為，從某種觀點來看，再也不可能一樣了。」

有一天，爺爺跟我說：「近來我一直覺得不大舒服，我想，是需要外出換換空氣了，打算去巴的摩爾霍金斯醫院作一次健康檢查。像我這一大把年紀，原不該太注意自己的健康，但是霍華德也寫信來，說下星期獵雉雞的季節就開始了，如果你乖乖肯聽話，我也許能說服你媽，准許你向學校請一個星期的假，把你也帶去。我們駕駛老福特車，輕輕鬆鬆地，一天就到了。」

當時，雖然我的年齡還不夠資格拿到駕駛執照，但是我已經駕駛汽車有不少日子了。而且再沒有比這幾件事更讓我開心的，①一個星期不去上學，②射獵雉雞，③去觀光新地方。爺爺經常談起馬里蘭，說話之間，聽來真像是洞天福地。他的好友霍華德，在藍山腳下，有一大片遼闊的牧馬場。從他誇張的說法中，我知道，那兒只要一走出後門，雉雞和鵪鶉就多得會把人射擊得累死了。

爺爺甜言蜜語地跟媽嘀咕了好一陣，就打電話到學校，替我請准了一個星期的假，而我開始踏上生平第一次遠征狩獵的偉大旅程。看來我們真不像是去巴的摩爾，而像是去非洲。我們帶了午餐，裝好獵槍，一張地圖和一大些雜七雜八的東西。我還堅持要帶自己的獵犬，爺爺不肯，他說霍華德的獵犬已經多得連他都不知道該怎麼辦了，我們若是再帶去，只不過更增加忙亂而已。

3 查爾斯敦舞（The Charleston）舞是起源自美國南卡羅萊納州查爾斯頓市的一種舞蹈，採用西非的傳統旋律，輕快活潑，適合集會活動時舞蹈，因而流行起來。

我們駕駛著老福特車，勇氣百倍地出發，只盼望它別出毛病。讓人高興的是，這輛老爺車性能還很好，因為那個時候，平坦的路面實在不多，車子經過弗雷德里克斯堡和里其蒙的路上，維吉尼亞州的紅泥路像是彈簧墊，幸而路面十分乾燥。但是歸途中碰上了雨，路面像撒滿了豬油還要滑溜兩倍。

當時，鄉野十分美麗，路旁很少破壞美景的廣告牌，有連綿不斷的青峰翠壁，黑色的叢林，金色的農田，阡陌相連。車離華盛頓駛向巴的摩爾途中，山峰越來越多，景色也越看越美。回憶這次旅程，馬里蘭景色如畫，比現代所見的古老英國鄉村風光，更多一份純樸和古色古香。那兒盛產馬匹，幾乎每處廣場上，都栽著長達幾里的白色木籬，整齊的賽馬圍場，潔淨的穀倉和附屬的建築物，房屋也不像卡羅萊納州那樣，砌在光禿禿的平地上，而是建築在起伏的山巒和濃密的樹林之間。綿亙的草原上有金黃色的小麥，像高爾夫球場那樣鮮豔耀眼的綠色中，到處都是三三兩兩的黃色或是黑白相間的牛群和閒散的紅色駿馬。

馬里蘭是我國早期最文明的地方，我猜，那些跟隨喀伍特[4]的英國人空閒時間很多——憤怒的印第安人並不太多——所以，就按照他們回憶中的英國老家風格，把這兒建築得同樣高雅。像我這樣一個見慣了槲樹、西洋杉和沼澤，前院乾淨的沙子地，地勢低窪的沼澤，叢生的蚊蟲和沙蚤的小鄉巴佬，這兒就像是圖畫書上的奇遇啦。

我們先到巴的摩爾，等候爺爺去作各種檢查。然後到一家餐館，看樣子爺爺好像對這兒很熟悉。他掏出口袋裡油亮的舊皮夾，把裡面的鈔票數了數，點點頭。

他說：「你還記得我跟你提過有關燉甲魚和北美洲野鴨嗎？喔！這可能要把我們的鈔票花光，但是我已經決定要好好地吃一頓，說不定是我最後一次了呢。菜單上雖然並沒寫，但是我對這兒很熟，他們的冰箱裡經常藏著一兩隻野鴨，那隻裝甲魚的木桶，就藏在院外什麼地方呢。」

爺爺把那個灰頭髮的黑人侍者叫了來，低聲嘀咕了幾句，我看見一張鈔票和閃亮的白牙齒。

「是啦！掌櫃的。」侍者說著，趕緊退了出去，爺爺笑了。

他說：「金錢實在好可愛，它能帶給你許多快樂的事物，而且無須倚賴交情。我只

4 一六二九年英皇查爾斯一世將馬里蘭這個屬地頒給巴爾的摩男爵一世喬治．喀伍特（George Calvert），一六三二年為逃避宗教衝突，李奧納多．喀伍特（Leonard Calvert）帶領兩艘船方舟號和鴿子號離開英國。一六三四年三月二十五日兩艘船平安靠岸，建立了聖瑪利鎮。

朝侍者看了一眼，自然就把那個叫什麼沃爾斯泰德的傢伙通過的禁酒法推翻了。馬里蘭並沒有停止釀造酒類，這兒的穀類品種這麼好，水又甘冽，才沒空去注意沃爾斯泰德那一套呢。你已經漸漸地長成大人了，我要你現在就把酒這種東西了解清楚。待會兒，你就將嘗到馬里蘭固有的老式正宗馬里蘭名產的麥酒，等上燉甲魚的時候，喝點雪莉酒，吃野鴨時候喝杯葡萄酒。真該為巴的摩爾的上議院議員們感謝上帝，幸而他不是紅鼻子的清教徒，認為煮鹹鱈魚就是盛宴，把甜酒、牛奶，加上砂糖、檸檬之類，再攙上水就當做佐餐酒啦！」

不多會兒，侍者就笑嘻嘻地來了，他說：「掌櫃的，這是您要的茶！」他放下兩隻裝滿紅色液體的方形厚玻璃杯，說：「掌櫃的，我們這兒喝茶，都是用玻璃杯的，他們告訴我這是歐洲的規矩。」爺爺向他擠擠眼，侍者笑開啦。爺爺端起玻璃杯，啜飲了一口，又笑著舉杯祝飲，還模倣侍者的腔調跟我說：「掌櫃的！請喝茶……別忙，慢慢喝，別像布倫茲維鎮來的那些魯莽土包子，大口大口往下灌！」

我慢慢地品嘗這非法買來的，而是我生平合法喝的第一杯威士忌酒；我也曾喝過家鄉自釀的葡萄酒、啤酒、私酒，但是都不能和這種香醇、清冽的裸麥酒相比。味道有點苦，加上冰塊、櫻桃、糖，還有一片橘子，我笑嘻嘻地舐舐嘴唇。爺爺的神情很是嚴肅。

他說：「你手裡拿著的，可說是人類最好的朋友，也是最壞的敵人，這就全看你如何使用它。五十多年來，它曾經一直是我忠實的朋友，但是，我跟它相守的時間並不多，無論哪種友誼，太親近了總會變味的。」

侍者端上熱氣騰騰的燉甲魚，碗裡咕嘟咕嘟地直冒氣泡兒，真是無法形容這種僅用奶油、甲魚蛋、雪莉酒和澤西乳酪燉的鮮甲魚肉有多麼鮮美。這時，侍者又端上一對北美洲野鴨，還說：「掌櫃的！這可是不同凡響的鴨啦！」他手裡拿著一瓶只好管它叫另一種茶吧，顏色鮮紅，是用葡萄做的呢。當我們喝完咖啡的時候，我已經吃得酒足飯飽，車向愛里柯特城駛去，當爺爺擔任駕駛，我好像覺得老福特車有些搖晃。

到達霍華德先生家裡的時候，我已經睡得沈沈地了，他們把我直接抱上牀去。在我從生平第一次醉酒中醒來的剎那，頭還有些迷糊。洗完臉，穿上衣服，從樓上下來，爺爺跟霍華德先生已經開始吃早餐了。他們兩個人都是把火腿蛋塞進滿是鬍子的嘴裡，看來真像是雙胞胎。霍華德先生站起來跟我握握手，笑著說：「自從上次我們在一起露營打獵以來，你真的長大了不少。昨兒晚上，你爺爺說你喝過了量，我以為該是年輕小夥子把老人家送上牀的，卻沒想到事實恰好相反。」

我分辯說：「昨兒可真走了不少路，我累了！」

霍華德先生說：「喔！先吃早飯，我再帶你到附近看看，如果我們有先見之明，帶著槍和狗，也許可以讓你打隻雉雞回來。」

我狼吞虎嚥地吃飽早餐，就忙著去參觀屋裡的一切。依稀記得那房屋若是讓女性來住，未免太不對盤。我是說，霍華德先生出生於愛爾蘭貴族，他們認為馬匹和槍枝重於世界上其他任何一切物品。寬敞的房間裡，掛滿名馬的油畫、獵景和少許家族的相片，婦女們個個兒美麗，男士們都很健壯。櫥架和玻璃匣裡，裝有各種鳥類的標本，有雉雞、黃鳥、鵪鶉、火雞，一應俱全。牆壁上還掛著狐頭和狐尾——因為當初這兒原是獵狐的地方——還有獲得「藍帶獎」的良駒、母牛和公牛。因為霍華德先生飼養的家畜，都要是能獲獎的優良品種。

到處都可以看見騎馬用具——例如馬鞍、馬靴、馬上腹帶、馬轡頭和馬刺。古老的皮製馬具，久經使用已經變得又滑又亮，光滑得就像人工打蠟的地板。屋裡那股上等菸草、馬鞍等和油亮槍枝的氣味好美妙；更雅致的，是圍繞牆壁四周的書架上，那幾百本古色古香，皮面精裝的書籍。

到處都是槍枝，南北戰爭時代滑膛長槍、決鬥槍、新式來福槍和鳥槍等等，有的掛在牆上的槍套中，有的插在屋角的槍架上，有的就放在大廳法蘭絨的槍盒裡。其次是瓷器，有裝滿紅、黃色玫瑰花束的平底碗。還有椅子，除去餐廳那一套是油漆的桃花心木製品以外，其餘都是栗色、深洋綠，和黑色的寬扶手彈簧墊的皮製安樂椅和大型長沙發。

屋裡每樣東西都是歷經數代使用後遺傳下來的沈甸甸略有磨損的銀餐具，古老的威基伍德（Wedgwood）碗碟，馬靴、馬鞍、槍枝、書籍，尤其是書籍，書架上每本書，甚至每本備忘錄、韋達[5]的小說、《黑美人》[6]，或是全套狄更斯，都被手摸得好平滑呀！

每間房屋中，都有一座足可容納高大男人進出的壁爐，大鐵鏟、鐵鈎、鐵叉、燃料箱和放置大水壺的鐵架。每間臥房和洗澡間也都有壁爐。樓上的牀鋪，都是那種有四根牀柱，可睡四個人的大牀。我記得，洗澡缸也是巨大無比，瓷浴缸外面鑲著胡桃木的外殼，浴缸旁邊的衛生設備外面，同樣也是胡桃木作外圍，底部是活動的，很像現代華麗的酒櫃。

---

5 韋達（Ouida），原名瑪麗亞．路易絲．拉梅（Maria Louise Ramé, 1839-1908），英國女性小說家，以寫上流社會生活的傳奇式作品而聞名。她也寫過一些動物故事，其中最著名的是《法蘭德斯的狗》，這部小說也是後來大受歡迎的卡通《龍龍與忠狗》的原著。

6 《黑美人》（*Black Beauty*），是英國作家安娜．斯威爾（Anna Sewell, 1820-1878）於一八七七年完成的小說，主角是一匹黑色的駿馬。這本書是史上最暢銷的動物文學書籍之一。

這時候，雖然是秋天，屋外大約有六畝盛開的鮮花，極目四望，全是一片碧綠的草原，一直和遠處的藍山相連。溪流穿過牧場，穿過開著丁香的綠色賽馬圍場，曲折有如銀線。矮樹林邊，流水終日潺潺。

穀倉的顏色，是鮮豔的獵裝紅。犬牙交錯的木籬，是耀眼的白。飼養家禽的空地，約有兩畝，分成一欄一欄地，養著雞、鴨、火雞、雉雞和珠雞。牛欄裡有壯健的、黑白相間的好斯坦種乳牛和乳白色澤西種乳牛。遠處遼闊的馬欄裡，有五英呎四英吋高，善於跳躍的愛爾蘭馬，腹部挺得像圓桶似的牝馬，牠溫柔地挨擠著神采飛揚的雄駒，那一歲大的小駒兒像小羊似的在歡躍。種馬待在另一處較小的馬欄裡，白臉的赫里福種肉牛，朝著遙遠的地平線哞哞喊叫。

狗更是隨處可見，有各種不同種類的大小獵犬。我們經過的時候，狗叫聲吵死人，霍華德先生揚起馬鞭，唰了一響。

晴空一片澄藍，只有幾片淡淡的浮雲，在微煦的陽光下，晨霧漸漸消散，微風吹動了樹葉，鶺鴒在叫，雉雞嘶啞的聒噪，馬兒長嘶，牛兒哞哞，獵犬吠叫。霍華德先生指指一條黑色戈登種長毛大獵犬，又指指那條健壯的、黑白相間、大耳下垂的小獵犬說：「我們只要帶麥克和阿蘇就行了，當然這條戈登種的叫麥克。有牠們倆，一定會找到雉雞的。帶上你的獵槍，我們打些野味來下鍋。當然還得先問問你，對打獵是不是還有興趣？」

我堅決表示，依然興趣濃厚。並且我也暗自下定決心，希望將來也要有這樣的房屋和財產。當然，我永遠辦不到，未來也永無可能，但是心裡能這樣想想，也就夠好的了，因為我能有一幢這樣可供回憶的房屋。在我所回憶的房屋中，甚至沒人抽菸斗，銀行從不吊銷抵押品的贖回權，沒有人死亡，沒有什麼公開拍賣，讓陌生人買去這裡面的書籍、槍枝、馬鞍和畜牲。

當時，這兩位老人的身影，我仍然記得清清楚楚。我們三個跟隨著麥克和阿蘇，穿過綿延起伏的牧場，走近叢林，那兒自然就像會有一隻肥大的、東跑西闖的和尾巴上有我名字的雉雞啦！

28 爺爺的諾言

知道吧？一個人對於自己打來的第一隻大公雉，一定會覺得喜愛的。無論是一隻大象或是北極熊，也許都沒有這般情趣。雄雉就像野鴨，長尾鳧和北美洲野鴨吃起來也許比較鮮美些，但是飛行的時候，再沒比雄雉和雄野鴨那樣美妙動人的了。喔！孔雀也許更美些，但是我們附近森林中，孔雀實在太少了。

當你瞄準一隻雄雉雞，射中後，拿在手裡真夠份量，足有四磅，長尾十分美麗，頸上有一道白圈兒，綠色、紅色、棕色和白色相間的羽毛，還有兩隻小小的耳朵。在餐桌上，也許牠並非了不起的珍品，但是，倘若烹調得法，餐桌上再好的珍品也比不上牠了。

我們參觀過馬里蘭的霍家農場後，霍華德先生跟我說：「孩子！別把雉雞看錯了，牠看來雖有兩碼長，飛行好像也很慢，但是，把牠除頭去尾，你所能射擊的目標就很小了。有人告訴我說，說牠比北美鵪鶉飛得還快，而且像野鴨那樣，會擺脫槍彈，你得把牠引領到雙倍遠。射擊雉雞的尾巴是打不到牠的，那樣只能得到幾根羽毛而已。」

我還是來說說打到的第一隻雉雞的事兒吧，是那隻戈登種的獵犬——麥克——從矮樹林裡替我把牠找到的。麥克的頸項裡掛著鈴鐺，等牠走進稀稀疏疏的鹽膚木樹林裡，鈴聲就不再響了。沒有多久，牠就鑽了出來，像是點頭示意。

霍華德先生說：「找到雉雞了，你就待在那兒，我叫阿蘇把守這一邊，叫麥克進矮樹林裡去趕牠，倘若牠想跑，阿蘇會釘牢牠的。」阿蘇勁兒很足，臉上的神情好像說：「既然有我和麥克，還要獵槍幹麼？」

麥克再鑽進矮林的時候，爺爺向霍華德先生點點頭，又擠擠眼睛。我猜爺爺已經知道將要發生什麼事兒了。

矮樹林裡傳來一陣憤怒的咯咯聲，雙翅連連拍擊，也不知道是什麼東西——可能是隻鳥，也可能是齊柏林的小飛船——朝我這邊躥出來，跑了大約不到一百碼，我敢發誓，真是快如噴火，是我這一生中從未見過的奇觀呢。

我瞄準牠打了兩槍，子彈只是打落牠尾上一根羽毛，而且很可能是因為正在脫毛季節的緣故。

我扳開槍管，重裝子彈的時候，霍華德先生瞧瞧我，他說：「我早就告訴過你了，其實雉雞並沒有多大，射擊時候，若是把牠當作小水鴨，也許今兒晚上還可以吃得到。把牠領開去！領開去！」

我們穿過草原，幾條母牛都不理我們，阿蘇搖晃尾巴，腹部緊貼地面，麥克繞了一大圈，站在牠面前，約五十碼遠的地方。

霍華德先生說：「現在注意聽著，你只管站在阿蘇身後，我會命令麥克，牠會把雉雞一直趕到阿蘇鼻尖底下來。雉雞並不是傻瓜頭，牠知道，後有麥克，前有阿蘇，我們還帶著武器，牠會飛走，會斜著飛到你的左邊，你就引領牠，最少要有牠身長的三倍那麼遠。」

麥克慢吞吞地，前爪一步一步向前走，我低頭注視前面地上，想在雉雞起飛前看看牠的模樣。

爺爺說：「你已經知道不少啦，我教過你的也不少啦，每逢鳥兒起飛的時候，你該注意天空，看牠飛向何處。要不霍華德心裡該想，我是怎麼教導你來著？」

那實在是一幅使我永遠難忘的景象，麥克走得那麼近，跟阿蘇就要鼻尖碰鼻尖了，就在牠們中間，那隻綠頭雉雞咯咯一聲，猛然一跳，騰空而起，正如霍華德先生所料，向左邊飛了來，我舉槍對準牠的頭，砰的一響，牠就像著了火的飛機似的摔落下來。阿蘇走過去，輕輕啣起雉雞，走到霍華德先生面前，前爪搭在他衣服上，把雉雞放在他手裡。

霍華德先生說：「槍法真不錯，你引領牠了，是吧？」

我說：「是的，先生，我可以摸摸牠嗎？」

「我給忘啦，」霍華德先生把雉雞遞給我，跟爺爺說：「我都忘了，在男孩兒看來，他打到的第一隻雉雞有多大了；就像我早年打到的松鼠比後來打到的小獅子還大些。」

假如聖誕節來臨就像國慶日，那麼，過生日也有同樣的感覺。由此你可以體會出在馬里蘭無雲晴空下，打到第一隻雉雞的心情。這地方，身後是山峰，嫩綠的草原和黑綠色的樹林相連，兩位熟諳世情的老人家，不想干擾一個小男孩兒的興高采烈，只顧悠閒地欣賞那兩隻專家獵犬，幫助他對付這隻從亞特蘭大來的高貴陌生客。這一點，我在三十年後才了解，當一個人已經懂得，別人比他更渴望射擊，他就站在一邊，不再動手的時候，是多麼快樂！

這一天，我比他們更渴望射擊，他們知道，我猜大約獵犬也都知道。他們大夥兒都在幫助我，還使我覺得是在配合他們。那是他們早就串通好了的，兩位老人家和獵犬同心協力地一起教導我打雉雞的事兒。

另外還發生了一件事，我打傷了一隻雉雞翅膀，牠飛到山邊去了，那兒有個深穴似的山洞。麥克蹺起腳尖，沿著那條狹窄的山路，走到能看清洞穴的地方，方小心地用前爪爬搔，發現這兒好危險，立刻摒氣凝神地，向後倒退，直退到較寬的地方，再跑過小山頂，抄另一條山路到洞穴裡去。

這條山路稍微寬一些，牠滿懷信心向前走，爬近洞口，伸出右前爪挖掘，從洞中挖出來的雉雞，還是活著的呢。

麥克嘴裡啣著雉雞，小心翼翼地，回到比較寬闊安全的地方，就放下雉雞，由著牠沿路跌跌撞撞往下滾。麥克也轉過身去，背部緊貼山崖往下滑，雉雞就離開牠不遠，牠們同時到達山下；麥克咬斷雉雞的脖子，再輕輕啣起來遞給霍華德先生。牠聳聳肩——請相信這不是言過其實——好像說：「看老天爺份上，以後一槍出去，就該把牠打死，也免去我這些麻煩，我害怕高地，何況這又是額外工作。」

我們這一天的收穫真不錯，我打中的也有，錯失的也有，算算一共打到六隻公雉，六隻大公雉讓小男孩兒獨自流著汗把牠們揹回馬里蘭最富麗堂皇的房屋裡，這真是一件快樂的負擔！爺爺替我揹著鳥槍，我堅持要自己揹雉雞，揹得背部好痠疼，我覺得奇怪，像這麼大的鳥兒，怎麼可能會打不中的？好些年來，我一直都覺得好奇怪，可能以後還會奇怪的。

已經有好多次這種不同尋常的日子，陽光明朗，微風清涼，獵物和鳥兒的一切活動，看來十分賞心悅目。但是那樣的日子，卻無法和這一次爺爺帶著他一手自幼教養大的，曾是他最友好、最忠實伴侶的毛孩子，作最後一次打獵雉雞，潛藏在我心裡的溫馨、快樂而又憂傷的心情相混淆。

大約我已經具有普通孩子們對即將來臨的悲劇所有的預感，但是現在想來，爺爺也明白那是他最後一次享受燉甲魚和北美洲野鴨，最後一次獵雉雞。這話聽來好像不大合道理；但是從爺爺稍微現出枯燥的鬍子上，也可以看出點眉目來了。

我們三個大男人，帶著一大堆雉雞，一起走回來，我清理雉雞的時候，覺得把牠身上這麼多美麗的羽毛拔掉真可惜，我幾乎覺得自己真像是吃人肉的野人了。霍華德先生說：「把牠們掛著放壞了才划不來，今兒晚上我們先吃兩隻，雉雞肉也許有些粗糙，加上果醬、酒和火腿片好好燉，吃時就會可口得多。」

回到霍家時候，大石塊砌成的壁爐已經生了火，燒得好旺啊！桌上放著一托盤酒。爺爺毫不遲疑地遞來一杯雪莉酒給我，味兒又香又醇，我喝了兩杯！伸手去拿第三杯時候，爺爺溫和地說：「孩子！別飲過了量，你不可能在一天之間，就完全長成大人哪！」

在我們重回巴的摩爾約翰霍金斯醫院，爺爺去查詢他身體檢查的結果以前，那一星期所過的生活，真使人難忘。

我們得到結果後，駕車回家，沿途爺爺幾乎很難得開一次口。

經過傑克灣的時候，我們曾在那兒看過火雞，打過鵪鶉，爺爺說：「停下來，我想看看這兒！」

經過艾林灣和摩爾灣，他也這樣說，下車後，我們四處看看，爺爺點點頭，沒來由地對我說：「我很心滿意足啦，誰也沒欠我什麼。」

回家時候，把車停在圍繞房屋四周的槲樹前。爺爺看看這株反舌鳥曾經在上面做窠的木蘭花樹，笑笑說：「它是一株極耐久的樹！」

我們平安歸來，受到家人熱烈歡迎，爺爺說：「我們先出去走走，讓她們把這陣興奮平靜一下，我有點事兒要告訴你。」

我們慢慢地走到海員公會不遠處的柏樹凳，那兒是我們經常吃奶油餅乾，攙了一大些甜得發膩的牛奶、熱茶的地方。兩個人坐在柏樹凳上，木頭上被大夥兒用小洋刀亂七八糟地刻了一大堆姓名，坐著很不舒服。

爺爺說：「我本來不打算告訴你，我快要死的事兒，但是，你就會知道的。你已經繼承了我最出色的部份。從今以後，一切都要倚靠你自己了，明年你就要上大學，那就是成人了，會遭遇到成人一切的煩惱，只是爺爺沒法兒再守在你身邊照顧你了。我曾竭盡所能的教養你，現在，你就等於是我了，懂嗎？我好疲倦，我想我就要去啦！」

我含著滿眼淚水，說出一大堆年輕人面對死亡時所說的那些傻話。爺爺說：「得啦，我不是早就告訴過你嗎？要是有辦法能避免死亡，但那是不可能的。將來，你也會這樣，它並不如想像中那麼可怕。」

「但是怎麼會？什麼時候？為什麼？」我嘟嘟囔囔地，一時也想不出更好的話來。

爺爺細心地點著菸斗，咧開滿是鬍子的嘴笑著。

他說：「我提信譽向你保證，我答應你，決不在獵鵪鶉季節開始的第一天死去！」

爺爺是遵守了他的諾言！

爺爺和我

The Old Man and the Boy

作　　者	魯瓦克（Robert Ruark）
譯　　者	謝　斌
封面設計	萬勝安
封面人物繪圖	Zora Chou
責任編輯	張海靜
行銷業務	王綬晨、邱紹溢
行銷企畫	曾志傑、劉文雅
副總編輯	張海靜
總 編 輯	王思迅
發 行 人	蘇拾平
出　　版	如果出版
發　　行	大雁出版基地
	地址 台北市松山區復興北路 333 號 11 樓之 4
	電話 02-2718-2001
	傳真 02-2718-1258
	讀者傳真服務 02-2718-1258
	讀者服務信箱 E-mail andbooks@andbooks.com.tw
	劃撥帳號 19983379
	戶名 大雁文化事業股份有限公司
出版日期	2023 年 8 月三版
定　　價	420 元
ISBN	978-626-7334-14-0

歡迎光臨大雁出版基地官網
www.andbooks.com.tw
訂閱電子報並填寫回函卡

國家圖書館出版品預行編目（CIP）資料

爺爺和我 / 魯瓦克(Robert Ruark)著 ; 謝斌譯. -- 三版. -- 臺北市 : 如果出版 : 大雁出版基地發行, 2023.07
面；　公分
譯自 : The old man and the boy.
ISBN 978-626-7334-14-0(平裝)
874.57　　112010487